云南省文艺精品创作专项扶持项目

山乡巨变 彩云南现 长篇文学作品

向云端

古萧 著

云南人民出版社

Towards
the
Clouds

图书在版编目（CIP）数据

向云端 / 古萧著. -- 昆明 : 云南人民出版社, 2025. 4. -- ISBN 978-7-222-23485-7

Ⅰ. I247.5

中国国家版本馆CIP数据核字第2025Y1M992号

项目统筹：马　非
责任编辑：何　娜
责任校对：李　红　崔同占
责任印制：窦雪松
装帧设计：张益珲

向云端
XIANG YUNDUAN

古　萧　著

出版	云南人民出版社
发行	云南人民出版社
社址	昆明市环城西路609号
邮编	650034
网址	www.ynpph.com.cn
E-mail	ynrms@sina.com
开本	889mm×1194mm　1/32
印张	12.25
字数	204千
版次	2025年4月第1版
印次	2025年4月第1次印刷
印刷	云南新华印刷二厂有限责任公司
书号	ISBN 978-7-222-23485-7
定价	48.00元

如需购买图书、反馈意见，请与我社联系
图书发行电话：0871-64107659

云南人民出版社微信公众号

目录

一	归乡	001
二	示范基地来的农业技术员	024
三	村里来了陌生人	046
四	情况有些严重，得马上送医院	066
五	我们做个约定吧！	089
六	他送的礼物	109
七	我想留下来，不走了	128
八	这只是开始	150
九	布包里承载了他们家的全部	169
十	哪怕失败了，也要努力一次	192

十一	蔬菜上了直供车	214
十二	她能照耀很多人	236
十三	种植基地揭牌	256
十四	终究是个小丫头……	277
十五	商标被抢注	297
十六	罪有应得	318
十七	山乡巨变	341
十八	向云端	364
番外		383

一　归乡

刚过午后，大梨树村的集体活动室就升起了炊烟。

现在是耕种时节，以往这个时候，大家都在田间地头忙碌，但是，这一天，几乎全村男女老少都在活动室。

这是村里最宽敞的场所，每当村子里有热闹的事，村民们就会在活动室内庆祝。年轻的男人女人们正在打整今晚要用的食材，年迈的长辈们已经换上了彝族服饰，坐在空地上晒着太阳，一边唠着嗑，一边看着热火朝天的活动室，脸上的笑容就没停过。

老李头看着村民们忙碌的身影笑了:"咱们村好久没有这么热闹过了。"

一旁,正忙着擦洗椅子的妇女主任听到老李头的话,也跟着笑了起来:"可不是?这么多年,咱们村可算是飞出了一只金凤凰。"

老李头听到这话,笑得更欢快了,使牙齿掉了一半的他显得有些滑稽。伴随着孩子们的喧闹声,几个年轻的男子扛着宰好的牛羊肉来了。

今晚的主菜到了,怪不得孩子们那么激动——又能吃肉了。

正在劈柴的村民见到李长顺来了,连忙追问:"长顺,你家阿彩什么时候到?大伙都准备好了,等时间差不多,菜就可以下锅了呢!"

李长顺看了下时间:"早些时候阿彩打过电话,说是已经到县城了,估摸着这个时候应该快到了。"

听到丈夫的话,一旁正洗菜的马艳梅也抬起了头:"长顺,进村的那条路前些天塌方了,现在还在整修,阿彩回来肯定要被堵在外面了。"

李长顺顿时愣住了,他高兴得把这个事都给忘了。

进村的山路好不容易开始铺水泥了,可这路修到一半,就因接连几天的暴雨,发生了塌方,施工队暂停了施工。现在进村的路泥泞不堪,大伙进村都只能步行。

"那条路连个下脚的地方都没有!不行!我得去接我们家阿彩。"马艳梅边说着,边着急地站起来,随意将湿手在衣服上擦了擦就要往外走。

"艳梅,你待会儿要做酸菜,全村就你做的酸菜味道最好,你家阿彩也最爱这口。你走了,谁来做啊?"

马艳梅听到这话,站在原地,走也不是,坐也不是,一时间,有些慌乱。

"长顺叔,我去接阿彩。"

活动室门口站着几个高挑的小伙子,李长顺看到刚才说话的人是大侄子李墨,心里不免松了口气。另外几个年轻小伙也吵着要跟李墨一起去接阿彩。

"你们大伙该干吗干吗!阿彩这边就交给我了,我们保准将她安全接回来。"李墨说完,带着一众兄弟小跑着离开了。

再有半小时就能到家了,阿彩坐在车上,看着手中烫金的聘书。她外语专业毕业,因为学习成绩一直领先,刚毕业就被外企聘用了。只要把出国事宜和毕业手续办好,

一 归乡

她就可以到国外的公司工作了。

张老师告诉她这个机会非常难得,全国上下能得到这份工作的人屈指可数。

她这次出国,不仅为老师长脸,也为父母,甚至全村添了光。父母得知她被知名外企聘用到国外去工作的消息时,高兴得一晚上都睡不着觉。

知道她假期要回家,父亲告诉她,全村人都替她高兴,大伙儿都想为她庆祝。大家伙商量之后,决定在活动室办一场欢迎宴,那可是村里最盛大的活动了。

"前面没有路了。"

司机的声音传来,将阿彩的心拉回了现实。

阿彩看着塌方的山路,才反应过来,原来进村的路堵住了。

"过不去了,我就只能送你到这了。既然没到目的地,我少收你二十块。"

阿彩只好把钱递给司机,然后拎着行李箱下了车。

她穿着一身白色衣服,鞋子也是刚买的。

看着脚下到处都是泥泞的黄土,阿彩忍不住皱眉。这里离家只有一公里不到的路,往常她是可以走回去的,可是现在山路塌方,她又拎着行李箱,该如何走?

阿彩站在路边,看着前方升起的炊烟,她明白,家人和乡亲们已经在等着她了。思量了片刻,她卷起裤脚,拎上行李箱,准备慢慢踩回去。

"阿彩。"一个声音喊住了她。

阿彩一抬头,就见几道身影越过泥泞的道路,朝她跑了过来。

"墨哥、阿林、阿山,你们怎么来了!"

李墨走上前,目不转睛地看着几年不见的阿彩。

"阿彩,你在外面读书这几年,越发漂亮了呢!"

阿彩笑了笑:"哪有。"

"阿彩姐,你真白,长得又漂亮,像明星。"一旁的阿山也跟着说。

阿彩看着面前几个儿时的玩伴,心情大好。不过看到几人身上沾染的泥巴,她疑惑地问:"你们来这儿做什么?"

"阿彩姐,山路前几天塌方了,我们担心你回不了村,过来接你。"

李墨没有耽搁时间,直接转过身,半蹲下身,拍了拍肩膀:"来,阿彩,我背你过去。"

阿彩看着李墨这般,愣在原地。下一秒,她手里的行李箱被阿山接了过去，轻巧地被扛在了阿山肩上。

"阿彩姐，大伙都等你呢，快走吧！"

李墨见她不动，开口催促起来："快！我背你过去，你衣服这么干净，别弄脏了。过了这段塌方的路，地面就干净了，你就能自己走了。"

阿彩闻言，只能趴到李墨背上，由他将自己背过这段泥泞的山路。李墨一直将她背到村口，直到路上没有一点泥巴，才将她小心地放了下来。

"村里新建了个集体活动室，谁家有了喜事都在那里庆祝。今天为了欢迎阿彩姐你回来，几乎全村的人都来了呢！"阿山扛着行李箱，笑着说道。

阿彩望着面前的景象，感触颇深，她离家求学这几年，村子里变化可真大。

几年前，她带着全家人的希望，一个人远赴大城市读书的时候，村口那棵歪脖子树还在。如今，脱贫政策落实到村，歪脖子树变成了信号基站。

村里原来那几间泥土建造的老房子也不见了踪影，取而代之的是一栋栋砖混房。房子墙壁都是崭新的，洁白如雪，应该刚建好没多久。

他们刚走进村里，就听到孩子们的欢笑声："阿彩姐回来了！阿彩姐回来了！"

听到孩子们的欢呼声，不少村民探出头来观望，看到阿彩，都热络地招呼着。阿彩看着熟悉的乡亲，微笑着回应。

几个七八岁大的孩子趴在墙头，看着漂亮的阿彩，眼睛都舍不得眨一下。

李婶看到自家孙子孙女趴在墙头上，立即上前揪着孩子的耳朵说道："你们看到没有，你们阿彩姐就是好好读书，如今才这么有出息。你们想不想像阿彩姐那样，长大了穿漂亮衣服？"

"想！"

几个孩子齐声说道，一个个你看看我，我看看你，一副似懂非懂的表情。

"那还不赶紧回屋里把作业写完！"

李婶的训斥声下，是孩子们的嬉闹声。

阿彩跟着李墨一行人来到活动室，一眼就在人群中看到了正在忙碌的母亲。

"妈。"

阿彩的声音一出来，原本还热闹的活动室，顿时安静了下来。所有人都停下了手上的动作，看向阿彩。

一 归乡

马艳梅看到女儿回来，忙将手中的锅铲递给身旁的人，还没等对方拿稳，就朝着阿彩跑了过来。

"阿彩，你可算是回来了！来，让妈好好看看。"

马艳梅看着阿彩，本想上前抱抱许久未见的女儿，但看到女儿身上干净的衣服，又将手往衣服上擦了擦，再三确定手上的水渍都擦干净了，才伸手拉住了阿彩。

"孩子，真的是长大了！"

"妈。"阿彩望着两鬓又多了几缕银丝的母亲，眼眶有些热。她走上前，一把抱住了母亲。

李长顺站在台阶上，望着相拥的母女俩，偷偷抹了抹眼泪。

周遭的村民看到这一幕，不免感慨，金凤凰是飞出去了，可飞得越高，越让父母思念。

当晚，大梨树村全村人欢聚在一起，满桌的饭菜，代表的却是满满的喜悦。

吃完饭，李墨还拿来了早就买回来的烟花炮仗，在院里放得噼里啪啦地响，好不热闹。

这一夜，阿彩家灯火通明，不少长辈聚在一起，话着家常，道着大梨树村的前前后后。

马艳梅拉着阿彩进屋，她将箱子里已经织好许久的毛衣拿了出来。

花色有些杂乱,与阿彩行李箱中的衣服风格截然不同。

"阿彩,快试试!妈给你打的,一直放着,就等你回来试穿。"

阿彩望着母亲手里的毛衣,毛衣款式虽然已经过时,但这是母亲特地为她织的,是金钱买不回来的。

"妈,很好看,我喜欢。"阿彩说着,上前将毛衣接过,当着母亲的面试穿了一遍。

"阿彩姐!"

嬉闹声传来,阿彩望向门口探着头朝屋里看的几个女孩。她知道这几个丫头,村里几位叔婶家的孩子,她去上大学的时候,她们几个还在念幼儿园,现在应该上小学了。

"阿彩姐,大城市是不是很漂亮?"

"阿彩姐,坐飞机的感觉是不是和坐汽车一样,也是颠来颠去的?"

"阿彩姐,我妈妈说你以后要去外国工作。去了外国是不是就要讲外国话,不能说我们自己的话了?"

孩子们你一个我一个的问题,让阿彩一时间还有些答不上来。她望着面前认真的孩子们,笑道:"你们那么想知道吗?"

"想!"

"想!"

"想!"

几个孩子齐声道。

"想知道的话,就好好学习,到时候你们亲眼去看看。"

阿彩说着,从行李箱里翻出了特地带回来的糖果,依次分给了孩子们。

孩子们看到糖果的糖纸都和他们平日里常见的不一样,立马兴奋地拿上糖果跑去告诉大人了。

马艳梅望着孩子们那高兴的样子,笑了。

"阿彩,你是我们村出来的第一个重点大学大学生,全村人都把你当榜样。以后这些个孩子们要是也能像你这样就好了。"

阿彩望着母亲,认真道:"他们会的。"

夜晚,阿彩躺在床上,翻看着手机,与同学和老师聊着回家以后的各种趣事。

手机信号是满格的。这一点,让阿彩很兴奋。她去上学之前，村里连手机信号都没有，要打电话只能到镇上去。如今，手机信号已经遍及整个村庄。

母亲告诉她，现在大家就连去地里，手机信号也是满的。

老师提醒阿彩，抓紧把事情处理好，尽快回学校去办理手续。

她这次的假期只有一个月，回来是专门办理护照和签证的。假期结束之后，她就要返回学校办理毕业手续，然后出发前往国外的公司工作了。

这份工作很体面，她从全村人期待的眼神里就能看出来。

只是，一想到去了国外，就要离开家，要离开父母，阿彩有些不舍。

这不是她第一次离开家了，但却是第一次对离开家有了抵触的情绪。

阿彩回家的第二天，村里的路终于通了。

因为时间紧张，没等修路队的人来，大梨树村的村主任就带着村民们将路修好了。

村主任亲自来到李长顺家。他知道阿彩这次回来是专门去市里办理护照的，这么大的事情绝对不能耽搁，为了早一点到市里,还专门给阿彩找了一辆面包车,嘱托司机一定要安全地载她到市里把事情办好,再安全地把她载回来。

临走前,李长顺上前,将一千块钱塞到了阿彩手中。

看着父亲黝黑的手,还有脸上多出的皱纹,阿彩摇了摇头说:"爸,我手上有呢。在学校的时候,我假期做家教,赚了不少呢。"

"你都还没正式开始工作,谈什么钱。听爸的话,拿好了。"

李长顺说完,硬是抓过阿彩的手,将叠得整整齐齐的一千元钱塞到了阿彩手中,并嘱咐道:"现在市区变化可大了,你在外面读书这几年,市里越来越繁华了。你难得去一趟,好好玩,想吃什么,想要什么,尽管买。"

"我……"

"我喊了你巧妹陪着你一起去,这小丫头精着呢,让她陪你逛逛,她哪条街都熟悉。"

李长顺刚说完,一个扎着两条小辫子的女生就凑上前,笑眯眯地望着阿彩:"阿彩姐,我知道一家小胡同里的炸洋芋,那老板手艺好着呢,能把洋芋炸得像个小荷包一样,鼓鼓的,又好看又好吃,一点也不输大城市的美味佳肴。"

"这样啊!"

"阿彩姐,我一定要带你去尝尝。我妈给我零花钱了,这次去我请你吃。"巧妹说着,笑眯眯地拉着阿彩准备上车。

阿彩看了一眼手里握着的一千元钱,想还给父亲,可是经巧妹这么一折腾,她父亲已经偷偷走了。

她想要找找父亲,一旁的司机却催促她们赶紧上车。

"阿彩姐,我们能去逛夜市吗?夜市可美了,到处都有彩灯。"

巧妹拉着阿彩上了车,司机很快启动车子离开。

从大梨树村到市区,有二十多公里的路程。因为水泥路尚未修通,路上还有些崎岖,不怎么好走。开到一半,路上颠簸更甚,司机提醒她们要抓稳了,小心别磕碰到。

"近村的山路比较难走,再往前走一段就都是柏油路了。这条路如果修好了,去市区只需要半个小时就行了,不像现在,跑一个多小时,还不一定跑得到。"司机一边开车一边说着。知道阿彩是离乡多年才回来的孩子,还给她介绍周边的变化,哪里少了一棵老树,哪里又多了一个信号基站,说得可仔细了。

阿彩坐在车上，望着窗外的景色，回想起小时候爸爸和妈妈带着年幼的她去山里找野菜的情景。那时候她喜欢趴在父亲的背篓里，让父亲背着她爬山，总是说自己爬不动，脚疼。

如今父亲和母亲都老了，她也长大了，该换她"背"父母了。

进城的这条路弯弯曲曲，明明一眼就看得到市区，可车子却要开很久很久。她还记得，她去上大学的那天，是爸妈去借了一辆三轮车，将她送到了城里去坐火车。

如今，国家扶贫政策逐项落实，村村都通了公路，惠及了千万农户。

要不了多久，大梨树村的这条路也要修好了，那时候她应该已经到国外去工作了吧！

正想着，车子就开进了市区。与司机约定好了晚上回去的时间，巧妹陪着阿彩去办理护照。

登记、拍照、缴费……各种手续办完，阿彩签字确认。工作人员告诉她，等收到信息通知，再带着证件过来取就行。

重要的事情办完，巧妹带着阿彩去市区闲逛。

阔别几年，市区大变样，阿彩已经认不出原来的路了。

以前狭窄的交通主干道,如今已经扩建成了四车道,主干道十字路口的人行天桥,造型壮观,一点也不比大城市逊色。

阿彩掏出手机,忍不住拍了几张照片。

在她拍照的时候,镜头里多了一道高大的身影。阿彩停下了动作,透过镜头,看向那人。男人身姿挺拔,应该有一米八五以上,长得很帅,英眉剑目。注意到对方那张英俊的脸,阿彩微微皱了下眉。

她是拍天桥的,可不是拍人的。她握着手机打算等那人走出她的镜头,然后再拍下人行天桥的照片。可是,让阿彩没想到的是,那人走上人行天桥,竟然停下脚步,站在了原地。

男人站在天桥,目光望着前方,阿彩犹豫片刻,还是拍下了他的侧影。

查看照片的工夫,天桥上的男人已经转头和身边陆续出现的两个男人说起了话。几个人站在那,指着天桥下的某处说着什么。

阿彩忍不住皱眉,哪有在天桥上聊天的?

阿彩望着交谈的几人,突然觉得自己就这样举着手机，等着拍照的行为有点傻。

巧妹走上前，一脸好奇地问道："阿彩姐，你在干什么？看帅哥吗？"

"巧妹，你可别乱说！我哪有！我只是想拍下天桥，可是上面一直有人，我……"

"我以为你看那个哥哥呢，他长得很帅。"巧妹探头朝天桥上看着，忍不住笑了起来。

也许是巧妹的笑声，也许是阿彩一直举着手机的怪异行为，天桥上驻足的几人回过头，朝她们看了过来，其中一个还笑着朝她们挥了下手，算是打招呼。

阿彩的视线不禁落到了那道身影上。那人的视线也正好看向她。两个人就这样四目相对，一个站在桥上，一个站在桥下。

阿彩不由得愣住了，不得不说，那人有着一双明亮的眼睛。

"阿彩姐，他们和我们打招呼呢！"巧妹伸手拽着阿彩，连忙说道。

阿彩回神，赶忙收回视线，又招了招手回应。

"巧妹，你不是说要带我去吃像荷包一样的洋芋吗？走吧，我正好有点饿了。"

巧妹听到这话，当下便拉着阿彩去巷子里那家老店。

阿彩随着巧妹一起离开，她回头瞥了一眼天桥的方向。此刻，天桥上已经没有了几人的身影。她想停下脚步重新拍一张照片，却被巧妹拉着往热闹的巷子走去。

巧妹带着阿彩来到了店里，找了一个安静的位置落座，便跑去老板那儿点餐。

"阿彩姐，我要了两盘荷包洋芋，还要了几只泡鸡脚、两杯果汁。"巧妹拿着钞票去付钱，那是临走前她母亲给她的，还叮嘱她要把钱花在该花的地方。

阿彩望着巧妹那兴奋的样子，想起之前婶婶在她面前念叨，巧妹的学习成绩很好，尤其是数学，很多孩子都害怕数学，可是巧妹却对数学非常痴迷，很多题目，她只要拿上纸笔，一溜烟的时间就算出来了。

每次到了收玉米的时节，村里乡亲都喜欢叫巧妹去帮忙，都说她算账啊，比计算器还快。

巧妹也可以考上高中，甚至有可能考上市里最好的学校，再读大学……

阿彩正想着，突然听到有人在说英语。

在这样的小城里，鲜少能听到如此标准的英语。阿彩抬眸朝柜台的方向看了过去。柜台前站着两个金发碧眼的外国人，他们用英语询问店员，可店员只是一脸尴尬地摇着头，表示自己听不懂。

其中一个比画着动作继续和店员进行交流。另一个和旁边的客人说了几句，见没有人回应她，只好拿出手机开始翻找起来。

阿彩见状，站了起来。

"阿彩姐，你要去哪？"巧妹望着她，不解地问道。

阿彩径直朝着那个金发碧眼的外国女人走了过去，然后在旁人讶异的眼光里，用流利的英文与外国女人说话。

"What can I do for you？"（需要帮忙吗？）

外国女人听到突然响起的声音，回过头，有些惊讶地望着阿彩，激动地与阿彩交流起来。

阿彩笑着和对方交谈，了解到女人名为苏珊，是特地来云南旅游的。他们见这家店人多，想着味道一定不错，便进来吃饭了。点餐很顺利，不承想吃到一半遇到了问题，便找店家沟通，可店里没人听得懂他们说什么，比画了半天也沟通不了。

经过一番询问，阿彩得知苏珊他们吃不惯洋芋里面放的折耳根，想问店家能不能更换。他们不知道折耳根叫什么名字，只能比画，结果越发让人不解。店家听了阿彩的解释，终于明白过来，当即表示可以帮他们重新做一份，还附送了店里的小吃，以此对方才的误会表示歉意。

阿彩回到座位时，巧妹正捧着鸡脚悠哉地吃着。见阿彩回来，巧妹连忙说："阿彩姐，你说的英语可真好听，跟电视里放的一样，以后我也能像你这样就好了。"

阿彩夹了一块金黄的荷包洋芋放到巧妹碗里："快吃吧，以后好好读书，想做什么都行。"

苏珊等人用餐结束后，还专门找到阿彩道谢一番才离开。

阿彩和巧妹结账后，又到附近买了一点新鲜水果，这才按照约定地点去与司机会合。

回村的路上，阿彩被车窗外的景色深深吸引了。早上她们出发的时候，雾气有些大，远处的景象看不清楚，而现在，临近傍晚，周遭的景色却清晰了。

太阳快落山了，夕阳的余晖映照在山上，整座山好像蒙着一层金色的面纱，优雅又神秘。

阿彩的心随着霞光，也沉入了山岗，这一刹那，她感到了前所未有的宁静。

她独自在大城市求学的这些年，总是忙碌地穿梭在楼宇街道间，鲜少有驻足看风景的时候。

阿彩正准备拍下这美好的景色,司机却突然刹车将车子停了下来。

突如其来的急刹车,使阿彩险些没有抓稳手机,巧妹也因为没注意,整个人往前冲,脑袋撞到了前面的座椅。

"唔!这是怎么回事啊?"巧妹捂着脑袋,有些不解地问道。

司机望着前方回道:"前面好像出了点事故。"

听到司机的话,阿彩循着司机的视线看了过去。

前方有一辆越野车横在路边。车子的引擎盖已经被掀了起来,有人正在车头检查。车旁站着几个人,有的正在打电话,有的则在一旁帮忙修理。

"他们这车横在路上,我也没法往前开啊。"司机说着,摇下车窗,探头朝外面的人喊了一声:"你们怎么了?"

那几人正在商量着什么,突然听到司机的声音,全都回过头来,其中一人快速朝他们的车子跑来。

"不好意思,请问一下,前面还有多远能到大梨树村?"

司机看对方面生便问道:"你们不是大梨树村的人吧!"

那人笑着解释:"是这样的。我们准备去大梨树村一趟,不想车子开到这儿的时候,突然从山上蹿下来一只野兔。一时情急,猛打了一把方向盘,车子撞到路边一块大石头,前车车轮爆胎了。"

那人无奈地笑了下,又说:"车子现在横在路上,我们也为难。我们已经给市里修理厂的人打了电话,可是人家嫌天晚,这边路又不好走,不愿意来,喊我们找别人。我们想着前面应该快到大梨树村了,想去村里找人帮忙,就是不知道村里有没有能修车的!"

司机上下打量了他们一番,开口道:"算你们运气好,遇到我。"

那年轻人一脸不解,显然没明白司机的话。

司机回头和阿彩和巧妹交代了一声,让她们坐在车上等着他,他则打开了车门,跳下了车。

"我正好懂一些修车的技术,车上也带着修理工具,你等一下,我去拿。"司机说着,便转身去后备厢拿修车的工具。

司机平日里常往返乡村,为应对未知的情况,修车必备的工具都是常备着的。

"师傅,真的太感谢你了!你要是能修好,那可是帮了我们大忙。"

"客气啥！出门在外的，能帮一个是一个。"司机说着，与那人一起走到了车前。

阿彩和巧妹坐在车上，看着车外几个人围着车子的一幕。

巧妹突然激动地抓着阿彩的手道："阿彩姐，你快看，是我们在天桥上见到的那几个人。"

阿彩抬起头，看到了其中一个高大的身影。虽然距离有些远，但她还是一眼看出那人就是之前挡了她镜头的男人。

阿彩微微皱了下眉，在市里遇到也就算了，没想到在回大梨树村的路上还能遇到。

"阿彩姐，我们也下去看看怎么回事。"巧妹硬是拽着她一起下了车。几人见到她们，都笑着打了声招呼。阿彩望着他们，不知该如何开口，只能本能地回以微笑。

当她对上那个男人的视线的时候，对方先一步和她打了声招呼："真巧！竟然是你们。"

阿彩一时语塞，巧妹已经热络地和他们聊起了天，笑着问他们要去大梨树村干什么，还说她们也要回大梨树村。

"我们是去大梨树村玩，听说大梨树村的景色特别美，是个欣赏日出的好地方,所以我们专程过来看,没想到半路车子坏了。"其中一人上前解释,"幸好我们遇到你们。"

巧妹凑上前,围观司机师傅修理越野车。

阿彩也将视线转移到了司机师傅手上。

司机师傅很快就把车轮给卸掉了,另一个人立即将备用轮胎递给司机师傅。

"你的英语讲得真好。"

男人的声音传来,阿彩愣了一下,抬眸便对上了男人那双漂亮的眼睛。

男人笑着走到她身边,见阿彩一脸不解,赶忙解释道:"你帮助那两个外国人的时候,我们正巧也在那儿。"

阿彩望着男人,顿了片刻才出声:"谢谢。"

男人闻言,微笑着应了一声。

很快,车子的备用轮胎就换好了。其中一人开口道:"孟哲,车子修好了,今晚我们能顺利抵达大梨树村,明天一早的拍摄准没问题。"

站在阿彩身边的男人应了一声:"好。给公司那边的人打个电话,让他们不用派车来了。"

"好,我这就打。"

二　示范基地来的农业技术员

　　司机将工具收好，擦了擦手，笑着对他们说道："大梨树村就在前面，再开半小时就到了。走吧，咱们一道回大梨树村。"

　　他们向司机道谢，还互相握了手。巧妹笑眯眯地上前，大方地和他们握手。

　　他们见阿彩站在那儿，也相继上前与其握手。

　　孟哲望着阿彩，笑着伸出手："我是孟哲，很高兴认识你。"

她望着男人，微笑着应了一句："你好，我是李彩云。"

巧妹挽着阿彩的手，凑上前一脸得意道："阿彩姐可是S大出来的高才生，我们村的大宝贝，要去国外工作的。"

"巧妹，别乱说。"阿彩急忙想要解释，可是巧妹却一脸得意地出声："本来就是，阿彩姐是我的偶像。"

阿彩伸手想要捂巧妹的嘴巴，可这丫头机灵，没等她有动作，就撒开腿跑到旁边去了，惹得在场几个人笑声不断。

阿彩望着面前的孟哲，嘀咕了一句："别听那丫头乱说。"

"好。"孟哲认真地回应了她。

大家简单聊过后，就各自上了车，朝大梨树村进发。

回村之后，阿彩回了家，将自己从城里带回来的东西分给了家人。她特地给母亲买了一条漂亮的丝巾，给父亲买了个脚部按摩器。

李长顺看到阿彩买的这些东西，脸上的笑容没了。

原本他拿给阿彩一千块，是想让她买点自己喜欢的东西的，可是，阿彩却买了不少生活用品，还给他们老两口买了礼物。

李长顺盯着那台按摩器,眉头皱得越发紧。

包装盒上的那些字,他一个都不认识,肯定是洋玩意儿。

这些洋玩意儿他搞不来,也从来不稀罕。再想到这台机器的花费肯定不止那一千块,李长顺的表情就更冷了。

"爸,你的脚有旧伤,天气一冷就容易发病。这机器可以促进你腿脚的血液循环,能缓解症状,没事经常用一下。"

"我不要!明天一早拿去城里退了!爸拿钱给你是让你花的,我们不需要这些东西!"李长顺的声音越来越大,"你这孩子,那么大了,咋就不听话呢。"

"爸,这东西不贵的。我查过,和网上的价格差不多。现在市里很多东西的优惠力度很大的。"

阿彩试图解释,可李长顺压根儿不听。

最后,还是马艳梅走上前,数落了李长顺几句:"她爸,孩子给我们买的礼物,代表了她的孝心,你就收着吧!"

"可是她……"

李长顺刚想说话,马艳梅直接打断了他,她来到阿彩面前，笑着道："阿彩，你看妈妈系这个丝巾好不好看？会不会太花哨了？我还从来没有系过这么好看的丝巾呢。"

阿彩小心地帮母亲系上丝巾，然后伸手轻轻撩开了母亲额前的发丝。

"好看，人美戴什么都好看。"

马艳梅听到这话，笑得合不拢嘴，转过身朝李长顺喊了一声："赶紧看看，好不好看？"

李长顺白了马艳梅一眼，不满地嘀咕了一句："都几十岁的人了，美什么美。"

"你会不会说话！这可是我女儿给我买的。我就这一个宝贝疙瘩，给我买个礼物怎么了！我还要说你呢，老家伙不识趣，阿彩给你买的东西多实用，瞧你那嘴脸，摆给谁看。"

"我这不是希望丫头给自己添置些好东西嘛！你要这么说，我明天一早抓只羊去卖了，给阿彩添点好东西，让她出国用。"

"这主意不错。明早我帮你抓，我陪着你去卖。"

阿彩见父母一唱一和，又扯到她身上来了，连忙出声阻止："爸，妈，你们别折腾了，离我走还有一个月呢。

你们这么着急,是不是要急着把我赶走啊!"

马艳梅听到这话,连忙解释:"怎么可能舍得把你赶走?你这丫头,可别说这样的话。"

"既然如此,也不用去卖啥羊。家里就两只羊,还要留着下小羊崽子的,怎么能卖了呢!"

听阿彩这么说,二人也不好再多说什么,只得作罢。

阿彩陪着父母到院里帮忙,刚坐了片刻,就听到巧妹的声音。

"长顺叔!长顺叔!村主任找你过去呢。"巧妹这个孩子王带着几个小跟屁虫跑了进来,"长顺叔,村主任说,遇到了长宁镇过来的农业技术员,让大伙有啥不懂的,都过去问问,他把人留在了他家。"

李长顺听到这话,立刻站起来就要往外走:"长宁镇的农业技术员怎么会来我们村?"

巧妹见到阿彩,笑着跑上前:"阿彩姐,村主任说让你也过去。你学问高,懂得多,那些高深的问题,你帮大家伙解释解释,村主任担心大家听不懂人家专家说的话。"

长宁镇距离他们村有五十多公里,属于另一个地区,经济发展非常好。因为改良种植技术,长宁镇从一个小农村，变成了如今的全省农业示范基地。

她虽然不是很了解，但也听说过不少，那里发展迅速，家家步入了小康。

可长宁镇的技术员跑来他们大梨树村干啥？阿彩也和李长顺一样不解。长宁镇那些专业的技术员，连市里老板出钱都没请动！

"走！阿彩，赶紧跟我一起去看看是怎么回事。"李长顺叫上阿彩，便朝着村主任赵永能家的方向赶去。

听说有农业专家来村里了，不少村民闻讯从家里跑出来，往村主任家的方向走。

"阿彩姐，你猜猜村主任他们口中的农业技术员是谁？"巧妹跟在阿彩身边，故作神秘地说着，"他长得很帅哦！"

阿彩见巧妹神秘兮兮的，便问了一句："是谁？"长得帅，她的脑海里下意识地浮现出当初在天桥上看到的那一道身影。

"嘿嘿！你待会儿就知道了。"巧妹加快脚步往前跑，给阿彩引路。

阿彩和父亲到村主任家时，门口已经围聚了不少来问问题的村民。

"长顺，你可算来了，刚刚听人说巧妹去喊你和阿彩了。阿彩有学问，专家说的话，肯定能听懂。"

"就是，我们不识文化，听不懂，就算听懂了一时半会儿也记不住。阿彩这丫头脑子转得快，好好记一下专家咋个说，回头给乡亲大伙儿再讲讲。"

几个村民见到李长顺，立即拉着他的手，叮嘱他进去了一定要听清楚些。

李长顺应了一声，带着阿彩进了村主任家。

村主任家的小院内已经站满了人，大家很有默契地将几位技术员围在中间。那棵十几年的老柿子树屹立在墙边，树干撑到了墙头，几个八九岁的孩子趴在墙头树干上凑热闹，想要看清楚院内的景象，嬉闹着又不敢太吵，怕被自家大人训斥。

众人看到李长顺和阿彩来了，自动为两人让出了一条道。

赵永能看到李长顺和阿彩，当即站了起来："长顺，快来，我给你介绍一下，这是农业技术部门的蒋主任。"

一位中年男子站了起来，微笑着朝李长顺伸手。李长顺上前，双手握住了对方的手，亲切地向对方问好。

"今天实在是太幸运了，没想到蒋主任这些专家会光顾我们村。我想着这么难得的机会,绝对不能错过了,就硬是把他们拽到家里,来给父老乡亲们科普、讲解。"村主任说着,朝村民示意,众人跟着鼓掌,对蒋主任一行表示热烈欢迎。

"什么专家不专家的,我们只是对土地更加了解一些罢了。大家有什么想要问的尽管问。"蒋主任笑着说。

村主任接着向众人介绍起其他几人:"这位是省里特派的技术员孟哲,这位是摄影师顾远行,还有技术员孙涛。"

阿彩早已看到孟哲,原来他们就是城里来的农业技术员。

孟哲等人在看到阿彩的时候,都露出了笑容。

"是你们呐,又见面了。"孟哲笑着凑上前,"这一天之内遇到了三次,真是缘分!"

见村民们都好奇地盯着自己,阿彩礼貌地回以微笑,简单几句话带过了回村路上的事。

村主任一听更乐呵了,满是得意地向蒋主任等人夸赞阿彩。

蒋主任听了也对阿彩的能力表示赞扬,还特地提起白天在市区碰到阿彩替几位外国友人解围的事。

蒋主任和赵永能有些交情，称得上是朋友。这次他们原本是陪着摄影师顾长远来拍摄日出的，可照片还没拍上就遇到了赵永能。

"蒋主任是专门研究农业的，老百姓种了一辈子的地，也没有专家知晓得多，所以逮着机会，我直接把蒋主任一行请到了家里，借此机会好指导指导大家。大家有啥想问的尽管问，地里的、田里的、山上的，但凡和土挂钩的，他们都懂。"

村主任这么一说，早就按耐不住的村民们连忙凑上前提问。

"专家同志，我种的洋芋苗子长得特别好，可就是结果不行，一块地挖下来，果子小，产量低，都卖不上价，也不知道是咋回事。"

"我们家的蚕豆一开始长得挺好，长到一半叶子就发黑了。"

"那个……专家同志，我家养了一头猪，不知道能不能问问你们？"

…………

村民们的问题一个接一个，前一个还没说完，后一个就接着问了。而且村民们说的都是本地方言，即便个别人说的是普通话，也相当蹩脚拗口。

蒋主任等人听得发蒙，吵嚷中才听懂一两个问题。村主任连忙叫停众人，并让阿彩帮忙翻译。

阿彩望着村民们，她明白这对于他们来说是个难得的机会。"大伙儿别急，一个一个问。"阿彩笑着与大家说，然后将乡亲们的问题反馈给蒋主任等人。

面对村民的提问，技术员孙涛率先开口为村民解答起来。

孙涛的脸还带着几许稚气，说起话来却相当认真。一旁的蒋主任认真听着他的话，不时点头表示赞同。

不过很快，说到玉米种植的时候，孙涛就不吱声了。

孙涛望着村民们，见众人都一脸认真地盯着他，他将视线转向了一旁的孟哲："农作物方面，孟哲是行家，他搞了不少研究呢，让他给大伙说说。"孙涛说着，又朝孟哲使了个眼神。

孟哲这才缓缓出声，给村民们解释了玉米在种植过程中需要注意的事项。

"在玉米选种上，应依据种植区域的气候条件、土壤的状况，以及当地市场的需求选择相应品种。播种之前需要晒种几天，这样可以有效提高种子的发芽率。施肥的话,以有机肥为主,化肥为辅,这期间大家要注意的是防治地下害虫。植株的成长跟土壤成分,还有施肥、灌溉都有关系,这个还得看过具体植株才能知晓,不过,按照我刚才说的标准去种植,都不会错的。"

村民们认真听着,角落有村民想要咳嗽,都不敢太大声。

村民问的问题很朴实,甚至有的问题还是重复的,孟哲都耐心地为村民们一一做了解答。

阿彩坐在一旁,认真听着,有村民听不懂的地方,她就帮忙解释。

孟哲的年纪应该和她差不多,但他的言行举止却有着超出他年纪的成熟、稳重。

"阿彩,你能记得住不?要是记不住,让巧妹给你拿本和笔?"

"我能记下的。"阿彩笑了下。从她落座,看到村民们那期待的眼神开始,她就打开了手机的录音,将村民们的问题,还有孟哲等人的回答都记录了下来。

直至深夜,村主任才不得不起身招呼大家:"这么晚了,该休息了,就算你们不想休息,人家技术员也需要休息。"村民们这才罢休。

回家的路上,李长顺还在念叨:"难得这些专家过来,以前一门心思种地,可谁都不懂怎么科学种植,这一晚收获很多。

"村里的乡亲们很幸运,这一晚肯定能收获很多。"

阿彩跟在父亲身后,听着父亲的话语,回想着方才孟哲和孙涛的话。

夜晚,躺在床上的阿彩并无睡意,想起乡亲们围聚在一起专注的样子,索性爬了起来,翻出了一个崭新的笔记本,将孟哲等人的回答进行整理,记录成知识点。用到专业名词的地方,她还特地批注,力求让村民们能看懂。等村民们有需要的时候,这些资料就可以发挥作用。

翌日,天刚蒙蒙亮,巧妹的声音就在屋外响起。

阿彩因为整理资料很晚才睡,最后还是母亲来到房间才将她叫醒。

"阿彩姐,我们去看日出。孙涛哥说他们知道日出的准确时间,你快点起来,我们一起过去看嘛!"

阿彩望着凑在面前一脸期待的巧妹,微微皱眉。这丫头平日里上学都没这么积极,今天却起这么早,这外面天还没亮呢。

"阿彩姐,你快一点嘛,要是去晚了,就赶不上了。"巧妹凑上前,伸手摇着阿彩。

马艳梅见巧妹那么激动的样子,调侃她:"生活在村子里那么多年,日出日落哪天都有,哪有人关注过这些,多平常的事。"

巧妹却立即反驳道:"婶,你不懂,这些东西在我们这些平常人眼里很普通,可是在艺术家的眼里就不一样了。"巧妹耐心地给马艳梅解释,住在村主任家的几个人里,那位带相机的是摄影师,是拍摄高手,他的作品好像还拿过奖。

阿彩拗不过巧妹,换了身衣服就跟着她一起出去了。

她们刚到村主任家,村主任就带着蒋主任等人出来了,正好与她们碰面。

"赵叔,我也想去看日出,为了准时,阿彩姐还睡着,我就把她从被窝里抓出来了。"巧妹挽着阿彩的手,诉说着自己对看日出的期待。

"哈哈哈,我正好要去外面一趟,你们替我陪蒋主任他们去山上,顺便带他们好好看看咱们村。"村主任伸手拍了拍一旁蒋主任的肩膀,"虽然我们村子不大,但是景色不错,你们好好看看,想怎么拍照都行。"

"你忙你的吧!我们几个能行,而且还有这两个丫头呢。"蒋主任向一旁的阿彩和巧妹示意。

和村主任告别后,一行人便在巧妹的带领下朝山上走去。

山上的路并不难走,平日里村民都喜欢到山上去采摘野菜野果,久而久之就走出了一条小道。

巧妹一边走一边向身后的几人介绍着。

"阿彩姐,这是蕨菜。我能分辨好几个品种,咱们村这座山上长的比较好吃,比城里卖的那些小,但味道鲜甜,没有苦味。"巧妹说着,跑上前采摘了一颗蕨菜,还凑在鼻尖闻了闻。

"阿彩姐,你这些年一直在外读书,是不是很怀念家乡的味道呀?山顶上有几棵果蘸儿,年年都结很多果。城里人都管它叫什么来着?"巧妹望向一旁的孙涛,在孙涛的提示下念出了它的名字,"对,对,就是树莓。这个季节别处的树莓快没了,不过这山上气温低,会比别的地方长得慢些。待会儿我去找一些给你们尝尝。"

巧妹轻车熟路地带着众人往高处爬,孙涛跟在她身后,阿彩走在孙涛身后,其后是孟哲和蒋主任。走在最后的顾远行时不时会停下脚步,用相机记录下美景,就连一株小小的蕨菜,他都会找准最佳的角度拍摄。

二 示范基地来的农业技术员

阿彩看着山上的一切,回想起了她小的时候。父母在地里劳作,她在一旁嬉闹,有时候还会去抓小昆虫。她被不知名的小虫子咬过好几次,没少被妈妈说教。后来她去镇上念了初中,顺利考上高中后到了市里,再然后以优异成绩考上S大,算下来已经有十年没在家里好好地感受这些了。

正想着,脚底踩到一块长满青苔的石头,阿彩脚下一滑,没稳住重心,整个人往后倒去。

这条路小时候常走,可没想到这么大了反而要摔倒。阿彩挥舞着双臂尽力站住,却还是无济于事。

就在她即将摔倒之际,腰间骤然一紧,紧接着一只手将她拉了回来。

"没事吧?"头顶传来男人低沉的嗓音,是孟哲的声音。

阿彩反应过来,是孟哲及时将她拉住了。

"阿彩姐,你没事吧?"巧妹从坡上蹿了下来,几步蹦到阿彩身旁,担忧地看着她,"没摔到吧?"

"不要紧吧?"孙涛也回过头来望着她。

"我没事。"阿彩连忙退开,与孟哲拉开了些距离。她被孟哲拉住,危险解除后方感有些羞涩,她不敢去看他，只是低着头。

"没事就好，要小心点。"蒋主任上前，叮嘱大伙儿走路的时候都小心脚下。天气还早，清晨的露水还在，踩不稳的话很容易打滑。

"走吧，待会儿太阳就要出来了。"

身旁传来声音，阿彩回过神，看到孟哲已经迈步往前，大家都继续赶路了，她赶忙加快脚步。这一次，她不敢再大意，每一脚都踩得稳稳的。

几分钟后，他们顺利抵达山顶。

"这地方真壮观，早些时候就应该来了。"顾长远望着眼前的景象，立即上前，在山顶上找了一个最佳观景地，然后拿出背包里的架子捣鼓起来。

孙涛掏出手机对着开始泛红的天际拍了起来，巧妹好奇地凑上前去，想看孙涛都拍了些什么。

阿彩站在原地，望着眼前的这一幕出神。

群山环绕，山的间隙已经透过几许暖黄色的阳光，山脊已经泛红，天边隐约现出霞光，也给云彩镶了红边。整个大梨树村笼罩霞光之下。

阿彩俯视着村子里的一切，原本拥挤在一起的土房子，如今变成了漂亮的庭院，沐浴在霞光中，缓缓升起炊烟,这幅景象,真的好像一幅油画。

阿彩连忙拿出手机,拍下这一幅美景。

"这里如果能打造成观景台的话,说不定会吸引很多游客。"

身边传来声音,阿彩抬眸对上了孟哲的视线。孟哲面向她,霞光从他身上拂过,让她有种他从光中走来的错觉。

那一瞬间,她看呆了。

"咔嚓"一声,打断了阿彩的思绪,她回头就看到顾长远正捧着相机对着他们。

顾长远看着相机里的照片,照片中的两人逆着光相向而立,彼此注视,清晨的微光,照亮了他们眼中的光彩。

"这照片拍得不错。"顾长远淡笑,望向孟哲和阿彩,举了举手里的相机,"我可以发给你们。"

说着,顾长远走上前,将相机里的照片展示给孟哲和阿彩看。

孟哲看到照片上的景象,只是简单说了一句:"拍得挺好。"

顾长远听到这话,瞪了孟哲一眼:"你这小子,想要得到你的夸奖,可真是难哦。"接着直接走到阿彩身边,将相机递给她。

对于摄影,阿彩并不懂,但是,欣赏美是人的本能。只一眼,她便被照片吸引了。

照片里,她和孟哲站在晨光之下,周身被一层金色的光芒笼罩,晨光穿透了云层,丝丝缕缕倾泻而下,时间似乎停驻在此刻。

这张照片,阿彩很喜欢。

"快!日出了!"

顾长远的声音传了来,下一秒就见他匆匆跑回刚才架设好的器械前,将相机固定好,然后开始拍摄日出的景象。

阿彩望着群山,原本就被霞光染红的天空,此刻越发地红了,整个山、周遭的林子、大梨树村都沉浸在这一片红色中。

村里的房子也被镀上了一层红色的光晕,烟囱里升起的袅袅炊烟也变了颜色,大地开始了呼吸。

日出的景象转瞬即逝。顾长远浏览了一遍照片和视频,露出了满意的笑容:"这个地方除了美,一时间我都不知道该用什么话来形容。我一定要把稿子投出去。这么漂亮的地方,应该让更多的人来看看。"

二 示范基地来的农业技术员

几人拍完日出，又在山间停留了一段时间。顾长远是职业摄影师，同时也是农业方面的摄影专家，一路上他拍摄了不少农作物。

回村的路上，孟哲接连几次停下脚步，在不同的地方取了一些土样。

跟在身后的巧妹好奇地追问："孟哲大哥，你这是做什么？"

还没等孟哲回答，一旁的孙涛就率先开口："孟哲又要开始做实验了，这些土壤成分的区别，他要拿回去研究。"

巧妹听到这话，一脸崇拜地望着孟哲："连土壤都可以研究，看起来好酷哦。我也想像孟哲大哥一样！"

孙涛凑上前，摇了摇头："小丫头，你还是想点别的吧！孟哲做起实验来走火入魔，他能为了观测土豆的生长，直接把睡觉的床铺都搬到土豆种植房里，为了不错过任何一次记录，连生病都不愿意去打针。"

孟哲全然不在乎孙涛的话，他走到一棵老树下，又采集了树下的土样，然后拿在手里看了半天。

蒋主任走到孟哲面前，简单问了一句有什么发现。

"据我观察，这里的土壤中含有很多矿物质，比村民们农田中的含量高很多,具体还要等检验过才知道。"孟哲说着,顺势装起了土样。

下了山,村民们见到蒋主任等人,又热情地凑了过来,想着趁他们还在大梨树村,邀请他们到地里去看看。现在地里的农作物长势正旺,关键时刻可不能掉了链子。

孟哲正好想去地里看看,几个人便商议着答应了。

阿彩也一起去了地里。大梨树村以水田为主,这家的挨着那家的,那家的挨着这家的,但因为坡地,形成了层峦叠嶂的梯田。

每当晴空万里,田里的水倒映着天上的云,蓝天白云在波光粼粼的水里闪动,俨然一幅宁静的田园画。每年春耕后,镇上的人就会过来游玩。

孟哲和蒋主任在地里走了一圈,检查了村民们种的苗,又查看了土壤。孟哲又采集了几个土壤样本,认真做了记录。

"这一次的收成应该没有问题,后续要注重病虫害的防治,关键时刻可不能缺了水。"蒋主任简单看过后就说出了问题,还给村民们介绍了防治方法,以及需要注意的事项。

孟哲查看了土壤之后,和在场的村民详细地讲解了农作物的生长、果林挂果的时间、对水肥的需求量等问题。

"大家在贫瘠的坡地上种植应加强对土壤的改良，多施有机肥、磷肥、钾肥，适量补充锌、镁、硼等微量元素，以保证植株的生长。时间久了，土壤成分也会得到改善，种植起来也会容易一些。"

"依据高山气候特点，大家在选苗的时候要选适应低温、抗逆性强的作物品种。"

"山里气温低一些，要比平地提前播种，采用地膜覆盖能够保温保湿。"

说到关键问题，孟哲更是亲自示范。

阿彩站在一旁，想到前一日在村主任家回答问题时，虽然孟哲他们讲得很直观，可是村民们听了后并不是很明白。现在孟哲在农田中示范，村民们脸上都是恍然大悟的表情。

原来，小小的种子从种到土里那一刻，一直到成熟收获，中间的工序里有那么多学问，而每一道步骤都是环环相扣的，有一步出了问题都不行。

蒋主任等人在田中逗留了许久，直到村主任回来才离开。

"劳烦了，谢谢兄弟的安排。"蒋主任望着村主任特意为大伙准备的食材，再次表示感谢。

"跟我客气什么，你们能留下来，就是对我工作的支持，我要谢你们才是。"

蒋主任见村主任这般，也不好再拒绝，便招呼孟哲和孙涛坐下休息。

"阿彩，你陪他们坐坐，聊聊天。我去厨房准备下，巧妹已经去叫长顺了，今晚热闹一下。"

"好的，叔。"

阿彩回头看了一眼坐在院子里的几人，正在心底琢磨着该如何开口，打破这份沉寂，孙涛就先一步开口："阿彩姐，你有微信吗？"

三　村里来了陌生人

听到孙涛的问题,阿彩连忙回答:"有。"

微信她有,只是回到村子里,村民们大多不用智能手机,所以一直没用到。孙涛这么一说,她立马拿出手机打开了微信。

"那我们加一下好友,等老顾把照片发出来,我传给你呀!"

"嗯。"阿彩应了一声。

微信刚添加成功,孙涛就发了信息过来,他把自己的手机号码发给了阿彩。

看着手机,阿彩回想起从前的日子。

她离开村子去外面上学的时候,大梨树村连电话信号都没有,想打电话还得骑车到镇上找电话亭。而且打电话是收费的,打一分钟就要五毛钱。那时她在外省上学,和父母约定周六中午十二点通话,父母每周都会准时去镇上给她打电话。

母亲为了节约钱,总是把要说的话凑在一起一口气说给她听,然后对她叮嘱一番,告诉她父母都很担心她,让她有什么需要尽管和家里开口,别怕用钱。

每个周末给父母打的这一通电话就是一粒定心丸,每一分、每一秒都弥足珍贵!

微信的提示音拉回了阿彩的思绪,原来是孙涛又把在场其他几人的微信也都推给了阿彩。

"阿彩姐,我把哥几个的微信全推给你了,你加一下,还有老顾的,到时候让他直接发照片给你。"说着,孙涛还提醒顾长远别忘记发照片。

"远行家"的头像是一张高清的小昆虫图片,这应该是摄影家顾长远无疑了。"一棵幸福树"的头像是一对母女,这应该是蒋主任。最后一个名片的昵称竟然是空的,头像也是一片空白。

下意识地,阿彩抬头看了一眼正和蒋主任聊天的孟哲。

孟哲收到微信提醒,也抬头望向了她。

阿彩对上孟哲的视线,笑了笑,晃悠了下手机。

孙涛凑过来向她解释这几个名片分别是谁,和阿彩想的一样,只是还没等她备注好孟哲的名字,孙涛就嘀咕起了孟哲:"阿彩姐,以后你有什么想问的尽管问我,我微信都在线,孟哲这小子不常看微信,跟他聊天你会抑郁的。"孙涛说着还朝孟哲喊了一句,"孟哥,你说我说的对不?"

孟哲瞪了孙涛一眼:"吃饭都堵不住你这张嘴。"

"嘿嘿!你可是我亲爱的孟哥。"孙涛笑嘻嘻的,转头继续和阿彩说他们遇到过的趣事。

阿彩耐心地听着,时间过得很快,没一会儿父母就来了,张婶和巧妹也过来帮忙了,父亲还特地把家里挂的腊肉拎了一块过来,说是大伙儿一起吃饭,自然是要热闹热闹。

当晚,村主任当着众人的面,对阿彩盛赞了一番:"阿彩可是我们大梨树村的宝贝,全村人的榜样!阿彩获得的这个工作机会啊,全国都没有几个名额,更别说我们这云南的边陲小镇了。"

"这么好的机会,确实难得。"孟哲开口,说话间看了阿彩一眼。

"那可不,全村人都高兴。等她准备好去工作的时候呀,我一定要亲自送她去,还要在车前挂一朵大红花。"村主任越说越得意,还不忘夸赞李长顺和马艳梅教女有方,教导出了这么有本事的孩子。

这顿饭吃到很晚,李长顺喝了些酒,回去的时候走路都有些晃,还是在阿彩和母亲的搀扶下回家的。

阿彩躺在床上,收到了导师发来的信息,询问她护照的办理情况等,她一一做了回答。翻阅信息的时候,看到了顾长远发过来的照片。

阿彩将照片保存下来,想了想又翻出了手机相册。这两天她也拍了一些照片,有日出的,有关于村子的,还有之前去市里半路上拍摄的风景,以及……

在天桥上的那张照片。

回想起那天下午,阿彩怎么也想不到这后续的种种。

看着照片上的人,阿彩想起他站在地里为村民们解说的样子,他认真得根本不像一个二十四岁的年轻人,举手投足间透着一种从容不迫的气质,深沉稳重,不由令人心生信赖。

…………

翌日,蒋主任一行人决定返回长宁镇。

李长顺得知他们要走,催促着阿彩把家里的腊肉送去给蒋主任:"阿彩,还有那些野菜,都是你妈妈昨天去山上摘来的,味道很好,你也给蒋主任他们送一些过去。"醉了酒的李长顺,说话间脑袋还在发晕。

"爸,你躺着休息,我这就去送。"

阿彩跑到村口等蒋主任的车,十几分钟后,那辆熟悉的越野车才出现,阿彩连忙招了招手。

车子还没停稳,坐在副驾驶座上的孙涛就探出头朝阿彩挥手:"阿彩姐,你怎么过来了?是来送我们的吗?"

阿彩笑着上前,递上手里的东西:"我爸让我来送送你们,他昨晚高兴过头喝多了点,来不了。这是腊肉,还有我母亲摘的野菜,你们带回去。"

"长顺哥太客气了,干吗这么破费。"蒋主任嗔怪道。

后车门被打开,一抹高大的身影下了车。

"给我吧。"

孟哲走下车，接过了阿彩手里的东西，小心地放到后备厢里。

孟哲折返来到车前，望着面前的阿彩，道了一声"谢谢"。

"我们得回队了，丫头，下次再见。"蒋主任和阿彩告了别，离开了。

"阿彩姐，有什么事可以微信上联系，有机会再见！"车子开出去一截，孙涛还探头朝阿彩挥着手喊着。

阿彩抬手挥了下，笑着与几人告别，只是，她也不知道下次见面会是什么时候。

距离她离开大梨树村只有不到半月的时间了，即使蒋主任他们有时间再来大梨树村，那时候她也已经不在这了。

或许，他们以后都不会再见了。

想到这，阿彩抬起头，看了一眼身边的这棵老梨树。

村里最年长的老人说，他们有记忆以来，这棵老梨树就已经在这屹立着了。大梨树村就是因这棵老梨树而得名。

大梨树村家家户户都种着一两棵梨树，村子里少说也有几百棵。或许大梨树村只适合种植梨树吧！这些年来，不是没有村民种过其他果树，但总体来看还是梨树长势最好。

阿彩望着这棵老梨树，忍不住伸手摸了摸它粗糙的树皮。如果她出国，就意味着很少有机会回来了，也不知道再次见到这棵老梨树又是何年！

心底的不舍直到这一刻终于蔓延开来。

阿彩在村子里转了一圈，看着村子里的变化，怎么也回想不起几年前村子的样子。

她即将离开，下一次回来不知道村子又会变成什么样子，她想将这一切都刻在脑子里，记住家乡，记住大梨树村。

等了半个月的护照办理好了，市里来了电话，通知阿彩去拿。阿彩知道父母一直在等这个消息，她便换了身衣服，拿上锄具，打算去地里帮忙，并将这个好消息告诉父母。

李长顺和马艳梅正在翻整土地，他们打算种上蔬菜。这一年的稻谷已经收完，要等来年开春放水坢田才种植新的稻谷。在这之前，地里荒着也是浪费。

"爸！妈！"

阿彩见到父母，挽起袖子便跳到地里要帮忙。马艳梅立马阻止了她的行为:"阿彩,你怎么跑来了?你别下来!地里都是淤泥,别把衣服弄脏了。"

"妈,我是来帮你们的。"

阿彩执意要帮忙,马艳梅见状直接抢走了她手里的锄头,还将她拉到了田埂上。

"这里有我和你爸爸忙活就够了,你干不了这些活。要是没事和巧妹她们玩去,她们现在放假在家,想去哪里喊她们带你去。"马艳梅一脸严肃,"听话,这锄头把子还没磨过,硌手得很。或者你回去再看看书,马上要出国工作,得准备准备。"

阿彩见母亲执意催她离开,便将护照已经办理好的事说了出来。

果然,这事一说,母亲也停下了拉扯的动作,呆呆地望着她。

"办好了啊!"

阿彩认真地点头:"是的。办好了,可以直接过去取了。"

马艳梅眨了眨眼,复又笑了起来,回头朝李长顺喊话,告诉他护照办理好的事。

李长顺一听护照办好了,高兴地跑过来:"阿彩,赶紧回去！这些活不是你该干的。这些活爸妈干了一辈子了，你不一样，你是要干大事的人，不能把精力浪费在这。"说着，李长顺又从裤兜里掏出一张红彤彤的钞票，"待会儿去村口买点卤肉，顺便去张婶家给爸打一壶高粱酒。"

马艳梅见状也催促道："你爸一高兴就喜欢喝上几口，你赶紧去吧！地里我和你爸再忙一下也差不多了。"

阿彩知道，再拗下去父母也不会让她帮忙，只好答应道："好，我去买肉和酒，回去做好饭菜等你们。"阿彩说完转身就走，并没有去接父亲的钱。

李长顺见她跑了，追着叫了两声："阿彩，叫你拿钱的！这丫头，总是那么不听话！"

每天下午村口都会有人来卖卤菜，她小的时候就是那一家人，那时候路难走，老板都是骑自行车用竹筐拉过来，现在条件好了，老板是开面包车来的，贩卖的种类也多了起来。

阿彩选了一些父母喜欢吃的，又去张婶家买酒。

巧妹见到阿彩，一听有好吃的，立刻跟在她身后回了家。回去的路上碰到李墨和阿林、阿山，巧妹将阿彩护照办下来的事告诉了他们。

"阿彩,恭喜你。"

阿彩道声谢,便邀请李墨三人一起到家里吃饭,她回去多做一些饭菜。

"那我们就不客气了。"李墨率先出声。

一旁的阿林和阿山挤眉弄眼,被李墨看见呵斥了一声,顺势转移了话题:"阿彩,你和巧妹先回去,准备点调料,最近河里的鱼又多又肥,我们几个去抓点,就当晚上加餐。"说完,李墨招呼着阿林和阿山走了。

"阿彩姐,等我们哦,我们一会儿就回来了。"远远地,传来阿山和阿林的嬉闹声。

阿彩望着远去的几人不禁笑了。

李墨中学念完之后就回村了,他很会做事,听母亲说,李墨在镇上和市里结识了很多人,村里面有人需要什么或者卖牲畜、农作物的时候,只要找李墨帮忙,准能很快解决问题。阿林和阿山总跟在李墨身边帮忙,也学到了不少东西。

阿彩和巧妹回家准备晚饭,巧妹在一旁打下手,阿彩正准备开始炒菜,屋外却传来了阿山的声音:"阿彩姐,阿彩姐!"

听到声音,阿彩忙从厨房跑了出来。阿山也跑进了院内，顾不上歇口气就忙着说道："阿彩姐，村里出了点状况，墨哥让我跑回来喊你。"

"怎么了？"阿彩连忙将沾湿的手在围裙上擦了擦。

"村里突然来了几个陌生人，还是外国人。他们拿着手机到处在村子里乱拍，还去拍张婶家的小卖部。张婶问他们要干什么，他们也不说，张婶追问，他们却要走。大家担心他们有问题，便拦住了他们，可他们执意要走，现在正在张婶家店门口。"阿山大口喘着气，"墨哥在那里协调，可大家伙儿听不懂那些人说的话，墨哥说你肯定能懂，让你赶紧过去看看。"

"我妈怎么了？"巧妹听到这事和母亲也有关系，立即凑了过来。

"我们过去看看。"阿彩说完，立即摘下围裙，顾不上其他，便和阿山、巧妹一起朝着巧妹家的方向赶去。

他们一路小跑，远远就听到了村民们的声音。

"今天不说清楚谁也不准走！"

阿彩一眼就看到四五个金发碧眼的外国人背着旅行包，手里捧着相机，被村民们团团围住。

"阿彩来了！"

有村民看到阿彩，喊了一声，所有人的目光都转移到了阿彩身上，人群自动给阿彩让开了路。

"阿彩，你听他们说，我听不大懂，只能听懂几个词。"李墨看到阿彩，立即将阿彩拉到面前。

周遭有不少闻讯赶来的村民，都担忧地望着眼前的一幕。

阿彩看着眼前几名金发碧眼的外国人，正欲开口询问，却突然在人群中发现了一道熟悉的身影。

"苏珊！"

听到阿彩的声音，站在最后的外国女人回头，看清楚是阿彩之后，面上露出了惊喜。

"是你！"苏珊也很意外。阿彩没想到，会在自己的村子里，再次遇到苏珊。

"阿彩，你认识他们？"李墨站在一旁，听到阿彩的话，也很意外。

李墨一出声，周遭的村民更不解了，大家生怕这几人是坏人，现在阿彩却说认识对方？

阿彩不顾村民们疑惑的目光，与苏珊交流起来："你们怎么会到这里来？"

阿彩娴熟地用英语与对方交流，村民们站在原地既插不上嘴，也听不懂，只能等待阿彩给他们答案。

三　村里来了陌生人

"这是一场误会。"

原来苏珊等人听说了云上梯田的美景,便来到红河想一探究竟。得知大梨树村虽然不是梯田主景区,但景色毫不逊色,他们便决定到大梨树采风。

苏珊等人是根据手机地图导航过来的,他们的车子只开到村口,下车后他们一边欣赏风景一边拍摄。进了村子以后,由于岔路多,他们迷失了方向。几个人带的水也喝光了,正好走到张婶家的小卖铺,就想上前买点水喝,又见小卖铺颇具特色,就一直在拍照。被张婶追问后,他们因语言不通,说明不了情况,可人越聚越多,他们怕引发矛盾,就想着赶紧离开,才导致了后续的误会。

误会解除了,原本紧张的众人都松了一口气,陆续离去。

"我们大梨树村的景色的确很美。要欣赏风景的话,得从另一条道,爬过这座山,到后山去,那里才是赏景最佳的位置,在高处俯瞰,整个村子一览无遗。"

"都怪我们找错了方向,这一路上磕磕绊绊,迷了路,要不然刚好可以观看落日。"苏珊望着远处的山峦,感叹今天天色已晚,无法再欣赏美景。

"那个……真的不好意思,我不知道你们是过来玩的，你们想喝水的话，我请客。免费，不要钱。"张婶笑着走上前，怀里抱着几瓶矿泉水。

阿彩笑着翻译给苏珊等人，并转达了张婶的歉意。

苏珊上前双手接过矿泉水，并向张婶和在场的村民道歉。

这时，村主任也赶了回来。今天他去隔壁村办事，正谈着，就接到了村里出事的消息，他连忙往回赶，生怕来晚了事情闹大，好在是虚惊一场。

得知苏珊等人来大梨树村欣赏风景，尤其想要拍摄村子里的独特美景时，村主任立即拍了下大腿："想要看这些还不简单？给他们在村委会安排个住的地方，明儿个一早带他们到山上，那里能看到梯田，还可以看到最美的日出，让他们几个老外呀，看了都不想回老家。"

这话一出，村民都笑了起来。

苏珊等人听不懂，只是好奇地望向阿彩。

阿彩淡笑，向苏珊等人转述村长的话。

苏珊听了非常惊喜，没想到村民们竟然这么热情，一时间也笑开了。

"既然都认识，就请他们一起回家去吃饭吧。"

听到声音，阿彩回头，看到了扛着锄头的父母，说话的正是她的父亲李长顺。

"爸。"

李长顺走上前,看了一眼苏珊等人,只是简单地笑了下算是打招呼。

"这么多年,我们村子还是头一次来外国人呢。俗话说来者是客,既然人家是冲着我们大梨树村来的,我们自然要好好招待。"李长顺和村主任打了招呼,接着对阿彩说,"阿彩,和你这几个朋友说一下,一起回家去,去家里吃饭。今晚用大锅炒菜,多做点。"

阿彩应了一声,笑着向苏珊转达了父亲的意思。

苏珊等人听后非常激动,他们决定再在大梨树村逗留一晚。

阿彩回到家,便开始忙碌起来,李墨和阿山也在一旁帮忙。李墨动作很快,才几分钟就处理好了抓回来的河鱼,架上大锅,再搭配阿彩母亲腌的酸菜,香气很快就从锅中飘了出来。

苏珊等人站在一旁观看。他们对每一件事都充满了好奇,就连阿彩用来炒菜的锅铲都能引发他们的兴趣。

饭后,苏珊和阿彩父母聊天,她询问着大梨树村的种种情况,李长顺耐心讲述,阿彩则在一旁帮两人翻译。

"这是什么东西？"苏珊注意到马艳梅放在桌子上的一个绣花小荷包，那是她给阿彩搭配的一个小饰物。

马艳梅决定在阿彩离乡出国工作前，给阿彩绣一套彝族特色服饰。等阿彩到了国外，想家的时候可以穿上这身衣服，就当她在身边。

阿彩向苏珊介绍，这荷包是母亲亲手绣出来的。

苏珊很是惊讶，拿起来爱不释手，翻来覆去地看："好漂亮，你们的手艺太厉害了！"

阿彩告诉母亲，苏珊说她绣的荷包非常精巧。

马艳梅想，这就是一个小荷包，做配饰的小物件，顶多能装点手机零钱，这些金发碧眼的外国人竟然都觉得稀奇，那要是看到她亲手绣制的裙子，岂不是要惊掉下巴？

"可以把这个卖给我吗？我愿意出钱，你们开个价。"

阿彩没想到苏珊会说出这样的话。她将苏珊的意思转达给母亲，马艳梅当即表示如果苏珊喜欢，那就送给她。荷包是她没事时候绣的，也不值什么钱，既然喜欢就送给他们做个纪念。至于给阿彩的，她回头再绣个更加精致的。

苏珊听后激动地和身边的友人诉说着惊喜，把玩了好一会儿才宝贝似的将东西收了起来。

入夜，村主任过来告诉他们，村委会已经安排好了苏珊等人的住宿，他们随时可以过去。

阿彩便和李墨、阿山、阿林带着苏珊等人去了村委会。

他们将苏珊等人安顿好，又约定第二天一起去观景。待一切妥当，阿彩才与苏珊告别，折返回家。

"阿彩，我送你。"李墨并没有直接离开。

"好。"阿彩应了一声，在李墨的陪伴下，朝着家的方向走。

阿彩回想起小时候，李墨常跑去河里抓鱼，只要抓到鱼就会往她家送，哪怕天黑了也会摸着黑跑来。村里的小巷子，李墨能闭着眼睛走，那时候她觉得他可厉害了，现在，村子里已经装上了路灯，夜晚走路方便太多了。

想到这些，阿彩正要和李墨说，李墨却先问了她一句："阿彩，拿到护照以后你就要准备离开了吗？"

听到这话，阿彩愣了那么几秒才点头："是啊，只有一个月时间，现在已经过半。拿了护照后再准备一下，就得走了。"

李墨走在一旁，听了阿彩的话沉默了。

阿彩停下脚步望着面前的人，追问道："墨哥，你有什么事吗？"

李墨抬头望着她，有些艰难地挤出一抹笑容："没、没事……我就是问问。"

"哦。"

"阿彩，你可是我们全村的骄傲。你这一走，可别忘记大伙儿。"

"不会的，我不管到了哪里，都不会忘了你们。"

李墨听到她的话笑了："有你这句话，我们就放心了。"

还没等阿彩回话，李墨匆匆叮嘱了她："阿彩，赶紧回屋，已经很晚了。"

阿彩这才意识到，刚刚两个人一路走着，竟已经到了家门口。

"嗯，好。"

"阿彩，明天见！"

李墨望着她，对上她视线的时候，笑了下，转身小跑着离开了。

阿彩站在原地，望着李墨跑远的身影，直到那身影消失在夜色中，才转身回了屋。

翌日，阿彩起了个大早，和苏珊、李墨等人一起看了日出，去了附近的梯田，还去河边看李墨他们几个摸鱼。

直至傍晚，苏珊等人才离开。

苏珊对阿彩很是感激，并表示有机会一定还要再来这个村子，这里是一个值得怀念的地方，这里有乡亲们，这里有阿彩。

送走了苏珊，李墨陪着阿彩一起回了家。

"阿彩，我换了个号码，我们加一下微信。"李墨说着掏出了一个崭新的智能手机。

"原来那个号呢？"阿彩记得李墨原来的号码用了很久，怎么突然要换掉？

"那个号不方便，以后用这个。"李墨说着，已经把微信的二维码调了出来。

"嗯。"阿彩没有多想，快速地扫了李墨的微信二维码。

很久以后，阿彩才明白，李墨是为了她才特地买了新手机，换了手机号，因为新的手机号不管多远的距离都可以打通电话。

距离出国的日子越来越近，导师接连发来信息，通知她做好准备，时间到了准时去报到。

阿彩就要离开大梨树村，张婶特地给阿彩准备了一些早就晒好的野生菌。早些时节，后山有很多种类的野生菌，每家每户都会趁着空闲去山里采一些回来。

现在村子里每家每户还是都会去山里采菌子，雨季一到家家户户的小院里常飘出菌香。有的村民更是做起采菌人，每日采野生菌送到集市上去售卖，用来贴补家用。

"张婶，巧妹最爱吃菌子，给她留着就行。我妈妈也给我准备了一些的，况且我一个人走，带不了多少东西。"

四　情况有些严重，得马上送医院

"你这孩子，你妈准备的是她的，这是婶给你准备的，是婶的心意，喊你收着你就收着。菌子婶已经晒干了，能保存很长时间。你走了以后，一个人在外，要是想我们了，就炖点吃，这毕竟是属于家乡的味道！"张婶拉着阿彩的手叮嘱了一番，让她一个人在外，要照顾好自己，巧妹那丫头都舍不得她走呢。

"那好吧！谢谢张婶。"阿彩只得接受了张婶的礼物。

这期间村主任还特地给她送来了一本宣传册——《印象红河》。那是红河州的宣传册，村主任去市里开会的时候特地找宣传部门的人要来，为的就是送给阿彩。

出国去工作，什么时候能回来谁也说不准。红河州近年来在政策扶持下，发展迅速，这些宣传册可不比大城市的差。村主任想给阿彩留个纪念，等出去工作了，不仅可以想家的时候翻看，也可以给别人介绍自己的家乡。

乡亲们的礼物使阿彩明白，大家都牵挂着她，这让她感受到了无尽的温暖。

阿彩选了一个大晴天取回了护照。护照拿到手，接下来，她就要准备出国工作的事宜了，还需要把资料给公司发过去。

处理好一切，阿彩特地去了一家奶茶店给家人买奶茶。

她刚走几步，身后传来了喇叭声。阿彩以为自己挡了别人的路，便往旁边退了几步，可对方仍在鸣笛，似乎鸣笛声中还夹杂着喊她的声音。

"阿彩姐！"

阿彩站在原地，皱了下眉，这次过来取护照的就她一个人，怎么会听到有人叫她？

"阿彩姐！"

声音越来越近，这一次，阿彩清楚地听到了自己的名字。她循着声音的方向回过头，一辆熟悉的越野车朝她开了过来，孙涛正朝她挥手。

还没等阿彩反应过来，越野车已经稳稳地停在了她面前，孙涛坐在副驾驶座上，一顶鸭舌帽让他那张年轻的脸显得更加稚嫩。开车的孟哲对上她视线的时候，朝她微笑着示意了一下。

"阿彩姐，这么巧呀，在这里遇到。"孙涛探出头望着阿彩，笑嘻嘻地没个正形。

阿彩见到孙涛十分意外，她没想到会再次遇到他们。

"你们怎么在这儿？"她走上前，笑着与两人打了招呼。

"我们正准备去大梨树村，我刚还和孟哥说这次过去不知道能不能见到你，话才说完，下一秒我就看见你了。"孙涛咂了下舌，"这叫什么？上天注定的缘分啊！"

阿彩一听这话，忍不住笑了。

孙涛突然收住了笑容："阿彩姐，你到市里做什么？"

阿彩解释她是过来取护照的,现在正准备回去。

"那正好。赶紧上车,我们送你回去。"孙涛说着,直接打开车门跳下来,大步蹿到阿彩面前,伸手接过她手里的几杯奶茶。

阿彩见孙涛那么热情,又看了一眼车上的孟哲。

"快上车吧。"孙涛已经把奶茶拎上了车,催促阿彩。

"你们等我一下。"

阿彩说完,转头朝着奶茶店铺跑去。几分钟后,又买回了两杯奶茶,递给孙涛和孟哲。

阿彩这才坐上了车,孟哲启动车子离开市区,朝着大梨树村驶去。

一路上,阿彩向孙涛和孟哲介绍着大梨树村的种种变化。路边原本有一条小河,她小的时候还会跟着村里的小伙伴一起抓鱼抓虾,现在路宽了,原本的小河也变成了农田,种上了庄稼。

"你们去大梨树村做什么?"阿彩问出了心中的疑惑。

上一次他们去大梨树村是拍日出,这次摄影师顾长远并没有同行,只有孙涛和孟哲,她自然好奇。

"嘿嘿,这得要问孟哥了。我今天原本休息,打算睡个底朝天的,可被孟哥逮起来了。"孙涛说着,不忘瞪了一眼孟哲,"孟哥,你赶紧告诉阿彩姐呗。"

听着孙涛说的话,阿彩将视线转向另一边的孟哲。

孟哲笑了下,向阿彩解释了这次去大梨树村的原因:"上次我在山上取样了一些土壤,回去做了简单的研究,和我猜测的一样,这些土壤富含多种矿物质。这些矿物质非常适合果蔬种植,这次过来就是想再确认一下,是整片土地都适合,还是碰巧我取样的那一个地方合适。"

阿彩认真地听着。大梨树村的村民们祖祖辈辈都是农民,可是真要说起专业知识来,跟孟哲一比,都要甘拜下风。

他们许多旧观念根深蒂固,有的土地问题根本无法通过经验解决,但在孟哲这里,都能迎刃而解。

阿彩是外语专业,可她却对孟哲说的这些非常感兴趣。一路上,她认真听着孟哲和孙涛给她科普的专业知识,恨不得掏出笔记本把刚刚他们讲的全部记下来。

"孟哥之前在另一个县上做指导,那里全是沙土,天生土地贫瘠,结果硬是被孟哥找出了改善的方法,费了很大劲才说动了那里的老百姓。他带着全村人一起挖沙地,进行改良种植。"孙涛一脸敬佩,"那时候,孟哥整天站在沙坝上,晒得跟个猴似的。"

孟哲听到孙涛的话,轻轻撇嘴:"孙涛,你是打算把工作笔记多抄几遍吗?"

孙涛一听这话,立马就怂了:"别啊,孟哥大人大量。我这不是心疼你嘛,明明可以坐在办公室里做研究、写材料,却非要跑去黄土地上把自己晒得黝黑,甚至把皮肤都晒伤了。"

孟哲没搭理他,只是冷冷说了一句:"做研究就得到田间地头,回头让你跟蒋主任出去跑几趟。"

孙涛一副委屈的表情:"孟哥求放过。"

孟哲没有和孙涛开玩笑,他回过头,对着后排的阿彩说:"我们到大梨树村了。"

阿彩的视线在孟哲身上短暂地停留,便越过他望向了窗外,已经能看到村口那棵老梨树了。微风吹拂,老梨树的叶子飘摇摆动,好像在朝她挥手示意。

原本漫长的山路,说笑间转眼就到了。

孟哲将车开到了阿彩家门前,阿彩拎着奶茶下了车,站在车旁。

"要不晚些过来吃饭,我做好饭等着你们?"她望着车上的两人,发出邀请。

孙涛瞥了一眼孟哲,期待着孟哲答应,可孟哲却开口:"我们去山上一趟,也不知道什么时候能回来,你先忙你的,如果回来得早我们联系你。"

"好。"阿彩应了一声。

孙涛有些失落地朝阿彩挥手:"阿彩姐,我们去忙了。"

就在车子即将启动离开的时候,孟哲朝阿彩说了一句:"谢谢你的奶茶。"

阿彩站在原地,车子已经驶离,她才反应过来孟哲是在和她道谢。

"是阿彩回来了吗?"母亲的声音从屋内传来,阿彩扬起笑容,转身拎着奶茶回了家。

"咋买了这么多东西?你又乱花钱!"马艳梅看到阿彩给他俩买的奶茶,一脸疼惜,"你这孩子,爸妈年纪大了,这些小年轻的玩意儿我们喝不来。你喜欢什么买自己的就行,不用总惦记着我们。"马艳梅将阿彩塞到她手里的奶茶又塞回阿彩手里:"妈不喝,你留着明天再喝。"

阿彩比母亲还要坚定,她反手拿过奶茶,另一只手抓住母亲收回的手,再次把奶茶塞到了母亲手里。

"今天不喝，明天就不能喝了。这个不贵的，妈，给你买的你就喝，还有爸的。我还给张婶、巧妹她们也买了，我待会儿给她们送去。"

不给母亲拒绝的机会，阿彩直接拿过吸管，快速插进奶茶杯里："妈，快喝一口试试。你不喜欢太甜的，我特地让人少放糖。"

马艳梅望着手中的奶茶，想到这是女儿买给她的，便也不再坚持，低头就着吸管喝了一口，满口都是微甜的奶香。

"好喝。"马艳梅笑了，又接连喝了几口。

"我爸呢？"阿彩朝屋内瞥了一眼，从她回来就没看到父亲，她还要把奶茶给父亲呢。

"你爸去山上放羊了。最近家里的大羊要下小崽了，你爸特地赶出去放一下，估摸着天黑就回来了。"马艳梅说着，一脸期待地问阿彩，"阿彩，你的护照拿到了吗？"

"拿到了。"阿彩快速从包里把护照拿给母亲。

小小的护照本上贴着阿彩的证件照，马艳梅伸手摸了摸阿彩的照片："我们家阿彩工作的样子好看得紧呢。"

阿彩见母亲一直盯着自己的照片，不免有些羞赧，但想到出国后父母想念自己时只能看看照片，又有些伤感，她连忙说："妈，我去给巧妹她们送奶茶了。"

阿彩急忙起身，拿上奶茶便去找巧妹。

巧妹一边看店，一边写英语作业，看样子是遇到了难题，眉头紧皱着，笔都插到了杂乱的头发上。

阿彩瞥了一眼把巧妹难住的题目，清了清嗓子，将答案说了出来。

"阿彩姐！"

巧妹抬头看见阿彩，脸上写满了惊喜，下一秒，巧妹激动地跳了起来："阿彩姐！你怎么来了，我正无聊呢！"

"来给你送奶茶。"阿彩将手里的奶茶递给巧妹。

"哇！居然是奶茶。"巧妹激动得扑上前抱着阿彩欢呼起来，"我就知道阿彩姐最好了。"

巧妹接过奶茶，一口气喝掉了大半："太好喝了，阿彩姐太懂我了，这个味道我好喜欢。我把名字记一下，等到市里读书的时候，我也要去买。"巧妹说着，小跑回去用笔在作业本上记下了奶茶标签上的名字。

阿彩看着巧妹那兴奋的样子，明明是件开心的事，可是心底却有些不是滋味。

大梨树村在山里，距离市区二十多公里，这二十公里硬生生将小山村隔绝在了繁华之外。以前，村里的人想买什么，得翻山越岭去镇上或者市里，一来一回，脚步快的可以在天黑前回到家，脚步慢的就要走夜路。

后来修了路，有摩托车的可以骑摩托车往返，方便了很多。但遇到下雨天，道路松软，时常发生垮塌，摩托车也难以行驶。好在这几年国家政策好，政府拨了款，市里给村里修了路。再过一段时间，通往大梨树村的柏油路就全线贯通了。

到时候，村里的人们去镇上、去市里，都会方便很多。孩子想要喝杯奶茶，吃点零食，就不必只能眼馋了。

阿彩不知道下一次返乡会是什么时候，不过她相信，她下次回来的时候，大梨树村一定会更好。

阿彩陪着巧妹在店里玩了一会儿，想着回去帮母亲做点事，便回了家。

回去的路上，正巧碰到李墨、阿林和阿山。

"阿彩姐，你这是去哪呀？"阿山见到阿彩，远远地就朝她喊了起来。

阿彩走到几人面前，解释自己刚从巧妹家回来，正准备回家去做饭。

"我们和墨哥要去河里抓鱼,最近河鱼多,这几天闲着没事,多抓点,吃不完的还可以送到镇上的餐馆,人家会出高价收购。"阿山晃悠了下手里提着的网兜,指了指一旁的李墨说,"墨哥最厉害了,简直就是河鱼的天敌,一个猛子扎下去,每次都能摸到一条两条。"

李墨一把将阿山拉到身后,站在了阿彩面前:"阿彩,你回去可以准备点炖鱼的调料,待会儿我给你送鱼过来。"

阿山和阿林听李墨这么说,在一旁笑呵呵的,还催促阿彩动作要快些。毕竟那些鱼都怕李墨,说不定阿彩饭菜都没弄好,他就满载而归了。

"你们少废话。"李墨推了一把离得最近的阿山,还瞪了他几眼,这才一脸认真地和阿彩说道,"阿彩,我待会儿给你送来。"

李墨说完,拽过阿山就往前走。阿林还想和阿彩唠叨几句,被李墨一声吼给喊走了。

"阿彩姐,一会儿见哦。"

阿山的声音传来。

阿彩望一起长大的小伙伴,想到她即将离开村子,倍感不舍。

阿彩回了家，见母亲在做麻花饼，便撸起袖子上前帮忙。

"你别弄脏了手，我自己来就行。"

"妈，我和爸爸都喜欢吃你做的这种饼。我这不是跟你学学手艺嘛，等以后想吃了就可以自己做了。"阿彩上前，开始帮母亲揉面。

这是红河特有的一种美食，方言称之为麻花粑粑，是一种将野花捣碎之后，和入面中，再用油煎出来的饼。咬一口，满嘴都是野花的清香，是阿彩小时候最喜欢的食物。

马艳梅听阿彩这般说，笑了起来："你出国去呀，这些东西可吃不到呢，面倒是能买到，可是红河大地特有的麻花上哪里找去？"马艳梅想了想，又说，"要不妈给你晒一些，虽然比不过新鲜的，但是你想吃的时候，也可以做来吃。"

"妈，你们这是让我搬家呢？"阿彩噘了下嘴巴，叹了口气，"你们给我准备了那么多东西，我怎么带走呀！我还有很多东西要带着去，这行李箱都装不下了。"

"唉，那就现在多吃一点。我多做些，待会儿你爸回来，咱们一起吃。"

马艳梅说着，揉面的力道都加重了些。

看着母亲做的麻花粑粑，阿彩想起送她回来的孙涛和孟哲。他们去山里，也不知道事情处理完没有，如果处理好了，喊他们过来一起吃。还有李墨，他们也来的话，就再多做一些。

阿彩将手擦干净，给孙涛打了电话。原本还担心他们在山上会没信号，但电话打过去很快就听到了声音。

"阿彩姐？"

"孙涛，你们事情处理好了吗？如果处理好了，来家里吃饭，我和我妈妈正在做麻花粑粑。"

"这么好呀。"孙涛听到有特色美食，显然很激动，"我问下孟哥处理好了没！"

电话里停顿了片刻，传来了孟哲的声音："那就打扰了。"

听到答复，阿彩应了声："你们直接过来，我多弄些菜。"

挂了电话，阿彩来到母亲身边："妈，多做点粑粑，待会儿会很热闹。"阿彩将孟哲、孙涛、李墨他们都会过来的事告诉了母亲。马艳梅一听这话，立马张罗着加菜，把家里挂的腊肠也拿了下来。

不知道过了多久,阿彩和母亲正在煎饼,门外传来了脚步声。

"阿彩姐,我们到了。"孙涛的声音从门外传了进来。

阿彩连忙去开门。门一开,孙涛就将一箱牛奶和一瓶苞谷酒递到了她面前:"阿彩姐,孟哥买的。"

阿彩瞥了一眼孙涛手里的东西,看出来是在巧妹家买的,这种酒已经是村子里能买到的最好的酒了。

"买这些做什么,来吃饭,带啥东西。"

"路过就买了,酒是给长顺叔买的。"孟哲简单说了一句,催促孙涛将东西放到屋里。

"快进屋,饼已经煎出一些,你们先尝尝。"阿彩招呼着两人进屋,然后拿起盘子,盛了几块饼给他们。

"今天终于能吃到正宗的麻花粑粑了!"孙涛伸手拿了一块,可因为烫,立马把手缩了回来,还朝耳朵上摸了摸,"哎哟喂,刚出锅的还是头一次吃,以前在路边摊买的都是放凉了的。"

"慢慢吃,很多呢。"阿彩说着,朝厨房指了指。厨房里,母亲还在继续煎饼。

"太稀罕了。"孙涛激动地说着,立马尝了一口,

"味道真好。"

孙涛还拿出手机拍了一张照片:"我要发个朋友圈,向其他同事炫耀一下。"

看着孙涛那副得意的表情,孟哲也取了一块吃了起来。

"你们吃着,我去帮我妈妈做饭。"

阿彩走进厨房,马艳梅已经准备炒腊肠了。

"这腊肠啊,用的是上次你假期回来杀的年猪的肉,你爸亲手做的。知道你不喜欢特别辣的,你爸还特地加了点糖。"

腊肠切到一半,门外传来了急促的敲门声。

声音很大。

听到声音,阿彩以为是李墨他们过来了,可下一秒,门外就传来了村民的喊声:"艳梅,你在家吗?阿彩,在家吗?"

阿彩看了一眼母亲,微微皱眉:"这声音,好像是五叔。"

"是你五叔。他怎么会过来?"马艳梅放下菜刀,顾不得手上还沾着油,就匆匆跑去开门。

"老五,你怎么来了?"马艳梅看到来人正是老五,不解地问道。

门栓才被打开,屋外的老五就着急地朝马艳梅喊道:"艳梅,阿彩在家吗?"

"在呢。"马艳梅回了一句。

听到声音的阿彩也快步朝门口走去。

"出事了!你们快过去看看,长顺哥赶羊的时候摔了,是上山砍柴的村民发现的他,好像人已经昏迷了。"

"啊!"

马艳梅听到老五的话,被吓得站在原地没了反应。

"五叔,你刚刚说什么?"

"你爸摔了,伤得很重,流了很多血。"老五望着刚跑过来的阿彩,重复了一遍。

听到父亲流了很多血的那一刻,阿彩的脑子轰隆一下,好像刹那间变成了一片空白。

"发生什么事了?"孙涛和孟哲听到喧闹声也走了出来。

老五望着在场的几人,再次催促道:"我跑回来给你们报信,长顺哥还在山上,得赶紧把他送去医院,要是去晚了……"

没等五叔说完,阿彩脚底一软,差点晕倒,好在有人及时扶了她一下。

"小心。"

听到孟哲的声音,阿彩回了神,看了眼母亲,扔下一句"妈,你照顾着家里",就直接跑了出去。

"阿彩,阿彩——"

母亲的声音从身后传来,阿彩没有理会。她一个劲地往前跑,往山里的方向跑去。

身后有脚步声跟来,是孙涛和孟哲。五叔的声音被远远甩在后面,没多会儿就听不见了。阿彩跑得太快了,她脑子里全是方才五叔说的那些话,父亲摔伤了,流了很多血,人已经昏迷了。

因为跑得太急,阿彩不小心踩到一块突起的石板,整个人失去重心朝前摔了出去。

这一下摔得有点狠,阿彩扑倒在地,膝盖和手肘顿时火辣辣地疼。

"阿彩姐,你没事吧!"孙涛和孟哲跑上前,想要拉她起来。

"我没事。"阿彩直接从地上爬了起来,继续往前跑。

父亲情况未明,她必须快一点。

他们跑到山脚，就看到有几位村民站在附近，交头接耳商量着什么。

看到阿彩来了，众人连忙出声："阿彩来了。"

"得快一点，看起来伤得好重。"

"这么严重要叫救护车啊，可是这么远，救护车到了都不知道是什么时候了！"

阿彩顾不上和他们多说，朝父亲所在的方向跑去。看到父亲被几名村民围着，阿彩冲了上去拨开了人群。

父亲摔伤的地方是山坡，这里乱石多，从乱石下长出的嫩草也多，村子里放牧的都喜欢来这边。

家里的几只羊还在旁边悠哉地吃着草，而父亲躺在乱石间，全身沾染鲜血。阿彩慌了。

"爸！"

李长顺没有任何反应。

"小心一点，先别碰他。"孟哲上前，快速检查了下李长顺的情况，确定李长顺还有呼吸之后，松了口气，"情况有些严重，得马上送医院。"

阿彩听到这话，当即去拉昏迷中的父亲，想要将人背到山下。

阿彩一边哭一边用力，顾不得父亲的血都沾到了自己身上，可父亲却纹丝未动。

"让我来。"孟哲拽开阿彩，将李长顺背到了背上，快速朝山下走去。

孟哲的脚步异常坚定，阿彩的心也镇定下来，她赶紧追上孟哲。

村民们也跟着一路小跑，他们都在担心李长顺的情况，可他们都是平常百姓，不懂得如何救人，只能跟着干着急。

"村主任不知在不在家，他的面包车能送李长顺去镇上，我已经让我儿子去找村主任了。"五叔看到阿彩他们回来，赶忙上前说道。

这边五叔的话才说完，他儿子就跑了回来说："村主任去隔壁村办事了，现在村里一时半会儿找不到车。"

"没车可咋办？刚刚120打通了，可是人家说得等着派车，加上来来回回四五十公里的路，要耽搁到什么时候去啊！"五叔着急地拍大腿，一个大男人也开始带了哭腔。

马艳梅安顿好家里赶过来，看到满身是血的李长顺，被吓得晕了过去。还好张婶和巧妹也赶了过来，在一旁照顾着她。

"上我们的车。"就在这时,孟哲坚定有力的声音传了过来,"孙涛去把车开过来,快点。"孟哲一直背着李长顺,任由李长顺身上的鲜血滴落在他的衬衫上。

"孟哲……"阿彩开口,才发现自己的声音在颤抖。

孟哲看着她,点了点头:"别担心,会没事的。"

很快,孙涛将车子开了过来。孟哲将李长顺放到车后座上,自己也跳上车,让李长顺的头枕着他的手,防止他在车上因颠簸造成二次伤害。

阿彩也匆匆上了车,坐在孟哲身边,紧张地盯着父亲。

车门关上的刹那,孙涛将车开了出去。

"张婶,帮我照顾好我妈。"阿彩探出头叮嘱张婶。

车子渐渐驰离大梨树村,阿彩望着父亲,要不是能感觉到父亲微弱的呼吸,她说不定早已崩溃大哭。

"别担心,应该是骨折了。"孟哲开口,简单说明了情况,"脸上的血是擦伤,初步判断没有伤到大脑。"

听到孟哲的话,阿彩原本紧绷的心平缓了一些。她知道,现在不是哭的时候,父亲倒下了,她要撑起这个家。

车子快速行驶着,孟哲让孙涛直接将车子开往市区。

"镇上的卫生院医疗条件有限,咱们直接去市人民医院。长顺叔得做一个详细的检查，确定没有内伤才行。"孟哲说着，又赶紧联系市人民医院："病人现在持续昏迷，外伤有些重，腿骨折了，其他的还需要做进一步的检查。"孟哲和市人民医院说明了情况，他们将在半路上与医院的救护车会合，直接前往市区医院做进一步治疗。

和医院沟通完，孟哲又拨打了救护车司机的电话，确定了对方正在赶来的路上，二十分钟后两辆车就可以碰头。

很快，他们见到了来接人的救护车。孟哲将李长顺转移到了救护车上，然后交代孙涛开车跟着他们，便与阿彩一起乘救护车朝人民医院赶去。

原本来回至少两个小时的路程，他们一个小时不到就顺利抵达医院，李长顺被推进了抢救室。

直到这一刻，阿彩才缓了口气，靠着墙壁缓缓坐在了地上。

"没事吧？"

听到孟哲的声音，阿彩抬头，看着站在自己面前的高大身影，她倔强地摇了摇头。

"我没事。"阿彩这样说着，却掉下了眼泪。

"要哭就哭吧！我看你一路憋着。"孟哲说道，"长顺叔救治及时，会没事的。"

阿彩的担忧和恐惧一涌而上，她低下头，将脑袋埋在膝盖里哭了起来。

抢救室门外，安静的走廊里只有她和孟哲两个人。阿彩在哭，孟哲默默陪着她。

阿彩哭了好一会儿，她是真的被吓到了，父亲全身是血的样子在她脑子里挥之不去。

"擦擦吧。"孟哲轻轻地说。

阿彩伸手接过了孟哲递的纸巾，快速擦了擦脸。好一会儿她才找回自己的声音，和孟哲道了一声谢。

没多会儿。

"长顺叔叔怎么样了？"孙涛赶了过来，他按照孟哲的吩咐将单位的车子开了回去，然后骑了一辆电瓶车火急火燎地赶到医院。

"还在抢救中，还在等。"孟哲率先回答了孙涛的话，朝他使了个眼色。

孙涛立马会意，没有再说话，只是安静地陪在一旁，和他们一起等待。

又过了四十分钟，村主任带着马艳梅和五叔也赶到了医院。

赵永能本来在隔壁村开会，接到李长顺出事的电话就立刻赶回了村里。他回到村里的时候，李长顺已经被孟哲送走了，他便拉着马艳梅和五叔一起赶来了医院。

马艳梅见李长顺在抢救室里那么久了都没有任何消息，又险些晕过去，好在有村主任在边上拉着。

"长顺嫂，你别担心，长顺这人和善，老天爷是知道的，他不会有事的。"村主任安慰着，将马艳梅拉到长椅上坐了下来，这才和一旁的孟哲和孙涛道谢。

"谢谢你们帮忙，今天这事多亏了你们。"

"赵主任，不用客气的，这是我们该做的。"孟哲朝一旁低着头不出声的阿彩看了一眼，"只要长顺叔没事就好。"

五　我们做个约定吧!

焦灼地等待了许久,抢救室内的医生终于出来了。

看到医生,阿彩率先冲了上去询问父亲的情况。

"病人右腿骨折,我们已经做了相应的治疗,再加上轻微颅内出血,后续还需要多观察一段时间。幸好你们送医抢救及时,没有造成失血过多。"医生望着焦急的众人,露出了微笑,"放心吧,人不会有事了。"

听到医生这么说,大家才算是松了

口气。

村主任得知李长顺脱离了生命危险，接连拍了好几下大腿，嘴里念叨着"太好了"。

"我去打几个电话，长顺发生这么严重的事，村里的人心都揪着，现在人救回来了，给他们报一下平安。"

护士过来催促他们抓紧办理住院的后续手续，阿彩起身要去，被马艳梅拦住了："阿彩，办理住院这些我还是懂的。你在这里等着你爸爸，看医生还有什么嘱咐。"马艳梅站起身，用袖子擦掉了脸上的泪痕，抓紧了一直抱在怀里的小布包，在五叔的陪伴下去住院部办理手续。

孟哲朝孙涛使了个眼色，孙涛便跟着马艳梅一起离开了。

阿彩看着母亲离去的身影，她知道小布包里面装的是他们家的积蓄，母亲害怕失去父亲，在来医院前，把家里全部积蓄都拿出来了。

那个小布包里，承载了他们家的全部。

阿彩站在原地，望着依旧紧闭的抢救室门，只能继续等待。

李长顺的右腿骨折了，经过几个小时的手术，医生最后给他用钢板固定了腿骨。

阿彩看着转移到病房的父亲，脸上还留着已经干掉的血迹，她拿了湿纸巾，轻轻替父亲擦掉。

孟哲从外面进来的时候，看到的就是这一幕。

阿彩替父亲擦干净脸和手之后，停下动作才看到孟哲站在门口。

"孟哲。"

孟哲应了一声，迈步走进病房，将手里拎着的口袋放到了小桌子上："长顺叔脱离危险了，现在只需要好好观察就行，你放下心来，现在吃点东西吧。"

原来孟哲带来的是整整两袋小笼包，包装袋里蒙着一层热气，显然是刚刚才出炉的。

阿彩心底倍感温暖，事发突然，一路奔波来市医院，又等待父亲手术，要不是孟哲提醒，她都不记得自己晚饭都没有来得及吃了。

阿彩看了下时间，已经是晚上十点了，她太过紧张，以至于都没有感觉到饿。

这期间，孟哲一直陪在她身边，还有孙涛、村主任、五叔也一直在为父亲的事情忙前忙后。

"孟哲，谢谢你。"阿彩认真地对孟哲说，这是发自内心的感谢。

见谁都不动,孙涛率先起身拿过一袋包子,然后依次递给了在病房内的几人。

"长顺婶,人是铁,饭是钢,吃饱了才能照顾好长顺叔。"孙涛将包子拿给马艳梅,又依次递给五叔、村主任,最后才来到阿彩面前,"阿彩姐,你也赶紧吃点,趁热呢。"

阿彩望着面前热腾腾的包子,点了点头,伸手接过。

几个人吃过包子,又在病房内休息了片刻。村主任找到医生,再次确定了李长顺已经脱离了生命危险,这才和五叔一起不舍地离开医院。五叔交代阿彩和马艳梅要照顾好李长顺,有什么事就给他们打电话,他们一定第一时间赶过来。

马艳梅连连道谢,送村主任和五叔离开了医院。

阿彩看父亲的各项指标都稳定下来,心底那份紧张终于散了。孟哲和孙涛一直在她身边帮忙,忙活那么久,也只是吃了那几个包子。

"孟哲、孙涛,谢谢你们。"阿彩望着两人,"今天真的非常感谢你们。"

"阿彩姐,你这是说啥呢!长顺叔没事,那就是最好的。"孙涛拉过椅子,直接坐了下来,"阿彩姐,今天晚上我帮忙看着都行，我还在休假，反正有的是时间。"

"不，不用麻烦的，我留下就可以了。"阿彩连忙开口，"已经很麻烦你们了，再这样的话，我会过意不去的。"

孙涛还要说话，被孟哲拦了下来。

"很晚了，我们再逗留下去也打扰你们休息，我和孙涛先回去了，回头再过来。"孟哲说完，率先站起身。

孙涛有些不情愿地跟着起身，嘴里还在念叨着。

阿彩应了一声，待母亲返回，便送孟哲和孙涛离开。

来到医院楼下，孙涛去骑电瓶车，孟哲和阿彩站在原地等待。

"病房里只有椅子，不能硬撑，你和婶可以换着休息。"孟哲说着，将一张房卡递给阿彩，"这是隔壁旅馆的房卡，你有什么需要和前台大姐说。"

阿彩望着孟哲手里的房卡愣在了原地，孟哲什么时候做的这些？

"别愣着，快拿着。"孟哲见她还是迟迟不伸手拿卡，便抓过她的手，将房卡塞到了她的手里，"赶紧上去吧，婶一个人在上面。"

孙涛骑了电瓶车过来，孟哲便与孙涛一起离开了。

看着孟哲和孙涛离去的身影,阿彩低头看了一眼手里的卡,简单的一张卡,却犹如千斤重,也点燃了阿彩心底的火焰。

李长顺在第二天早上醒了过来,睁开眼睛后,他盯着屋顶看了许久,才嘀咕了一句:"我的羊呢?"

马艳梅看到李长顺苏醒,激动得眼泪都掉了下来,可是还没有哭出声,就被李长顺这突然的一句话逗得哭也不是,笑也不是。

"你这家伙,可把我吓死了!这个时候还在想着你的羊。"马艳梅伸手推了一把李长顺,然后扑到床边哭了起来。

李长顺望着身边哭泣的马艳梅,还有一旁紧张的阿彩,缓了一会儿才出声:"我这是……把自己……摔进了医院啊!"

听了李长顺的话,阿彩才明白父亲当时是怎么摔伤的。

原本李长顺放羊的那片山坡野草和野果都多,看到野果,李长顺想着阿彩爱吃,就决定摘一些带回家去。他心思全在野果上,没注意脚下拴羊的绳子,整个人被绊得摔下了山坡,撞到了石头上,随后就晕了过去。

"爸，我以后再也不吃野果了。"阿彩流着泪说。

"阿彩，是爸自己太笨了，再说了，我这不是没事嘛。"李长顺努力挤出笑容，"我这一辈子最开心的事，就是我们家阿彩有出息了。"

阿彩拉住了父亲的手，摸到父亲手心的老茧，她将手握得更紧了些。

从她记事起，父亲和母亲就和土地打交道，手上的茧子就是他们辛苦劳作半辈子的证明。她能理解父母心底的喜悦，大梨树村的人，祖祖辈辈都靠土地吃饭，而她，通过读书走出了乡村，走到了大城市，如今还要走到国外，这是大梨树村从未有过的。

"爸，你赶紧好起来，等你出院了，我还要你亲自送我去车站呢。"

村主任处理完村里的事务之后，又来医院看望李长顺。巧妹硬要跟着村主任一起过来，她拎了一篮子的土鸡蛋，都是她每天蹲在鸡窝旁守着鸡捡的。

"阿彩，这是阿山、阿林我们三个凑的。我们不懂买什么合适，你拿着给叔买点营养品吃。"

阿彩没想到李墨也会跟村主任一起过来，还给她塞了一个信封。

五　我们做个约定吧！

"墨哥，不用的，你们这么关心我爸，我已经很感激了。你们……"

"我是带着任务来的，如果你不收下，回去了阿山和阿林他们也不会答应的。"没等阿彩说完，李墨直接将信封塞到她口袋里，然后退到了村主任身后。

阿彩见无法拒绝李墨，只得先将信封收了起来。她打算回村后，再给墨哥、阿林、阿山送回去。

蒋主任得知李长顺的情况，也来看望，还带了不少补品。几人围在李长顺的病床边闲聊。

"长顺，你的羊一只也没少。你住院期间家里的事张婶和老五他们都会去帮你打理，你现在要做的就是安心养好伤，早点回村里，大家伙儿都等着你呢。"

"我啊，老了……这老骨头不禁摔了，要是换作年轻的时候，摔一下顶多在家休息几天也就没事了。"李长顺靠着枕头感叹了一声。

马艳梅听到他这么说，反驳了他几句："瞎说什么呢，人要健健康康的才好，说什么摔不摔的，以后不许再给我提，你要是再说，我和你急。"

"好好好，我不说还不行吗？看你生那么大气做什么，都这把年纪了，别总是生气，生气容易长皱纹。"

听到李长顺的话,马艳梅没好气地笑了,可是眼泪却不争气地从眼角滑落。她不好意思让病房里的其他人见到,偷偷背过身子擦干了眼泪。

"好了,长顺没事就是最好的。既然到市里了,就让我来做一次东,咱们一起出去吃个饭。"蒋主任站起身,朝众人说道。

村主任也跟着说:"一起出去吃点,这几天阿彩和长顺嫂照顾长顺,都没好好吃饭。"

"这个得我来,你们大老远地跑来看长顺,理应我们请客。"马艳梅说着,立即起身抓过一旁的布包引着几人要走。

"妈,你陪他们多坐一下,我留下来照顾爸。"

阿彩的话才说完,巧妹就凑上前笑眯眯地道:"阿彩姐,你和婶都过去,我留下来帮忙照看长顺叔。我来之前才吃过东西,我不饿。"

"巧妹这丫头做事,你们放心,阿彩也一起过去吧。"村主任望着阿彩出声道。

一行人到了医院附近的一家小餐馆,简单点了几个炒菜。席间,马艳梅再次感谢了几人。

阿彩坐在母亲身边,心底感慨,这次的事,如果没有孟哲，谁也不知道会不会出现另一种结果。

快吃完饭，阿彩假借上洗手间，去前台结账，却被告知他们的账已经有人结了，阿彩询问后才知道原来刚进店的时候李墨就已经悄悄把费用结清了。

阿彩回到餐桌，听到李墨和村主任聊着已经和家里商量过了，打算去买辆车，以后往返市里、镇上会方便很多。

从餐馆出来，阿彩和李墨走在最后，阿彩将饭钱还给李墨。

"你还是不是我妹子啊？就凭你叫我这一声哥，这钱就该我来给。"李墨拍着胸口，"你放心，我没拿家里的钱，我拿给你的，还有我付的饭钱都是我抓河鱼卖的。"

说到河鱼的事，李墨脸上露出了严肃的表情。他后悔自己带着阿山、阿林去河里抓鱼，本想在阿彩面前露一手，一直在卖力地抓更多的鱼，耽误了回来的时间。不然，他一定想尽办法第一时间将长顺叔送到医院。

"阿彩，对不起。"

听到李墨的道歉，阿彩轻轻摇了摇头："墨哥，这不是你的错。我爸现在安好，就是最好的。"

"嗯。"

众人一起返回了医院,村主任将村民们送的东西搬到了病房里,就准备回村了。

阿彩让母亲收拾下东西,跟村长一起回去,回家休息几天,医院这边她照顾就好。

马艳梅哪里放心得下,当即拒绝了阿彩的提议。

"婶,你回去吧,我假期作业全部做好了,我可以留下来陪阿彩姐,帮忙照顾长顺叔。"巧妹举起手,无比认真地开口。

"巧妹!"阿彩喊住了巧妹。

马艳梅也不忍心让巧妹留下来,一再坚持要自己留下来照顾李长顺。

村主任见状径直出声道:"这样也好,就让巧妹在这里陪阿彩。长顺嫂,我载你回去,虽然家里的鸡鸭羊有张婶和老五帮忙,但终归对你家不熟悉,你回去也好详细交代下。等你回来,我再载你回来便是。"

"这样也好,长顺嫂你回去休息两天,再来换阿彩回去休息。"蒋主任也赞同这样的做法。

马艳梅只得跟着村主任先回去。临走前,马艳梅将阿彩拉到一旁,将她的小布包交给阿彩,并叮嘱医院的住院费用要是不够的话,打电话告诉她,她去卖羊。

"妈,我会处理好的,别担心。"阿彩知道,布包里是父母这几年种地积攒下来的积蓄,整整八万块钱。母亲替父亲办理住院的时候,预交了一万元押金,现在布包里还剩下七万块。

现在农村医保的报销率很高,可以不用随身带那么多钱,可是母亲却执意要带着。她的心思很简单,别的不求,只求父亲好好的。

阿彩让巧妹在病房帮忙照顾,她陪着母亲下楼,将母亲送上村主任的面包车,待所有人离开,她才返回病房。

有巧妹在一旁陪着,阿彩也不无聊。巧妹问起阿彩接下来的打算:"阿彩姐,你还有多久走?"

"大概……"被巧妹这么一问,阿彩才认真算了算,距离自己出国只有不到一周的时间了,"不到一周的时间吧!"

这么快,她就要离开大梨树村了。她的护照下来后,学校和老师已经帮她办理好了相关手续,出国的日子近在眼前了。

父亲说要亲自送她去坐车,要亲眼看着她上车,可现在父亲摔伤住院,一周的时间,想要好起来,是根本不可能的。

巧妹盯着阿彩，见她一直没说话，低下头嘀咕起来："阿彩姐，和你在一起我就特别开心，跟着你，我能学到很多东西呢，你以后去了国外工作，是不是不回来了？"

阿彩闻言，愣了一下，喃喃重复道："不回来了？"

巧妹盯着阿彩，轻轻地点了点头，念叨起来："我妈和我说你这一走，什么时候回来是个未知数。你工作那么好，又能赚钱，等发达了，说不定就不会回来了。"

听到巧妹的这番话，阿彩一时间沉默了，她还没有考虑这个问题，她出国后还会回来吗？她的父母怎么办？

"阿彩姐，你会回来的吧？"巧妹盯着阿彩，试探性地询问，"我会想你的，你如果有假期的话，能不能回来看看我们？我们都会想你的，我、我妈妈，还有花花。"

花花是巧妹家养的一条小黄狗，特别亲人，没事就在张婶的小卖部门口趴着晒太阳。

巧妹的话让阿彩更惆怅了。大梨树村是她的家乡，她一直努力读书，获得了出国深造的机会，这让全村人都跟着骄傲。

可她走了以后，到国外开启了人生的新天地，什么时候能回来，再见到父母和乡亲，这个她也说不上来。

"阿彩姐，我们做个约定好不好？"

阿彩回神，望着身边靠着她的巧妹，不解地问了声："约定什么？"

巧妹神秘兮兮拉抱着阿彩的手："阿彩姐，我也会努力读书的，等我考上好大学的时候，你能不能回来一下？我想你送我去上大学。"

阿彩望着巧妹，平日里这丫头嘻嘻哈哈的，突然这么严肃地和她说话，她都有点不习惯了。

张叔在巧妹四岁的时候就因为意外去世了，这些年来，是张婶一个人把巧妹拉扯大的。巧妹从小就调皮，张婶可没少说教她，现在这个大大咧咧的女孩，一脸认真地和她约定。

"我答应你，你考上大学的时候，我一定回来送你去上大学。"阿彩也认真地答道。

听到阿彩的话，巧妹激动得瞪大了眼睛。

"阿彩姐，我们可说好了，大人说话要算数哦！"巧妹说着，伸出手指要和阿彩拉钩，"我们拉钩，以后可不许反悔了。"

阿彩见巧妹兴奋的样子，也伸出手，与巧妹拉钩。

阿彩和巧妹聊着趣事，一直到深夜，巧妹犯困，靠在阿彩的身上睡着了。

刚给巧妹盖上毯子,阿彩的微信收到一条信息。她有些意外,信息竟然是孟哲发来的,询问她父亲的情况。

"父亲的情况好些了,苏醒后微微低烧,烧退了以后就再也没有不舒服的情况发生。现在伤势在好转中,医生也说了,一切都在正常范围内,好好休养就行。"

她的信息才发出去一会儿,孟哲的信息就回了过来。

孟哲简单交代了一些照顾病人的注意事项、饮食上有助于伤势恢复的搭配,还提到,为了更好地养伤,最好暂时坐轮椅,而轮椅她不用担心,孟哲的单位里有现成的。

据孟哲说是之前有同事在工作的时候摔伤过,大伙儿众筹给同事买过轮椅。同事好了以后那轮椅就一直在单位里放着没人用,现在长顺叔需要,他明天就送过来。

这事还是蒋主任提起的,所以孟哲第一时间联系了阿彩。

"谢谢你,孟哲。"

阿彩发了信息过去,又点开了孟哲那空白的头像,没有一条朋友圈,找不到任何使用踪迹。

孙涛说过,孟哲是一个工作狂,他的生活里除了工作还是工作,工作之外就再也没有重要的东西了。

第二天中午,孟哲将轮椅送过来了。阿彩在医院门口等到了孟哲,和孟哲一起返回病房。

他们刚到病房门口,就听到巧妹的声音。

"长顺叔,你得赶紧好起来。我妈说,等你好了,她要把珍藏的一瓶高粱酒拎来送给你呢。我的压岁钱也留着呢,等叔好了,我给你买酒喝。"

李长顺听着阿彩的话,笑出了声:"哎哟喂,巧妹这么小,就知道心疼人了,我可是有口福了呢。"

阿彩听着他们的话,笑着进了病房。

巧妹看到孟哲,立马站了起来:"哇!孟哲大哥,你也来啦。"

孟哲微笑着和巧妹打招呼,小心地将轮椅推进了病房。

"长顺叔,有这个,你就可以出去透透气了。"

李长顺看了一眼轮椅,又看了眼孟哲,当即摆手道:"孟老师,我怎么能收你的东西呢?赶紧拿去退了,我不要。我腿没事的,再躺几天就可以下床了,回家拄个拐杖就可以走路了,轮椅太破费了。"

"长顺叔,我都已经和阿彩解释过了,这是我们单位闲置的。当初众筹给同事,后来好久都没有人用,一直放在仓库里,现在你有需要,我就送过来了。"

孟哲再三解释，这是蒋主任亲自叮嘱一定要交到他手里的，与其闲置，不如给有需要的人。

李长顺这才点头收下了轮椅："等我好了，我一定亲自送回来。"

"行。"孟哲见李长顺如此，笑着将轮椅推到角落放好，又将背包打开，"我给你们带了些水果，尝尝吧！"

阿彩看到孟哲手里的苹果，有些惊喜。

这种苹果是红河的特产，叫山里红，比市场上常见的苹果要好吃很多，不仅味道甜，颜色也红得让人喜爱。

见阿彩盯着苹果，孟哲笑了下："卖苹果的大婶和我说，这里的本地人都喜欢吃这个品种的苹果，假一赔十。我特地买的，那个……我没有被骗吧！"

阿彩被孟哲这一番话给逗乐了，一旁的巧妹和李长顺也笑了起来。

"没被骗。"阿彩笑着上前，从孟哲的手里接过苹果咬了一大口，苹果的香甜顿时充满了口腔。

吃过苹果，李长顺便和孟哲聊了起来。

他摔伤后，多亏孟哲将他第一时间送到医院，不然他这条老命就撂山上了。

李长顺问起了孟哲去大梨树村的原因，通过孟哲的讲解，李长顺得知，大梨树村山坡上的土地更加适合种植农作物。山坡上的土壤富含微量元素，更符合农作物生长需要。

一直以来，大梨树村的村民都以土豆和玉米种植为主，原因就是其他农作物收成欠佳。孟哲建议，如果可以，把山坡上的坡地改为种植地，这样可以根据土壤肥度的差别，种植不同的农作物，同时对原来的田地进行改善，进而种植更多种农作物。

"这想法是挺科学的，可是……"对于孟哲的建议，李长顺感叹道，"大梨树村祖祖辈辈都在那片土地上种土豆和玉米，现在告诉他们辛苦耕耘的土地还不如山坡上的荒地，恐怕没有人会相信。"

李长顺说完，接连摇了摇头。

"不管在什么地方，不管什么事，只要符合科学，只要有带头的人，其他的问题自然可以慢慢去解决。"

阿彩坐在一旁，安静地听着孟哲和父亲谈话，听到这句话，对孟哲的敬佩油然而生。

待父亲睡下，阿彩送孟哲下楼。孟哲还要去长宁镇一趟，在路边等孙涛开车过来接他。

"不用送了，你赶紧回去吧！"

阿彩站在孟哲身边，笑着说："没事，我等孙涛来了再回去，巧妹会帮我看着的。"

孟哲应了声，没有拒绝她的好意。

阿彩正打算和孟哲聊点什么，孟哲的电话响了。

孟哲听到声音，快速接了电话，是农业部门打过来的，似乎是孟哲上交的报告得到了认可，上面非常看重他提出的建议。

"长宁镇的蔬菜基地已经取得了成功，长宁镇可以作为示范镇，总结出成功的经验，后续其他村镇想要跟进会容易很多。"

孟哲和对方说着技术支持上的事，阿彩站在孟哲身边，认真听着。关于土地的学问很高深，她不懂，但是她知道，孟哲的态度是坚定的。

或许这就是孟哲的不同之处吧！

待孟哲挂了电话，阿彩好奇地追问："孟哲，长宁镇的示范种植基地是你们在进行指导？"

孟哲收起手机，点了点头："是的。从一开始提出概念的时候，就是我们在参与。虽然过程坎坷，但终归是成功了。"

孟哲向阿彩简单介绍了长宁镇种植示范基地建设的过

程，从一开始村民不理解，到最后村民主动承包土地，再到与合作社合作，最终盈利，他们付出了许多心血，最终得到了老百姓的认可。

长宁镇是示范镇，是整个红河率先打造示范种植基地的地方，首推了合作社模式，带动了当地的经济，也让整个长宁镇的老百姓增加了收入。

"孟哲，我可以问你一个问题吗？"

孟哲不解地望着她："什么？"

"当初是不是有开发商出钱请你们搞合作模式？"阿彩望着孟哲，认真地问道，"你们为什么要拒绝？"

"这个嘛！"孟哲笑了起来，"我的工作是做农作物研究，是为百姓服务的。我能做的就是想尽一切办法解决老百姓在农业种植上遇到的问题，解决他们的困扰，至于那些商人的想法，我没有必要去研究。一个人成功不是看他走了多远、赚了多少钱，而是看他为人民做了什么，他的存在对社会有没有价值。"孟哲望着阿彩，笑容更深了，"我热爱这片土地。"

阿彩听着孟哲的话，看着孟哲眼里的亮光，这一刻，她心里有颗种子破土而出。

六　他送的礼物

嘀嘀——

车子的喇叭声传来,将阿彩拉回了现实。

孙涛的车子到了,就停在他们对面,这会儿正降下车窗朝他们挥手。

"好了,车子到了,我走了,下次再过来看长顺叔。"

"好。"

阿彩站在原地,注视着孟哲离开。他笑着转过身,然后小跑着朝马路对面跑去。阳光照在他身上,孟哲的身影被笼罩在金光下,这一瞬间,孟哲似有万丈光芒,就像在村里看日出的那一刻,耀眼得让阿彩失了神。

阿彩不记得自己是怎么回的病房,她满脑子都是孟哲的那句话,"一个人是否成功不是看他走了多远……而是看他为人民做了什么,他的存在对社会有没有价值"。

是啊!走得再远,又如何呢?阿彩的心底,前所未有地动摇起来。

"阿彩姐,长顺叔想起来活动呢。"

巧妹的声音将阿彩拉回现实。她回神,看到父亲撑着床边想要坐起身,立即上前帮忙。在巧妹的帮助下,阿彩扶着李长顺坐到了轮椅上。

"爸,我推着你出去活动活动,呼吸下新鲜空气。"

李长顺望着周遭的病友,感叹世事无常,谁也想不到明天会发生什么,他这次摔了一跤,感触深刻。

"阿彩,等你出国工作,一定要好好努力。你是老李家的金凤凰,爸爸脸上有光彩呢。"

听到父亲的话,阿彩愣了一下,因为就在父亲说这话前,她的心底竟然有了放弃出国工作的念头。

父亲的话,又让她将这个想法压了下去。

她以优异的成绩获得了这个机会,老师和同学都替她高兴，全村人都为这事庆祝，父母更是盼望着她风光地离开，去看看外面的风景，感受国外的风土人情，去见识别人从未见过，甚至想都不敢想的世界。

或许，出国就是她最好的选择。

只是，父亲现在重伤未愈，行动不便，她不忍心就这样离开，不忍心将这一切全都甩给母亲。

母亲和父亲辛苦了一辈子，如今她长大了，是该替父母分担的时候了。

在即将离开大梨树村的时候，阿彩专门给学校和外企单位打了个电话，说明了自己的情况，将办理出国手续的时间延期了一周。

医生说过，父亲想出院至少还需三四天的时间，她要照顾父亲直到出院回家，才能放心离开。

得知阿彩为了留下来照顾自己而将出国时间延期了一周，李长顺发了脾气。

"阿彩，你怎么能延期呢！这么好的机会，你延期了，公司不高兴，转头找别人可怎么办？"

看到父亲焦急的样子，阿彩笑着解释，这个工作是她凭借自己的努力得到的，已经签订过合同，除非她不愿意去，不然，工作岗位一定是她的。

六　他送的礼物

李长顺听到她的话，似乎有些不相信。最后还是村主任来了，又再三确认，才没有再纠结这个事。

"你赶紧把车票订了，一周以后，你就准时去坐车，我让你赵叔亲自开车送你去。"李长顺从枕头底下摸出了一张红彤彤的钞票，塞给阿彩，硬要阿彩把去昆明的火车票订了，不然他不放心。

阿彩见父亲这般执着，只好预订了一周后去昆明的火车票。

直到看到订票成功的消息，李长顺才哼了一声，似乎只有这样，他才满意。

"爸，你好好休息。想吃什么？我给你买。"

"我什么也不想吃。"李长顺闭上眼睛休息。

阿彩知道，父亲还在为她把离开时间延后的事不满，她也没有多说，只是默默陪伴在父亲身边。

两天后，李长顺坚持出院回了家。

母亲上山砍柴去了，羊舍里的羊今天还没有放，阿彩便决定先把羊放了，再回来做饭。

她把羊舍里的羊赶出来，羊儿一放出院子，就自顾自地朝前走，羊儿知道自己该往哪里走，知道怎么走才能顺利抵达山上去吃更鲜嫩的草。

两只刚出生不久的小羊跟在她身后，小羊脚步急切地追赶大羊。

看着小羊如此努力的样子，阿彩感叹，等她离开村子，可能再也碰不到这些小家伙了！

"阿彩！"

听到声音，阿彩停下了脚步："墨哥，你怎么在这？"

李墨跑到阿彩面前，喘了口气，笑道："你可让我好找，我刚去你家找你，可你没在家。长顺叔说你应该是赶羊到山上来了，所以我就过来了。"

"墨哥，你找我有什么事？"

李墨收起笑容，然后站直了身子，将手藏在了身后："我有个东西想要给你。"

"什么？"

"先说好，这是我第一次给人买礼物，我也不知道你会不会喜欢。就算你不喜欢，你也不要嫌弃，好不好？"李墨说着，越发严肃。

阿彩见李墨这般，不由得皱眉，李墨平日里能说会道，怎么今天说这两句话的工夫，额头上都淌汗了？

"墨哥送的东西，不管是什么，我都会喜欢。"

六　他送的礼物

"真的?"李墨听到这话,松了一口气。

阿彩点头。

李墨挑眉,笑得灿烂:"你这么说我就放心了。"说完,就将一枚漂亮的发卡递到阿彩面前。

那是一个镶满了水钻的蝴蝶发卡,在阳光下折射出七色光彩。看到的第一眼,阿彩就被这精致的做工吸引了。

"很漂亮,你什么时候买的?"

"你别管这个,你只要告诉我你喜不喜欢就行。"李墨一脸得意的表情。

"喜欢。"

"那就好。"李墨说着,上前准备将蝴蝶发卡别到了阿彩的头发上。

"墨哥?"李墨突然靠近,阿彩想要后退。

"别动,我给你戴上。"李墨满意地笑了起来,"好看。"

阿彩伸手摸了摸头上的蝴蝶发卡,望向面前的李墨道谢,李墨只是看着她一个劲地傻笑。

"阿彩,我走啦,我去抓鱼,晚点给你们送来,你给长顺叔炖点汤喝。"李墨说完,没等阿彩回答,就匆匆跑开了。

看着李墨跑开的身影,阿彩觉得今天的李墨怪怪的,但具体怎么回事,她也说不上来。

阿彩将羊赶到了山上,才返回家里开始做饭。她特地多做了些饭菜,等李墨过来,好留他下来吃饭。

饭做好,马艳梅也砍柴回来了,没多会儿,李墨拎着几条河鱼来了,阿山和阿林跟在他身后。

"阿彩,把鱼炖上。我抓上岸来的时候就处理好了,今天这些鱼儿倒霉,遇到的是我,老窝都被我给端了,一水儿全是这么大的。"

阿彩看着李墨带来的鱼,应该是专门挑选出来的大鱼。阿林和阿山在一旁偷笑,显然知道这背后的小秘密。

阿彩没拆穿李墨,只是将鱼儿拿去炖上。

母亲上山砍柴的时候还采了一些新鲜的山蕨菜,阿彩拿出腊肉来炒。

阿山和阿林见有好吃的,立即摩拳擦掌起来,搬了板凳去院子里陪李长顺聊天。

李墨见阿山和阿林没个正形的样子,嘀咕了几句,就去厨房帮阿彩的忙。

"墨哥,你和阿山他们去坐着,这里我一个人就行。"

六 他送的礼物

李墨瞥了一眼，看帮不上什么忙，最后把目光落到了灶台前的柴火上。

原本柴火都是李长顺劈，但这段时间李长顺受伤休养，柴火没人劈，都快见底了，李墨便转身去院子里找斧子。

知道李墨要干什么，阿彩也没有阻止。她转身将煮好的腊肉切成片。

阿彩专注地切腊肉，并没有注意到一旁的李墨一直盯着她，直到她抬起头，李墨才收回了视线，继而开始劈柴。

当李墨再次偷看阿彩的时候，阿彩正好抬头。两个人的视线相会，李墨立即避开了视线。

阿彩瞥了一眼手里的腊肉，以为李墨是看她切的肉，她笑了下，伸手取了一片肥瘦相间的腊肉递给李墨："墨哥，这是我爸自己做的腊肉，要不要尝尝？"

李墨听到这话，双颊不自觉地红了。

"哈哈哈，我要，我要。"没等李墨回应，阿山笑着跑了过来，一把夺过了阿彩手里的腊肉，然后大口吃下。肥而不腻的腊肉入口，香味浓郁，阿山一脸满足。

"嗯，这是只有我们大梨树村才有的味道，真棒！"

阿山说着，还舔了下唇，一脸回味无穷的表情，"墨哥，可惜了，你没吃到，被我抢先了。"

李墨没说话，只是瞪着阿山。

阿山见李墨瞪他，笑得更加得意了，他朝阿彩说道："阿彩姐，墨哥一直……"

"你这嘴巴吃肉都堵不住是不是？"李墨大步蹿上前，一把勾住阿山的脖子，将他拽到了怀里，"别废话，赶紧过来劈柴！劈不完，待会儿就不准吃饭！"

"墨哥，你这是恩将仇报啊！"阿山还要继续说，被李墨一记眼神瞪了回去，只能接过斧头开始劈柴。

李墨则蹲下身，将已经劈好的柴火捡起来，整齐地码在灶台边。

阿彩做了一大桌子菜，想到张婶和五叔对家里的照顾，又去五叔家和张婶家邀请他们过来一起吃饭。

当晚，阿彩家的小院热闹非凡。

饭桌上，李长顺望向众人："经历了这次的事，我才明白，好好活着，和老伙计们坐在一起吃饭聊天，就是幸福！"

阿彩望着父亲那认真的模样，回想起父亲受伤的场景，心有余悸。继而又想到家里就她一个孩子，如果她离

六 他送的礼物

开，父母老了，以后再遇到这样的事，那……

"阿彩！"

阿彩抬眸望着面前正和她说话的李墨，连忙应了一声："墨哥，什么事？"

"吃饭呢，发什么呆。"李墨夹了一块鱼肉放到她的碗里。

"谢谢。"阿彩这才低头继续吃饭。

就在刚刚，那个想法在她心底又一次闪过。

李长顺的伤在慢慢恢复，他每天都拄着拐杖从家里出去，走到村口的那棵老梨树边，然后坐在老梨树下休息一会儿，又走回来。

马艳梅总是劝他多休养，家里的事她一个人就能处理好，让他不用担心。

李长顺却说，他想要多锻炼锻炼，因为再过三天，就是阿彩离开的日子，他想亲自送阿彩走。

阿彩听到父亲和母亲在房间里的谈话，才如梦初醒般想起，她购买的火车票就是三天后的。

她该准备离开了，行李得收拾，乡亲们送给她的东西她还得一样一样打包，还有村主任特地给她找来的那本红河宣传册，她都得带上。

公司的工作人员也打过电话给她，和她确认了离开时间和入职时间。

一切的一切，都按照计划进行着。

只是，阿彩的内心始终有一丝迟疑。

阿彩离开大梨树村的前一天，李长顺拄着拐杖，艰难地走到了大梨树下，回来的时候身旁跟着孟哲和孙涛，不仅孟哲和孙涛来了，蒋主任和顾长远也来了。

蒋主任他们前脚一到，村主任后脚也拎着两条河鱼过来了。

他们知道阿彩第二天就要离开大梨树村，特地抽出时间，一起过来为她践行，看望李长顺。

蒋主任带了些肉和菜，还买了一些补品，来来回回拎了好几趟才拎完。

顾长远将第一次来大梨树村时拍的一张阿彩的单人照洗了出来，还特地用相框框了起来，这便是顾长远送给阿彩的礼物。

"阿彩姐，我也给你准备了个小礼物。"孙涛凑上前，将一支精致的钢笔送给阿彩。

阿彩看着价格不菲的钢笔说道："这太贵重了，我不能要。"

"阿彩姐，这是我用闲来无事写文章的稿费买的，特地买来送给你，希望你以后用到这支笔的时候，能想起我们。"孙涛说着，看了看周遭的几人，"我们都会想念你的，出国工作可不比在村子里，以后你可要自己照顾自己了。"

孙涛虽然性子大大咧咧，看起来没心没肺，但是她知道，孙涛是讲义气的人，是真正的朋友。

阿彩点了点头，将笔收下："孙涛，谢谢你。"

"客气啥，阿彩姐，我都舍不得你走了。"孙涛说着，伸手抓着后脑勺，乐了。

蒋主任对阿彩叮嘱了一番，大梨树村能养育出她这么优秀的孩子，是大梨树村的福，他提醒阿彩以后有了成就，可别忘记家乡。

"我知道。"阿彩认真答道。

蒋主任很欣慰，接着和村主任、李长顺他们闲聊起来。

"长宁镇又要搞新的蔬菜基地了，这次合作的是省里面一个大型加工厂，蔬菜从播下种子的那一天就签下合同，从种植到采摘，全都是一条龙。长宁镇的所有农户都参与了这项大工程，现在全部田地都改种了蔬菜，规模十分可观。"

蒋主任又简单地说起了长宁镇的发展。这些年，长宁镇变化很大。长宁镇本就是蔬菜种植大镇，但是没有统一管理和指导，不同农户种植不同的产品，导致产品混杂，质量也没有保障。有时候农户种的是白菜，可是收购方却要花菜，等农户种上花菜，收购方要的又是别的了。有时候一年忙活到头，也不见得有多少收入。

后来，专业技术团队进驻，进行统一管理和技术指导。开设了合作社之后，种植方案由合作社全权主导，收购方需要什么，农户们就种植什么，保证了销路。几年下来，长宁镇的改变是翻天覆地的，长宁镇的百姓也都奔了小康，家家户户都建了新房、开上了小车。

现在一提起长宁镇，谁都知道那是全省都出了名的蔬菜重镇。

"长宁镇发达呀，我们要是也像长宁那样该多好。"李长顺感叹了一句。

村主任在一旁沉默地听着。

阿彩在一旁帮着母亲做饭，几个人的谈话清楚地进了她的耳朵。

饭后，父亲陪着村主任和蒋主任继续聊天。马艳梅去山上赶羊,孙涛想体验一下放羊的乐趣,跟着一起去了。

阿彩在厨房洗碗,她将碗筷收拾好,刚刚起身,就看到孟哲走了进来。

"你明天就走了,这个东西送给你。"

孟哲说着,递给她一本笔记本。

"这是什么?"阿彩好奇地望着手中的笔记本。

孟哲送她的笔记本显然是用过的。

"我见你对这些也挺有兴趣的,所以制作了这本笔记,希望对你有点帮助。"孟哲说着,笑了下,"打开看看吧。"

阿彩缓缓将手中的笔记本打开,看到笔记本上记录的各种内容,阿彩的疑惑瞬间转为惊喜。

笔记本上记录了各种农作物的种植知识,从种子的选择到播种,再到后期的培育,所有的流程都做了详细说明。更让人惊讶的是,孟哲不仅详细写出了种植的注意事项,还把植株的一些细节用笔画了出来。

这本笔记本,是孟哲知识的结晶。

阿彩觉得捧在手心里的笔记本沉甸甸的:"孟哲,你真的要把它送给我?"

"当然了。"孟哲望着她,笑了。

"可是，这是你……"阿彩望着孟哲，眼睛都禁不住颤了颤。

"这些都是我一个字一个字记录下来的，每一页都刻在了我的脑子里。如果这个本子对你有帮助的话，那或许它存在的价值会更高。"

"孟哲……"阿彩的心很乱，她无法用语言形容此刻的心情，只是抱紧了笔记本，"谢谢。"

天色渐晚，李长顺坐在轮椅上，由阿彩推着他送蒋主任等人离开。

一路上，李长顺还在感谢蒋主任他们这次专程来看望，不管是他还是阿彩，都非常感谢他们的牵挂。

几个人上了车，孟哲启动了车子，他回过头望向了阿彩："一路顺风！"

阿彩知道，孟哲是在和她告别。

阿彩看着眼前的几位朋友，以后说不定再也见不到了。

"谢谢。"阿彩开口，再一次和孟哲道谢。

孟哲没有回答，只是轻轻一笑，随即踩下油门将车子驶离。

"阿彩姐，一定要照顾好自己。"车子远去，孙涛依旧探出头朝她挥舞着手臂,"有事可以微信联系……我二十四小时在的哦……"

阿彩突然觉得眼眶有些酸酸的,是啊,以后或许很难再见,但要是想他们了,还可以在微信上联系。

或许,这是最好的结果。

阿彩推着父亲返回家中,一路无言。

就在阿彩推着父亲进屋的时候,李长顺突然开口叫住了阿彩。

"爸?"阿彩停下脚步,等待父亲接下来的话。

"阿彩,我这辈子就你一个孩子,你能出国深造,爸很欣慰,你是爸一生的骄傲。"

听到父亲的话,阿彩的脚步有些沉重。她如果告诉父亲,她不想走了,父亲会不会勃然大怒?

回家的路上,阿彩心底一直在纠结。

父亲住院的时候,她的心底就冒出过这样的想法,她想陪在父母身边,也想带着大梨树村致富。父亲回家休养的这段时间,她在家里也想了无数次,孟哲的一番话给予了她动力,今天孟哲送她的礼物又为她指明了方向。

即便是在这小小的大梨树村,也有很多事情可以做,很多条路可以去探究,只是没有带头人。

她想留下来，留在这片土地上，用自己所学的知识，去改变大梨树村的命运。

可父亲的一番话，让她无法再开口。

"爸，我会努力的。"阿彩轻声回道，小心推着父亲进了家门。

…………

到了离开这一天，马艳梅早早就起来做饭了。

阿彩起来的时候，就看到母亲把一桌子饭菜都忙活出来了。

不多会儿，村主任也把车子开来了，他还特地在面包车车头挂了一朵大红花，看上去特别喜庆。

"长顺，怎么样，好看吧？我让我家那口子在隔壁市集上扯的大红布，扎出来的大红花。"村主任笑着走了进屋，李长顺连忙招呼村主任落座。

"阿彩，都收拾好了吗？"马艳梅做好饭菜，看到阿彩起床就围了过来，提醒她再检查是否装好了重要证件。

阿彩望着父亲和村主任高兴地攀谈着。今天，父亲一早就起来活动了，拄着拐杖行走起来比之前要好一些，可还是不能久立，想到无法亲自去送阿彩，父亲有些懊恼。

阿彩明白，如果不是出了事，父亲一定会送她的，

六 他送的礼物

说不定他还会亲自陪着她到昆明,送她上飞机,奈何现在……

"阿彩姐!我过来送你。"巧妹的声音从屋外传来,阿彩听到声音转身出了屋。

巧妹站在门口,探头朝屋内张望,看到阿彩之后才小跑到她面前。

"姐,这是我送你的礼物。"巧妹拿出了一顶用野花编织而成的花环。

花环上有很多不知名的小花,阿彩知道,这些都是后山上的野花,看花的新鲜度,巧妹应该是天一亮就跑去山上摘的。

阿彩盯着巧妹手里的花环,眼眶湿润了。

"阿彩姐,我帮你戴上好不好?"

回过神的阿彩轻轻点了点头,借着蹲下身的动作,偷偷擦掉了眼眶里的眼泪。

巧妹看着自己折腾了好久才编好的花环,露出了满意的笑容。

"阿彩姐真漂亮。"

阿彩望着巧妹,轻轻抱住了她:"巧妹,谢谢你。"

"阿彩、巧妹，快来吃饭了。"李长顺的声音传来。

饭桌上，村主任一边吃饭一边叮嘱着阿彩，出国以后要好好照顾自己，别让人给欺负了。大梨树村的人虽然没什么文化，但是，他们一直站在阿彩身后，替她加油。大家随时等着她回来，以后在外面不管过得如何，都不要忘记家乡，还有乡亲们，大梨树村永远是她的家。

"赵叔，我知道的。"阿彩应了一声。

赵永能正好夹到一块瘦肉，他立即将肉夹给了阿彩，嘱咐阿彩一定多吃一点，接下来一路奔波，会很辛苦。

"阿彩，这是你最爱吃的。"

"阿彩姐，还有这个……"

阿彩望着碗里堆起来的食物，每一样都是她喜欢的菜，都是父亲母亲特意为她准备的，可是这个时候吃起来，却有些食不知味。

饭后，马艳梅顾不上收拾碗筷，匆匆进屋将阿彩的行李拿了出来，一一提上了村主任的面包车。

李长顺坐在轮椅上，还在因不能送阿彩沮丧："我这腿一点也不争气，今天我应该亲自送阿彩的。"

李长顺说着，朝自己的腿打了几下，被阿彩及时叫住："爸，妈，那我就走了。"

六　他送的礼物

七　我想留下来，不走了

阿彩告别父母，上了车。村主任见李长顺和马艳梅都有些不舍，连忙出声安慰道："你们放心，我一定将阿彩安全送到车站。"

"老赵，麻烦你了。"

"跟我客气什么，这是我应该做的，怎么说我也是阿彩的叔叔呢。"村主任笑着上了车，然后启动了车子，载着阿彩离开。

村民们看到阿彩要走了，都驻足观望，夸赞着李家孩子有出息。

"阿彩要出去见大世面了,真好啊!"

"这孩子有出息,以后不得了。"

"我们家的孩子也能这么努力的话,我一定砸锅卖铁供他读书。"

"你们说,国外什么样?那里的天会比咱们这的还蓝吗?"

…………

这些话清楚地传到了阿彩的耳朵里,她不由得感叹,国外的天,有多蓝呢?所有人,不都生存在这同一片蓝天之下吗?

车子开到村口,阿山和阿林跳了出来,与阿彩道别。

"阿山、阿林,你们怎么在这里?"

阿山推了一把阿林,阿林僵持了一下,才笑眯眯地开口:"我们知道你要走了,特意过来送送你。"

"嗯。"阿彩应了一声,望着阿山和阿林,探头瞥了一眼。以往阿山和阿林总是跟在李墨身后,他们从来都是形影不离的,可今天却没有看到李墨。

"阿彩姐,路上小心啊,要记得我们哦。"阿林笑眯眯地说着。一旁的阿山也跟着说道:"阿彩姐,我们会想你的。"

阿彩望着面前的两人，应了一声："谢谢你们，我也会想你们的。"

阿山和阿林站在老梨树下与阿彩挥手告别。看着阿彩搭乘的车子越来越远，阿山回过头，朝着老梨树后喊了一声："墨哥，阿彩姐走了。"

随着阿山的话音落下，一抹身影从老梨树后走了出来。李墨靠着老梨树，目光平淡地望着那辆远去的面包车。

阿山跑上前，有些着急："墨哥，你一直喜欢阿彩姐，为什么不说呢？阿彩姐这一走，也不知道什么时候会回来。你现在不说，以后就没机会了。"

李墨没有理阿山，只是慵懒地靠着老梨树，望着车子远去的方向，好一会儿才低语了一句："她属于更远的地方，她应该自由飞翔。"

车子渐渐离开，那棵老梨树在视线里越来越小，直到完全消失，阿彩才不舍地收回目光。

山路颠簸，车子跟着摇晃起来。

"再过一段时间，这条路就修完了，到时候再去市区，一路都是柏油路。"村主任一边驾驶着车子，一边和阿彩说，"等你以后回国，回大梨树村就更方便了。"

"嗯。"阿彩应了一声。她看着后视镜里刚刚走过的那条路,想起她回来的时候,正好碰到下雨,几百米的道路泥泞得无从下脚。

但很快,这条路就会变成漂亮的柏油路,大梨树村的乡亲们一定会热闹地举办庆祝宴。

不一会儿,车子驶到了柏油路上,不再颠簸。

"还有一个小时才能到火车站,你靠着休息一会儿,我的驾驶技术你放一百个心。"

阿彩轻轻应了一声靠在了车窗上,她并没有睡,甚至一点睡意都没有。她靠着车窗,望着窗外的景象。她想要将窗外的景象,尽可能地印刻在脑子里。

"阿彩,咱们到了。"听到村主任的声音,阿彩回过头,不是要开一个多小时的车吗?怎么这么快就到了?

阿彩连忙下了车,村主任帮她拎着行李箱,陪她去车站取了票。

"阿彩,还有一个小时才发车,你先去候车厅休息下。"村主任简单交代之后,将手里的行李箱交给阿彩,"你先进去,等我一下,我一会儿就回来。"

"赵叔……"

阿彩想叫住村主任,可他已经转身走了。阿彩回头看了一眼陆陆续续进站的人,也拖着行李箱进了车站。

距离发车还有一个小时的时间,阿彩找了一个空位坐下来。她拿出手机,有一条老师发来的信息,询问她是否已经按时坐上了车。

她告诉老师自己已经在车站候车了。

"阿彩,这些你拿着路上吃。"村主任回来了,手还拎着一口袋零食和水果,都是村里买不到的。

"赵叔,你这是做什么?"阿彩连忙拒绝,"我已经带了很多吃的了,还有张婶给我煮的鸡蛋呢。"

"你带着路上吃。这一路又是火车又是飞机的,得多带点。"赵永能没给阿彩拒绝的机会,硬是将这些东西塞到了她的包里,"阿彩,你走了以后要好好照顾好自己,我们都是些粗人,没见过世面,但看你有文化、有能耐,也跟着高兴呢。你有出息了,以后可别忘了回来,到时候提前告诉我,我开车来接你,说不定那时候我换了辆小轿车。"

"好的,赵叔。"

"出去了,一定要好好的,大伙也就放心了。"村主任坐在阿彩身边,简单地交代着。

直到候车厅内响起广播声,阿彩搭乘的车子即将抵达，他们才起身。

"阿彩，快，得去排队检票了。"

村主任催促着，阿彩站起身，拿起行李去检票口排队。

"赵叔，谢谢你。"

"说什么谢不谢的，你们过得好，就是我们最大的心愿。"村主任将阿彩送到了检票口，他不能再往前了，"阿彩，一定要照顾好自己！"

阿彩与村主任道了别，转身检票进了站，村主任依旧站在原地，远远地望着她。

阿彩有些吃力地拉着行李上了楼梯，就看到那辆绿色的火车缓缓驶入站内。

看到火车，乘客们都开始奔跑起来，想要第一时间登上火车。阿彩拖着行李箱，笨拙地走着。行李包袱实在太多，阿彩不得不停下脚步，调整包袱位置，却被身后没及时停下脚步的人撞了一下。

阿彩手里拎着的东西洒落了一地。

"姑娘，不好意思啊！"撞到阿彩的大婶道了声歉，见自己所搭乘的车厢就在眼前，匆匆走了。

阿彩看着散落在地上的东西，巧妹送给她的花环险些被人踩到,她连忙蹲下身将花环捡了回来,然后接着捡起其他物品。就在她拿起孟哲送给她的笔记本的时候,她停下了动作。看着手中的笔记本,阿彩迟疑了。

她即将离开,出国后这些种植和农作物的知识对她来说将只剩纪念意义。

"没上车的快一点,车子很快就要出发了。"

乘务员催促的声音传来,阿彩快速将物品都装回口袋里,拉上行李箱朝火车走去。

…………

赵永能目送着阿彩检票进站以后,并没有马上离开,他走出大厅,在火车站门口的石阶前坐了下来,一根烟拿在手里,却没怎么抽。

直到听到火车启动的鸣笛声他才笑了起来,因为笑得有些突然,还被烟呛了一口。

"咳,咳,有出息好啊!大梨树村多有些这样的孩子就好了。"

赵永能站起身,拍了拍身上的灰,朝停在对面的面包车走去。

"会有的。"熟悉的声音从身后传来。

赵永能愣了下,不解地回头望去。

阿彩站在车站门口,看到村主任望着她,努力微笑着。

赵永能揉了揉眼睛,不可置信地看着面前的阿彩:"阿彩,你……你……"

"赵叔,我不走了。"

…………

阿彩坐在面包车上,赵永能驾驶着车子返回大梨树村。一个多小时的路程,硬是开了一个小时还没有开出去一半,两个人一路无话。

得知阿彩不走的那一刻,赵永能浑身的血液都冲向了头部,原本一切都准备好了,所有人都期盼着阿彩能在国外成就一番事业,可是现在,阿彩却告诉他,她不想出国了,她要留下来,留在大梨树村,要为大梨树村做点力所能及的事。

赵永能看着前面的路,心里盘算着如何向阿彩父母交代,只要他加快速度,他们早就能到村子里了,可他却不敢。

全村人都看到他送阿彩离开,送阿彩出去见世面,现在他又开车将阿彩带了回来。这让他如何去向村民们解释!

七 我想留下来,不走了

阿彩坐在车上，怀里抱着孟哲送的笔记本。

笔记本里的内容，她看完了。回想起来，每种作物的生长细节都在她脑海里浮现。

她想明白了，所以她不走了。

她要留下来，留在父母身边照顾他们，留在大梨树村，用自己所学的知识，为乡亲们做点什么。

孟哲说过，不管在哪里，不管是什么事，只要有带头人，都可以解决。没错，她可以做那个带头人。

大梨树村的人一辈子都守着这片土地，一辈子都只能看到大梨树村，外面的世界是什么样的，她一个人出去看了，只有她一个人知道，如果可以，她希望大家都去看看外面的世界。

她相信，在红河这片美好的土地上，还有更多美好等着他们去发现。

她一个人走出去，和大家都走出去，孰轻孰重，她已有定论。

为了心里的这个念头，她决定留下。

出国工作的机会虽然难得，但她现在有更有意义的事情要做。

…………

"阿彩！"

"你怎么回来了？"

"阿彩姐，你……这是咋了？"

李长顺和马艳梅看到阿彩的时候，脸上写满了震惊，留下来帮忙的巧妹也是一脸惊讶。

看到去而复返的阿彩，所有人都傻眼了。

阿彩望着面前的众人，露出了微笑。

"爸，妈……我想好了，我想留下来，留在你们身边，我不打算走了。"

"什么？"

李长顺激动地从轮椅上站了起来。他双脚站在地上，直直地瞪着阿彩，腿上传来剧痛，李长顺的表情变得扭曲起来。

"长顺叔叔，你快坐下。"距离李长顺最近的巧妹连忙上前将他搀扶着坐到了轮椅上。

马艳梅顾不上李长顺，焦急地问阿彩："阿彩，你到底是怎么了？不是什么都办理好了吗？你怎么突然说不走了呢？"

"妈，我想留下来，为咱们大梨树村做点什么，也想留在你们身边，照顾你们。"

"我们不用你照顾，我们可以自己照顾自己。阿彩，那么好的工作机会，你怎么能说不要就不要呢？你听话，别耍脾气。"马艳梅连忙走到阿彩面前，拉住阿彩的手，"你赶紧买明天的火车票，明天一早我亲自送你去坐火车。"

阿彩握住了母亲的手："妈，你听我说。"

"说什么啊，你回来做什么！我们好脚好手的，还能干活呢，哪里需要你照顾啊！你是要去大地方的人，怎么能留在这大山里面。"马艳梅说着说着，哭了起来。

他们盼了一辈子，好不容易看到了希望，阿彩能够有更好的生活，可这丫头是哪根筋搭错了，说不去就不去了，这让她如何安得下心来。

"阿彩！"李长顺愤怒地吼了一声，一巴掌拍在了桌子上，"我和你妈辛苦了一辈子，为的是啥？就是不想让你在大山里浪费你的大好青春！你努力学习，有了文化，难道还想要在这片土地上摸爬？你知道你回来意味着什么吗？"

"爸，我很清楚我在做什么。"阿彩走上前，试图和父亲沟通，"我想明白了，我是大梨树村第一个大学生，学成归来，我想为我们的家乡做点什么。我出国工作，我长了见识，我工资收入高，我一个人富裕了，但我希望大家都能过上这样的日子，我留下来，带领大家一起找寻致富的办法，带领大家一起富裕起来，那不是更好吗？"

"阿彩，现在大家的生活条件已经改善了。前两年政府专项扶贫，我们村子已经脱贫摘帽了，大家的生活会越来越好的。你一个女孩子，放着体面的工作不去做，要留在这山里干农活不成？"马艳梅立即反驳，语气里带着质问。

"妈，脱贫摘帽，只是说明我们已经脱掉了贫困的帽子，能吃饱穿暖，但这一切是远远不够的。大梨树村的乡亲们要主动寻找一条致富路富起来，才是最终目的。"

马艳梅听到阿彩的话，似乎是想到了什么，沉默地思考着。

"大梨树村有很多可以做的事，也有很多值得深挖的。只要有人带头，一切困难都可以克服，我想我可以试试……"

"够了！"阿彩的话还没说完，就被李长顺一声呵斥打断了，"我不要听你跟我扯这些！你给我好好反省一下！明天一早，你赵叔开车，我和你妈亲自送你去车站。"李长顺说完，怒气冲冲地推着轮椅往屋里走。到了门槛前，轮椅的轮子被卡住，阿彩看到上前帮忙，但被李长顺推开了。

李长顺死死拽着轮椅，几乎拼尽了全力将轮椅从门槛上滚了过去。阿彩站在原地，看着父亲决然离去的背影，低下了头。

马艳梅也没有说话，只是坐在一旁的椅子上，偷偷抹着眼泪。

巧妹站在阿彩身边，想要安慰却又不知道该说什么，只能安静地陪着。

村主任望着这一幕，叹了口气："什么事好好商量，总会有解决的办法的。"眼下这个局面，他也不知道该说什么了。

阿彩放弃出国工作的机会跑回大梨树村的消息，很快便在村民中传开了。

张婶得知这个消息后就匆匆来到了阿彩家。

"阿彩啊，你这是咋了，怎么回来了呢？"

阿彩看着张婶脸上焦急的表情，她明白，张婶是真心为她好，便没有多说，只是亲切地喊着张婶进屋坐。

张婶见阿彩不说缘由，追着问了一句："这到底是咋回事啊？"

"张婶，你坐一下，我去烧点水。"阿彩转身进了厨房。

有好事的村民来到李长顺家门口，探头朝屋里看，想要确定是不是真的和大家说的一样，阿彩回来了。

看到阿彩之后，大家都想不通，这大好机会，别人有钱都买不到，这丫头片子咋个就不要了？

"阿彩……"

李墨原本在河里抓鱼，得知阿彩回来，都顾不得回家换衣服，就直接跑了过来。冲到阿彩家的时候，李墨的头发和衣服还都湿着。

"阿彩，你怎么回来了？是不是出什么事了？"

跟在李墨身后的阿山和阿林，费了好大劲才追上李墨的脚步，来到阿彩家，看到阿彩真的回来了，震惊得忘了说话。

阿彩望着面前的几人，淡淡地笑了下："说来话长，回来了就是回来了。"

…………

这一晚，阿彩家的小院里来了不少人。母亲为了说服她，将村子里几个德高望重的长辈请了过来，想让他们和阿彩说说道理，让她打消留在大梨树村的念头，还是好好地出国工作。

"我已经想清楚了,我走出火车站的时候就已经知道留下来意味着什么了。"阿彩望着众人,认真道,"我想用我所学的,帮助大梨树村走上一条致富的道路。"

阿彩的话并没有得到认同,一个没做过几天农活的女孩子,如何帮助村子?还致富?

"阿彩,我们一辈子都生活在这大山之中,祖祖辈辈都靠着这一亩三分地过活,我们已经习惯了。可是你不一样,你读了十几年书,大学毕业,有机会到大千世界里探究那些新鲜的事,你不能因为一念之差,荒废了自己的人生啊!"大梨树村一位年老的长辈耐心劝导阿彩。

阿彩听着这番话,望向了说话的长辈:"我知道你们都是为了我好,我也明白我这样的选择会面对多少困境,但是,你们有没有想过大梨树村的未来,有没有想过子孙的明天,为什么不能让大梨树村去接受新的事物。虽然我们不懂,但我们可以学啊!"

众人听到这话,一时沉默了。

新的事物?他们不是没有过这样的想法,但并没有去尝试过,因为他们害怕失败。他们一辈子都种植土豆、玉米,即便受到天气影响,也会有收成。可是种植其他作物，万一有什么意外，可就真的是颗粒无收了。

没人敢去承担这个风险，所以不愿意接受新的事物，这也就是那么多年来，大梨树村一直维持现状的原因。阿彩是第一个这么直白地说出来的人。

众人你看我，我看你，最终都没有再多说什么。

"阿彩，那你说，现在大梨树村能干什么？"

一直站在角落的五叔问道，所有人的视线又回到了阿彩身上。

阿彩望着五叔，又看向在场的所有人，大家的眼神里有懵懂，还有旺盛的求知欲。

阿彩将改良村里耕地土壤的建议告诉了众人。大梨树村的土地贫瘠，一直以来只能种植土豆、玉米。孟哲之前说过，后山那片山地的土壤更有营养，更适合种植农作物，所以，阿彩建议大家将那片山地改为种植农作物的主要用地。同时对原本贫瘠的土地进行改造，让原本只适合种植土豆和玉米的土壤能够适应更多的农作物，争取多样化，甚至达到产业化。

阿彩说得极其认真，将孟哲土样检测的结果也告知了众人，可是村民们却不认同，种了一辈子的土地，改什么改？改了能做啥？还不是要种地？

"阿彩，你就别扯这些了，听长顺兄弟的，你乖乖收拾下东西，明天一早让村主任送你去车站，跟工作单位那边道个歉，你要好好把握这个机会。"

"是啊！阿彩，你可是村子里第一个大学生，全部人都盼着你给村子里的孩子们树立榜样呢。"

"是啊！阿彩，别任性，你得从大山里飞出去，不能往回飞。"

"就是，就是。"

小院子里喧嚷声不断，阿彩听着乡亲们的话，无奈地叹了口气，她明白，这个时候和大家说什么都是没有用的，她说得再详细，大家也未必会相信。

她想起当初孟哲他们来村子里的时候，大伙儿热情地聚在村主任家里，听孟哲他们解说。可是讲解了那么多知识，村民们并没有真正记住什么。可孟哲在地里给村民们演示农作物用肥的时候，村民们却很快就学会了施肥的比例和用法。

她明白，想要让大家迈出这一步，她必须当这个带头人，率先尝试，敢于创新。

直到深夜，村主任起身，让大家回家休息，小院的人才慢慢散去。

阿彩见众人离去，起身收拾板凳，但有人动作比她更快。

阿彩抬眸，李墨也停下动作，对上她的视线，认真地说："阿彩，虽然我不知道你想做什么，但是，不管你做什么，我都支持你。"

李墨说话间还拍着胸脯，像是害怕阿彩不相信。

阿彩被李墨这话逗笑了："你都不知道我想做什么，就答应，万一我做的事是个笑话，你不怕你也被笑话了？"

"阿彩，你懂文化，你说的自然是有道理的，所以我相信你。你想做什么，放手去做就行，要是有需要我的时候，尽管开口，我都在。"李墨说完，快速收拾起板凳，又三两下把地上的瓜子壳打扫干净，"阿彩，加油！"

如果说村民的质疑让阿彩身处冰洞，那李墨的那句"加油"就是拉她上岸的绳索，让阿彩更加坚定了留下来的决心。

阿彩收拾好院子，插上门栓，回头就看到母亲站在堂屋门口。

"妈，我知道你想说啥，但是我已经决定了。"没等马艳梅说话，阿彩就开口道，"我一定要留下来。"

七 我想留下来，不走了

马艳梅望着阿彩,她的眼中没有愤怒,而是写满了担忧:"阿彩啊,妈就你这么一个孩子,你让我说你什么好呢?妈就希望你好好的,我不图你大富大贵,只要健康快乐,妈就知足了……"

"妈,我会的。"阿彩伸手抱住了母亲。母亲的体温从怀中传来,阿彩知道接下来她要面对的困难可能会更多,但她毫不畏惧。

翌日,李长顺执意要让阿彩拿上行李出发,村主任也一大早就过来了,依旧是那辆面包车,大红花仍挂在车头。

"阿彩!阿彩!"李长顺大声喊着,可是屋子内却始终没有回应。

"阿彩!"

李长顺没有放弃,最后还是马艳梅从屋子里走了出来,告诉他阿彩不在家里。

"不在家,她去哪了?"

马艳梅简单解释了一句"阿彩去山上了",就去厨房准备早饭了。

李长顺听到马艳梅的话,拄着拐杖就要去山上找阿彩，幸好被赵永能及时拦住。

"长顺，你别动怒。阿彩这丫头一向懂事，她不是那种不识大局的人，她既然选择留下来，自然有她的道理。昨晚我回去想了很久，阿彩说的很对。"赵永能拽着李长顺，说着自己的想法，"我们村子前两年靠着政策兜底，顺利摘了贫困的帽子，可是，我们距离小康差得还很远呐。"

李长顺望着赵永能，挣扎着要出去的动作最终停了下来。

赵永能试探着询问："阿彩这丫头学什么都快，不如，让她试试？"

李长顺没有理会，只是紧紧地握着手里的拐杖。

马艳梅煮了几碗面条，端到了桌子上："人是铁，饭是钢，要生气也得吃点东西。"

村主任见状，径直走到饭桌前，将面条端了过来，递给李长顺。可李长顺依旧没有理会，继续沉默着。

……………

天还灰蒙蒙的，阿彩就一个人跑到了山上，她想要再看一次大梨树村的日出。

阿彩站在山上，静静地望着天边那片昏暗的云彩。当曙光开始出现，昏暗的云彩也开始变换颜色，从淡淡的灰色,变成了灰白色,又变成了暖黄色,最后映照出了红彤彤的霞光。

阿彩闭上眼睛,任由微风吹拂着自己的发丝。

直到中午,阿彩才返回家中。

李长顺坐在桌前,早上那碗面条还在桌子上放着。阿彩见状,喊了一声,可李长顺没有回答她。

马艳梅听到阿彩回来,连忙叫她进屋吃点东西,一上午没吃饭,肯定饿了。

"妈,我不饿,我刚才在山上的时候,摘了些野果吃。我去村里一趟,晚点回来。"阿彩说完,便匆匆离开了。

"这孩子,急匆匆的也不知道要去干什么,我给她弄点饭菜带过去。"

"不许管她!"李长顺突然发怒。

马艳梅被李长顺突然的吼声吓了一跳,她伸手抚着心口,一脸紧张地望着李长顺:"你这是怎么了,发什么神经!"

"我李长顺没有养过这么不听话的女儿!这丫头非要和我对着干,我就当没生过她。"李长顺一边说着,一边艰难起身,拖着受伤的腿,大步往屋里走去。

阿彩来到村里,找到了村主任,再一次向村主任申明了自己的想法：改善土壤环境，种植多样化作物，将大梨树村全部带动起来，打造产业化基地。

长宁镇的省级示范基地就是率先打造出了产业，和市场接轨，才实现了供给、输送等多方面一体化。

阿彩相信，只要找对了方法，他们大梨树村也能打造出属于自己的产业链，到时候，整个村子不仅仅是脱贫，而是全面致富！

"阿彩，我明白你的意思，可是产业化，不像说起来这么简单。我也希望大家的生活变得更好，大梨树村能够致富，我作为村主任更是责无旁贷，可是，以我们现在的条件，该如何做啊？"

村主任将阿彩叫进了村委会的办公室，给她倒了一杯茶水。

"阿彩，你的想法很好，可是一时半会儿如何实现得了？我们村子现在上上下下两百来户，看似人口众多，可是，村里面多半的人都在外面打工。年轻人都在外奔波，剩下的都是些老幼妇孺，想要动员大家改造土地，谁有余力，谁又肯轻易尝试？！"村主任无奈地叹了口气，"改善土地确实可行，可现在我们根本没有劳动力，如何来做？去隔壁村镇请工，这工钱恐怕没有几家出得起。"

七 我想留下来，不走了

八　这只是开始

村主任的一番话,让阿彩意识到了现实远比想象复杂。

正如村主任所说,就算她说得头头是道,说的都是真理,可若无法付诸实践,那就是竹篮打水一场空。

村主任的话给原本信心满满的阿彩当头泼了一盆凉水。

阿彩一个人走在村子里,遇到乡亲们和她打招呼,她也只是低着头应一声。她的脑子里,全是村主任的那些话。

"只要有带头的人，其他的问题自然可以慢慢解决。"情绪低迷的阿彩突然想起了孟哲这句话。孟哲是农业方面的专家，她怎么把孟哲忘了？

阿彩决定找孟哲帮忙。

她翻出手机，打开了孟哲的微信，可想了想又将手机收了起来。她想请孟哲帮忙，在微信上说太没有诚意了，她决定到孟哲单位，当面请教孟哲。

大梨树村每到周日都有往返市区或者镇上的短途客车，拉客的是客运段上统一的面包车，颜色也都是绿色，去镇上只要五块钱，去市里要十六块。

客车起始点就在村口，人满即走。阿彩来到老梨树下，和同样等车的众人打了招呼，便站在一旁等候。

上一次坐这种短途客运的车子，还是她小学毕业的时候，那时候去市里只要六块钱。她还记得，彼时她以优异的成绩考入了镇上的初中，母亲带着她坐车去了镇上，参观了即将就读的中学，还带着她去市里吃了一顿大餐，给她买了新书包和新的学习用品。

那时候的路全是山路，要是遇到下雨天，哪怕给司机加钱，人家也未必愿意跑这一趟。

"阿彩这丫头到底是怎么想的！出国的机会都不要，

偏偏要回来,她回来能做啥?"

"就是啊!她一直在外读书,都没干过农活。就她那小身板,当得了农民吗?"

"我们家孩子要是像她这么出息,我做梦都要笑醒。"

"唉……这丫头,该不会是害怕出国吧?"

阿彩的思绪被村民的议论声打断,但阿彩没有为自己辩解。

她明白,她说什么都是徒劳的,只有做出成绩,才能让父母和乡亲真正地理解她。

好在没等太久,客车便来了。阿彩付了钱,找了个靠后的位置坐下,拿出手机,再次翻出孟哲的微信。

"忙吗?"

发出消息后,阿彩就在心底琢磨着见到孟哲该如何向他说明自己的想法。

她放弃了出国工作的机会,然后选择留在家乡,想要做出点成绩,为自己的家乡出一份力。孟哲会理解她吗?会帮助她吗?

通知铃声传来,阿彩连忙低头看了一眼,是孟哲的回复。

"刚忙完回到单位休息。你出国时间定了吗？"

看到孟哲的信息，阿彩无奈地笑了下。她现在要是告诉孟哲，她不但没走，还留在了家乡，此刻正要去找他帮忙，会不会吓到他？

不过阿彩并没有说这些，只是问孟哲："你待会儿有空吗？"

"有，需要我做什么吗？"孟哲回复得很快。

"我找你有点事。我一个多小时后到，约个地点见见如何？"

消息发出后，孟哲没有回复，而是直接打来了电话。

看着屏幕上的"孟哲"二字，阿彩迟疑了，孟哲一定是猜到她没走了。

阿彩接了电话，她才"喂"了一声，电话里就传来孟哲熟悉的声音。

"阿彩，你没有走吗？"

"孟哲，这说来话长，我正坐在去市里的车上，待会儿见面了我再和你细说可以吗？"她压低了声音。

"好，我去车站接你，一会儿见。"孟哲和她交代了一句，很快就挂了电话。

车子抵达市里，几位大婶在市集附近下了车，剩阿彩

八　这只是开始

153

一人坐着车子去了车站。

阿彩下了车,翻出手机准备给孟哲发个信息。

"阿彩。"

手机还没有解锁,身后就传来了熟悉的声音。

阿彩回过头就看到了孟哲,看这样子,他应该是等了她一会儿了。

"孟哲。"阿彩轻轻唤了一声,伸手扒开被风吹乱的发丝,"我没有耽误你吧?"

"没有,今天的工作结束得早,你打电话来的时候我已经休息了。"孟哲简单说了一句,下一秒却拉住了阿彩的手,顺势将她扯到自己身边。

阿彩重心不稳,直接扑向了孟哲,撞进了孟哲怀里。

"小心!"

孟哲带着她往后退了一步。原来是她身后的车子正在倒车,可阿彩站在盲区,险些被撞。

两个人靠得太近,阿彩连忙拉开了距离。

孟哲脸也有些红,避开了阿彩的视线。刚刚的举动让两个人都有些不自在,一时间都陷入沉默。

"孟哥!阿彩姐!"

好在孙涛的声音及时响起。

阿彩立即笑着望向面前跑来的人："孙涛，你也来了！"

"孟哥说来接你，怎么能少得了我呢？"孙涛说着，显摆了一下手里拎着的奶茶，"知道阿彩姐要过来，我立马就准备上了。"

阿彩看着孙涛得意的样子，忍不住笑了。

"别闹腾了。走，找个吃饭的地方，阿彩赶车，都没来得及吃饭吧？"孟哲开口，推了一把孙涛。

孙涛立即笑眯眯地招呼着阿彩，带她去附近的餐厅。

阿彩有些犹豫，孟哲看了一眼她，安慰地说道："走吧，吃饱了再慢慢谈。"

阿彩轻轻应了一声，她跟在孟哲的身后，两个人都很有默契地没有再提及方才的事。

他们去了附近一家家常菜馆，孙涛熟络地和老板娘攀谈，让老板娘做几个特色的好菜招呼朋友。说完，孙涛还向老板娘要了一盘凉拌酸菜，这是当地比较流行的特色菜。

孙涛回到桌前就忙着追问阿彩："阿彩姐，这个时候你不是应该出国了吗，怎么现在还在家？是不是发生什么事了？"

面对孙涛和孟哲的关心,阿彩解释道自己放弃了出国的机会,选择留下来陪在父母的身边,留在大梨树村做更多的事。

"留在大梨树村?"

孙涛听到阿彩的话,也十分震惊,他明白,阿彩放弃的不仅仅是一份好工作,更是改变命运的机会。

"我已经想明白了,我知道我接下来要做什么……"

阿彩又简单说明了自己的想法和当下的困难,希望孟哲他们能为她提供一些帮助。

乡亲们对于孟哲他们这些农业专家是打心眼里佩服的,所以,改良土壤、改变种植策略这些话如果从孟哲他们的嘴里说出来,或许乡亲们会愿意听,会去尝试。

阿彩询问孟哲能否再去村子里给大家科普一下改善土壤条件和科学种植的重要性及方法。

"孟哥,接下来我们要在长宁镇那边做……"

"我答应你。"没等孙涛说完,孟哲就率先开口答应了下来。

阿彩听到这话,悬着的心总算是落下了。

"既然孟哥去,我肯定也要去。"孙涛认真说道,

"阿彩姐，这事交给我们，有我和孟哥在，一定能给老乡们讲得清楚、详细。"

"谢谢你们，真的，谢谢。"阿彩的感激之情溢于言表。

"阿彩。"孟哲开口，叫住了她。

"嗯？"阿彩望向了孟哲。

"这条路很漫长，不是一朝一夕的事情。你一旦选择走下去，就难有回头路了。"

阿彩的笑容收了起来，她从孟哲的眼睛里看到了担忧。她知道她要面对的困难重重，但是，从她放弃出国的机会，毅然留下来的那一刻起，她就已经没有回头路了。这是她的选择。

"我知道。"

吃过饭后，孟哲邀请阿彩去他们单位看看。到了单位，孙涛一边引着阿彩往前面走，一边说着单位里的趣事，说什么最近他忙着跟蒋主任下村去考察，孟哲那边一直围着几棵辣椒转悠，就差把辣椒搬到屋子里了。

"阿彩姐，我带你去孟哲的工作室，看看他最疼爱的那些大宝贝。"

阿彩很期待，笑着回应："好。"

"阿彩姐,孟哥这家伙呀,做起研究来简直是走火入魔。之前在长宁镇工作的时候,有个热情的大婶想给孟哥介绍自家孙女给他做女朋友,大婶好说歹说要孟哥去人家家里坐坐,结果大婶等到了晚上都没有见到孟哥的影子。你猜孟哥在哪里?"孙涛说到这里的时候,还故意看了一眼孟哲。

"在哪?"阿彩笑着询问。

"那自然是……在工作岗位上奋战了将近二十个小时,然后回到单位倒头就睡。等他醒来的时候呀,都第二天啰。"说着,孙涛偷偷瞥了一眼孟哲,"阿彩姐,孟哥虽然学问做得好,但感情方面的事就……"孙涛说到这就不说了,只一个劲地坏笑。

孟哲没有搭理孙涛,他对阿彩说:"别听他瞎扯,走吧,马上就到了。"

孟哲的房间在走廊末尾。刚到门口,阿彩就看到了几种植物盆栽,玉米、土豆、红薯,就连四季豆都有。

"进屋坐坐。"

说着,孟哲已经推开了房门。屋子干净整洁,除了床铺之外,还有一套桌椅和柜子。桌子上的资料整整齐齐,分门别类放在文件盒中。窗台上摆着几盆植物,是什么名字，阿彩叫不上来。

"那是我新嫁接的瓜苗。刚嫁接成功，还经不住风吹日晒。"没等阿彩询问，孟哲就率先解答了她的疑惑。

孟哲拿过桌子旁的热水壶，翻出纸杯，给阿彩倒了杯热水。

"谢谢。"阿彩伸手接过，在椅子上坐了下来。

"阿彩姐，长顺叔好些了吗？能走了吗？"孙涛问道。

"不借助拐杖的话，还是不能走很远。"阿彩简单说着父亲的情况。一想到父亲到现在都还不和她说话，她心底就有些无奈。

放弃出国机会，选择留在乡村，别人都觉得她在犯傻。可能陪伴在父母身边，能照顾着他们，光是这一点，她就不觉得后悔。

她出国深造，是为了这个家庭变得更好，她留下来，也一样会找到合适的途径。殊途同归，阿彩的心里有一杆秤。

阿彩又向孙涛学习了不少知识，一直待到傍晚才去赶最后一班回村的车。路上，她重新规划了接下来的工作。

她要搞一期农林耕种的专题培训，从土壤改良到新品

八 这只是开始

培育、科学种植，样样都要讲解。她相信在孟哲专业的讲解下，村民们一定会愿意付出行动的。只要大家伙齐心协力，产业化指日可待。

孟哲已经答应这个周末过来讲解，在这之前，她得做好宣传。

阿彩怀着满腔的热情回到了家里。李长顺正坐在桌子前抽着烟，听到阿彩回来的声音，冷冷地哼了一声。

冷战依旧。

阿彩知道父亲还在生她的气。她想过和父亲好好说，但父亲正在气头上，说再多也无用，好在母亲理解她。

马艳梅看到阿彩回来，招呼着她进屋吃饭："怎么回来那么晚，我正担心你呢。饭菜都在锅里热着，肯定饿了吧！赶紧趁热吃。"马艳梅说着，偷偷看了一眼李长顺。可李长顺连动都没有动过一下，依旧坐在桌子前抽烟。

马艳梅叹了口气，转身进了屋。

…………

翌日，阿彩一大早就开工了。

"阿彩姐，你画得真好看。"

巧妹吃着一根冰棒，站在阿彩的身后，好奇地盯着阿彩绘制宣传图。

今早阿彩找到村主任借用村委会的大院布置讲解场地，村主任见阿彩竟然真的开始行动了，便没拒绝她，答应了下来。

得到了村主任应许之后，阿彩便开始布置。阿彩从村活动室里搬了很多塑料板凳过来，又从村委会办公室里搬出了两张桌子摆在台上，把村委会的院子布置得跟教室一样。

为了吸引村民，她还找来了绘画用的大白纸，从巧妹那里借来水彩笔，绘制宣传图。如果光是讲解理论知识，村民们既看不懂又听不懂，所以，她用卡通绘画的方式将自己的设想绘制了出来。画里的蔬菜有模有样的，后山的那片山林也进行了改造提升。

"阿彩姐，你画这个干什么？"

"明天孟哲他们就会过来培训，今天我们得把会场布置起来。我希望大家都能来听课，能有所收获。"阿彩将画小心地拿起来，比画了下，琢磨着贴到哪个位置最为合适。

"阿彩姐，我帮你。"巧妹上前，帮阿彩把画贴在墙上。

阿彩看了看，想把画贴得更高一些，让它更加醒目，但奈何身高有限，踮起脚也粘不上胶布。

"阿彩姐，你按好了，我去拿个凳子。"巧妹说着，转身跑开。

"唔，好疼。"下一秒，巧妹捂着鼻子，往后退了一步，"谁呀？"

"小丫头，都不看路的吗？你这要是撞到电线杆上，那脑袋上岂不是要长包了？"李墨调侃着巧妹，阿山和阿林也跟着走了进来。

巧妹望着李墨得意的表情，噘起了嘴巴。她刚刚就是不小心撞到李墨大哥身上了，这会儿鼻尖还疼着呢。

"李墨大哥，你真讨厌，你才撞电线杆呢。"巧妹哼了一声，立即跑去拿板凳。

李墨将视线转向阿彩。阿彩踮起脚尖，努力按着那张画报的样子又滑稽又可爱。李墨笑着上前，没等巧妹拿回凳子，直接走到阿彩身旁，大手一伸，按住了宣传画。

"让我来。"

在阿山和阿林的帮助下，李墨很快就将宣传画帖好了。

看着被挂得高高的图画，阿彩深吸了一口气，她的放手一搏开始了。

……………

当晚，阿彩借用了村委会的广播，告诉众人第二天要在村委会开展一个农业知识讲解的活动，讲解的人正是之前来过村子的农业技术员，是大家口中的专家。

回到家，阿彩翻出手机给孟哲发了一条信息，告诉他们她布置好了一切，就等他们到来。

很快，孟哲回复了她的信息，说他们已经准备好了，明天一早就过来。

翌日。

阿彩刚睡醒就接到了孟哲的信息，说他们已经出发了，一个小时以后就能抵达大梨树村。

看到孟哲的消息，阿彩连忙起床去村委会。

马艳梅看阿彩刚起床就往外面跑，问道："阿彩，你要去哪？"

"妈，孟哲他们来了，我去村委会再检查一下。"

马艳梅望着阿彩，又偷偷看了一眼李长顺。李长顺看都不看阿彩一眼，拖着笨拙的脚步朝桌子走去。

"爸……"

阿彩紧张地想要上前搀扶，李长顺却拂开了阿彩的手。

阿彩见父亲如此,最终只能和母亲说了一句"妈,我走了",便跑出了家门。

"阿彩小心些,晚点叫着孟哲他们过来一起吃饭。"

马艳梅说完,看了一眼端坐在椅子上的李长顺。此刻的李长顺气息还有些不稳,明显因为阿彩的行为又在生气。

"你也看到了,阿彩这丫头不是随便说说的,这两天忙前忙后,她是真心想着为村子里做点事呢。"马艳梅开口,声音很轻,"她放弃出国,留在村子里从头做起,还不是因为想留在我们身边照顾我们,女儿是为了我们才……"

"我还没老到需要她照顾!出国的机会她不要,非要留在这山里,你说她是不是犯傻!现在别人肯定都在看笑话!她以为她这么搞搞大家就会听她的了?天真!以后她就知道,现在的行为有多愚蠢!那些技术员也不知道是咋想的,跟着她胡闹个什么……"李长顺不满地吼了一声,"我就当没生这丫头!"

马艳梅见李长顺吵个不停,气不打一处来,索性将围裙一解,扔在了李长顺的身上。

"你不认就不认,谁稀罕你认!阿彩是我女儿,你不疼我疼。"马艳梅说着，直接摔门走了，"你个死脑筋，也不看看女儿是为了谁才放弃自己好不容易得到的机会的。"

马艳梅已经走远了，可她的抱怨声依旧回荡在李长顺的耳边。李长顺看了一眼自己尚未恢复完全的腿，愤恨地朝着自己腿上捶了两拳。

阿彩又到村委会确认了一下场地的布置，就约上巧妹一起在村口老梨树前等待孟哲。不多会儿孟哲他们的越野车就到了，除了孙涛，顾长远也来了。

孟哲将车停了下来，降下车窗望向阿彩："等很久了吧？"

"我们也刚到。"阿彩望向车后座的顾长远，微笑着和他打了招呼，"直接去村委会吧。"

"嗯。"孟哲应了一声，抬了抬下巴示意，"上车吧，一起过去。"

顾长远笑眯眯地望着她们，打开了后座的车门。阿彩应了声，带着巧妹一起上了车，几人朝着村委会开去。

几人一进院子，就被阿彩布置的讲解处吸引了视线。

"阿彩姐，你布置得像是欢迎仪式。"

"真是有心了。"顾长远感叹了一句，拿出相机对着小院子拍了起来。

孟哲的视线落到了贴在墙上的宣传画上。

"画得很别致。"

巧妹凑上前,一脸得意地说:"那当然了,毕竟出自阿彩姐之手!"

孟哲望向阿彩,挑眉笑道:"是吗?"

阿彩对上孟哲的视线,笑了笑立即转移了话题:"我给村民们准备了些资料,还有矿泉水,你们看一下还需要准备些什么,我们趁着时间未到,抓紧处理。"

"已经很好了,等村民们到了,我们就可以开始了。"孟哲回头朝孙涛说,"待会儿让孙涛先讲,他虽然看着吊儿郎当,但脑子里还是有真才实学的。"

孙涛一听这话,耸了耸肩:"孟哥,你这是夸我吗?"

"哈哈哈……"孙涛的话把几人都逗笑了,院内充满欢声笑语。

阿彩看着一个个板凳,心底开始期待待会儿的热闹场面。当初听说有技术员来做指导的时候,村民们把村主任家堵得水泄不通的场面,阿彩现在还记得。

这一次,她专门给大家准备了一场知识的"盛宴",

相信大家一定会欣喜若狂。

"阿彩姐,有人来了。"

听到脚步声,巧妹连忙蹿过来,激动地告诉阿彩。

阿彩莫名紧张起来,她努力扬起微笑,看向大门口。

可来的人却是李墨和阿山、阿林。

"阿彩姐,还没有人来吗?"阿林没看到乡亲们,抓了抓头发不解地问道。

"时间或许早了一点吧,我们再等等。"

又等了几分钟,终于见到有人过来,阿山站在门口第一时间喊了出来:"阿彩姐,有人来了!"

阿彩听到有人来,激动地跑出来迎接,结果看到的却是两位杵着拐杖的奶奶。

"这边是不是有活动,可以领米面吗?送不送洗脸盆?"

"送油吗?"两位老人问道。

阿彩只好解释他们是要做农业科普,老人一听不是送东西的,转身又慢悠悠地走了,一边走还一边念叨:"骗人的把戏,还是送点米面油实在。"

阿彩望着两位老人离去的身影,无奈一笑。

院子里时不时进来一个人,但都不是想要来听讲解,而是来看热闹，看他们有没有带什么福利来发。

"这些家伙，只知道贪小便宜。"阿山无奈地说了一句，一脚踢飞了一颗小石头。

"再等等吧！"阿彩望着门口的方向，安慰自己或许大家都在地里忙碌着，没空过来。可是距离原定的时间已经过去快半个小时了，除了李墨他们三人，其他人一个都没有来。

大家根本不愿意过来，阿彩的心底有些不是滋味。

九 布包里承载了他们家的全部

又过去了二十分钟,小院内依旧只有他们几人在。巧妹站在门口,一直探着头往外面看,等了那么久都没有等到人,她有些急了。

"阿彩姐,他们是不是搞错时间了,为什么一个人都没有呀?"巧妹来到阿彩身边,垂头丧气地坐在了台阶上。

孟哲看了一眼阿彩,上前递上了一瓶水:"没事的,万事开头难。"

李墨是个急性子,见人一直不来,

他挽起袖子就准备去村子里叫人。

"阿彩!"张婶的喊声从外面传了进来。阿彩听到声音,站了起来朝门口走去。

张婶跑了进来,看到阿彩停下了脚步。

"张婶,你先喘口气,出什么事了吗?"

"妈,你喝口水。瞧你,汗都出来了。"巧妹凑上前,递了一瓶水给母亲。

张婶接过水,大口喝了几口,看到在场的孟哲和孙涛,抓着阿彩的手往旁边走了几步,这才小声说道:"阿彩,你今天搞的农业宣传,是没人会过来了。"

张婶看了看众人,又拽着阿彩到了角落,这才接着解释:"村子里的人都在背后议论你呢。"

"他们说你脑子抽风了,好好的工作不去做,跑回农村来搞什么技术种植,那是傻。这土地就这样,大家伙祖祖辈辈种了那么多年,你现在谈什么改变,那就是扯淡。"张婶偷偷瞄了一眼孟哲的方向,"他们还说,你现在把这些技术员都扯进来,都是瞎闹腾,这些技术员都是吃干饭的,只会说大道理,真要是去地里种庄稼呀,指不定谁赢过谁呢!"

听了这些话的阿彩有些沮丧,她放弃了工作,留在家里和这块土地打起交道，大家不理解也正常，可她没想到大家会这样想。科学种植、产业化建设，提出这些，她是深思熟虑过的。

"张婶，没事的。空说一堆大道理谁都会，他们心有疑虑，也可以理解，我相信等我做出成绩，大家一定会相信我的。"阿彩努力露出笑容。

"阿彩呀，你不怨他们不来？"

阿彩摇头。

"他们在背后这么说你……"

没等张婶说完，阿彩拉住了张婶的手："张婶，他们要说什么就随他们说，我会用行动证明一切，我相信大梨树村有朝一日一定会改变的。"

张婶望着阿彩，欣慰地笑了："婶没读过书，说不来那些大道理，但婶知道你是为了我们大伙儿好，你要做什么尽管放心做，婶支持你。"

"谢谢你，婶。"

"走。我们去坐着，听技术员讲课去。"张婶拉着阿彩，转身朝讲解处走去。

阿彩望着张婶认真的模样，心底不由得暖了几分。

阿彩抬眸，望向站在台阶上的孟哲，孟哲也正好在看她，两个人视线交汇，相视一笑。

孟哲嘴角轻扬："那我们开始吧！"

孟哲站在阿彩绘制的宣传画下，张婶望着那幅画，歪着脑袋咋舌："就我一个人，技术员同志也愿意讲解吗？"

"谁说就你一个，这不是还有我们嘛！"李墨说完，大步走到了第二排的位置，坐到了张婶和巧妹的后面，阿山和阿林也跟着坐到了后面的位置。

孙涛望着在场的几人，笑嘻嘻地说："这不一下子人就多了嘛！这是个好的开始。"

在场的几人都笑了起来，阿彩望着众人，眼眶有些酸涩。

"我来得不算太晚吧！"

听到声音，阿彩愣在原地，这声音……是母亲！

阿彩转过身，看清楚母亲正往院内走，她的眼泪再也忍不住落了下来。

"妈。"阿彩哽咽着喊了一声。

马艳梅见阿彩掉了眼泪，连忙走上前，伸手擦干了她的眼泪。

"别哭，这么多人呢，我们家阿彩长大了，也懂事了。"马艳梅心疼地看着阿彩,"你爸的性子就是这么固执,你别搭理他。家里就那几亩地,一年到头的收成最好也就几千块。妈妈支持你,你来做主,想做什么尽管放手去做。"马艳梅说着,伸手拉过阿彩的手,将一个小布包塞到了阿彩手里:"妈明白,你的出发点是大梨树村,你想带领全村人富起来,如果这个方法成功了,大家自然也会明白,会感谢你。就算不成功,你也算是学习了一些经验,大不了从头再来。"

阿彩望着手里的布包,这个布包的意义她再清楚不过,父亲受伤住院的时候,母亲拿出了布包,这布包里承载了他们家的全部,现在,母亲将这个布包拿给了她。

"妈……"

"阿彩,想做什么尽管放手去做。你爸那边你不用管,他就是个死脑筋,总有一天会开窍的。"马艳梅说着,硬将布包塞到了阿彩手中,然后快步走到张婶身边的空位坐了下来。

阿彩拿着布包,更坚定了在这条路上走下去的信心,她走上前,给了孟哲一记眼神,然后坐到了台下。

孟哲收到示意,便开始了讲解:"既然大家这么期待,我今天就跟大家讲一下种植上的讲究……"

九 布包里承载了他们家的全部

……………

尽管只有几个人，孟哲的讲解也没有丝毫怠慢，其间还拿出几盆植物做了详细说明。同样的土壤，普通种植出来的西红柿个头小、味道酸，颜色红度不够，还不利于运输；但经过改良，按照科学方法种植的西红柿却个大、红润，吃起来清甜软糯，更重要的是便于运输。而且两者的价格也相差甚远，前者基本无法进入市场上进行销售，最多就是在一些小菜场零卖，后者消费需求却很大，价格也高。

讲解完毕，已是下午。孟哲和孙涛还要赶回单位，和阿彩匆匆告别之后就离开了。

阿彩送走孟哲他们后去了张婶家。张婶家的地挨着阿彩家的，张婶一直支持阿彩，所以阿彩提出要连片改良土壤，改种其他农作物，张婶自然是答应的。

李墨和阿山、阿林家的土地距离也不远，在李墨的动员下，阿山阿林也想办法说服了家里人加入。为此，李叔私下还找过阿彩，表示李墨和阿彩的关系从小就好，李墨这么支持阿彩，他们也不好说啥，但期限只有一年。一年内，李墨可以跟着阿彩胡来，一年后，如果没有成效，那么李墨必须做回自己的事情。

对于李叔的话,阿彩能理解这背后的为难。

正如村主任所说,大家就算好奇,一想到这背后需要投入的精力和资金,也会打起退堂鼓。

张婶家的土地与五叔家的接着,如果五叔也能够加入他们,那规模就很可观,后续的管理也会方便很多。

阿彩来到五叔家的时候,五叔正在院内抽着水烟筒,看到阿彩,他热情地招呼着她落座,询问她父亲的伤好些没有。

"我爸勉强能走了,但走的时间长了就要停下来休息下。"

"那就好,这人啊,上了年纪就经不起磕碰了。"五叔感叹了一声,望着阿彩笑道:"阿彩,怎么有空来家里?"

"五叔,其实我过来找你有点事……"阿彩说明了来意。

五叔脸上的笑容在听了阿彩的话之后消失了。

"我……这个……咋说呢……"五叔叹了口气,"你这丫头的想法我也考虑过,如果真的搞成功了,那确实是个不错的事,只是……"

"只是什么?"阿彩不解地追问。

"我……"五叔犹豫起来。

"我们没法搞那些。"没等五叔说完,门口就传来了一道威严的声音。

阿彩回过头,看向了来人,是五婶。五婶扛着锄头从外面回来,脚上还沾着泥。

"婶。"阿彩喊了一声。

五婶只是简单应了她一声,顺手将锄头放在了一旁的墙边,顾不上擦额上的汗,就冲着阿彩说了起来:"阿彩,不要怪婶说你,你读了那么多书,学了那么多有用的东西,放着出国的大好机会不要,留在这山里能做啥?"

没等阿彩接口,五婶就继续叨念起来。

"你知道村子里的人都在背后说你什么吗?你一个女孩子家,能搞出什么名堂?那么多年,咱大梨树村都没出过啥有出息的人,大家都盼着你能给村子长脸。你倒好,说不出国就不出国了,周边村子知道这消息,都在背后笑话呢。"五婶叹了口气,"你想做啥,婶也劝不动。你要搞什么就自己加油吧!我们……祖祖辈辈都是脸朝黄土背朝天这么过来的,习惯了,突然要改,未必搞得来。"

"你说话怎么这样呢?"五叔开口,想缓解气氛。

"你给我闭嘴,没你说话的份!"五婶吼了一声,对阿彩认真说道，"别怪婶，婶也无奈，咱们村子上上下下两百来户人家，我……"

"没事的，婶。我理解，你们都是为我好。"阿彩望着五婶，认真地说了一句："谢谢婶。"

"你这孩子，谢我做啥，我又没帮你，我……"五婶说着瞪了一眼一旁的五叔。

五叔接过话："阿彩，大家种了一辈子的地，一年到头就盼着那几千块贴补家用，要是这几千块都没了，大家还指望什么呢？当初孟技术员他们来村子里的时候，大家围着研究，谁不希望能够从中有所收获呢，但真正要付出代价的改变，又有几个人愿意呢！"

五叔、五婶的话，无疑点出了问题所在，是呀，能够改变谁不愿意呢？可前提是不能损害到一丝一毫的利益，村民们实在没有承担风险的能力。

"婶，我先回去了，我妈还等我呢，你们也早点休息。"阿彩简单告别。

这算是吃了一记闭门羹，不过，阿彩不会轻易放弃。

第二天，阿彩便下地去了。

出门前，马艳梅专门找了一顶崭新的帽子给阿彩，帽子边缘带着裙边，可以遮住整张脸和脖子，防止晒伤。

"地里太阳大着呢,别把我闺女给晒坏了。"

阿彩强忍住笑,任由母亲将她整个脑袋都包得严严实实。

"妈,我这是去下地干活,又不是去欣赏风景。这么娇气,我还要不要做事。"

阿彩刚伸手去摘帽子,就被马艳梅阻止了。

"你要去地里就得戴着,高原的太阳毒,你又不常下地,很容易晒伤的!"马艳梅一脸严肃,"听妈的,没错的。"

阿彩见说不过母亲,只好应许:"好,我戴着。"

马艳梅转身去拿了锄头,也跟阿彩一起下地。

李长顺坐在院里,看到马艳梅跟着阿彩出门,不满地说:"你跟着胡闹什么?"

马艳梅也拿了个帽子戴上,没搭理李长顺,跑进厨房拿了点干粮。

李长顺见没人搭理他,一巴掌拍在了桌子上:"都反了!"

院墙上蹲着的两只小鸟被吓得飞走了。

马艳梅停下动作,回头瞪了李长顺一眼:"反什么反?中午饭我给你做好了,就在锅里,你要是饿了自己去吃，你不说话没人当你是哑巴。"

李长顺没想到马艳梅会如此不客气，一时间哑住了。

马艳梅没再理会，转身跟上阿彩，一起去了地里。

阿彩根据孟哲的资料，先对自家山上土地的土壤性状进行改良。孟哲说过，这片山地土质松软，适合种植辣椒和西红柿。这片地开垦出来，排水做好，在保证土壤肥力的情况下，就可以栽种了。

张婶见阿彩已经开始干活了，便在小卖部门口挂了一块"午间休息"的牌子，带着巧妹也来到了地里。

李墨也带着阿林、阿山扛着锄头来了。

"阿彩姐，我们真的要在这里种西红柿和辣椒吗？这可是荒地！"巧妹还是有些不敢相信。

阿彩望着一整个上午才垦出来的一小块地，点了点头："是。我们不仅要种辣椒、西红柿，后期我们还要选择性种植，只要是能种的，我们都要试试。"

"阿彩姐，我相信你，一定可以的。"

阿彩望着巧妹，笑道："既然相信，那来吧，继续干活。"

"哎呀，我就想多休息一下嘛！你现在这个模样，好像我的班主任呀！"巧妹一脸无奈。

九　布包里承载了他们家的全部

"哈哈哈……"

平静的田地里，一下子响起了欢笑声。

阿彩干起活来丝毫不比张婶慢，不怕累也不怕脏，动作十分麻利。

马艳梅来送饭，将这一切都看在眼里。阿彩放弃国外的工作留在家里的时候，她的内心纠结过许久，甚至愁得睡不着觉。丈夫的火气至今未消，她不想让女儿难过，她想着，做母亲的在精神上应该支持她，实在不行，到时候再想别的办法或者重新找一份工作。可现在看到阿彩那么认真地做这件事，取而代之的是无比的骄傲。

这就是她的女儿，不管做什么，都一样优秀。

接连几日，阿彩几人都在山上和家里来回奔波，有时候午饭都是带着去山上吃，他们想尽快将土地改良过来种植作物。

村民们将这一切都看在眼里。这个时候还不到播种的季节，平日里种植的土地都还荒着，更不要说去荒凉的山坡上劳作了。

阿彩每天都在地理忙碌，对于村子里的闲言碎语，并没有放在心上，大家想说什么便说吧，她现在得把心思放在更重要的地方。

土地终于被翻整完，下一步就是施肥，只有保障作物需要的肥力，才能进行耕种。

…………

太阳最热的时候，总有几个人在村口那棵老梨树下闲聊。

这段时间，阿彩成了众人茶余饭后闲聊的主题。

"李长顺家的那丫头，真的要开始种地了吗？"

"可不是嘛！我看那丫头干劲挺足，真的开始搞起来了。后山那片荒地被他们开垦出来一小片了，有模有样的。那片地土壤挺松的，我觉得种土豆说不定可以，不知道他们种什么，说不定真能成功呢。"

"瞎说！咱们种了一辈子土豆和玉米了，要是能种别的，老祖宗早就种了，哪里还等得到现在？"

"可是我看阿彩那小丫头做得挺好的！说不定能成？"

"呸！她懂什么，我们种了一辈子地，这地咋个种我们难道不清楚？阿彩那丫头读书是厉害，可要说种地，未必就能行。"

…………

土壤改良之后，就得种上新苗了。

九　布包里承载了他们家的全部

不同于种玉米，只要买玉米种子播种就可以，种植辣椒、西红柿，需要育苗、移栽，各项工序都有讲究。

阿彩第一次尝试，心底没有十足的把握。为求稳，她决定去市里买已经培育好的苗。

阿彩打算坐客车去市里，还没等她出门，家门口就传来了汽车的喇叭声。

阿彩好奇地跑出门查看，门外是一辆崭新的银色面包车，车头上还挂着一朵用布扎成的大红花。

"嘀嘀——"

喇叭声再次响起，阿彩正专注地盯着车子，被吓得不轻。

"阿彩！好看不？"

听到声音，阿彩才注意到，车子的驾驶位上坐着李墨。李墨特地穿了一件白色的衬衣，头发还往后梳了梳，神采飞扬。

"墨哥！怎么是你啊！"

阿彩被李墨突然改变的造型逗笑了，她走上前，来到车旁问道："这车是哪来的？"

"当然是我买的呀！"

伴随着李墨的笑声，阿山和阿林从后座爬了出来。原来一开始这两人就躲在后座,直到阿彩走上前才起身,故意吓唬她。

阿彩看了看人,又看了看车子,最终将视线转到了李墨身上。

"墨哥,你买的新车?"阿彩没想到李墨买了新车。

大梨树村经济发展慢,买得起车的屈指可数,全村第一个买面包车的就是李叔,其次就是村主任,现在李墨也买了新车。

"这辆车的款式和李叔的不一样呢。"阿彩盯着看了片刻,认真道,"这辆要好看得多。"

"那当然,毕竟这是新款,既可以坐人,又可以拉货。"李墨得意地说,"阿彩,走,去市里。我带你去兜个风。"

见阿彩还呆愣着,阿山立即补充道:"墨哥知道你要去市里买菜苗,便开车出来了,走吧,阿彩姐!去晚了,好的菜苗都被人给挑走了。"

阿彩明白过来,有些意外地望着李墨。

"墨哥,不用这么麻烦的,我自己……"

没等阿彩说完,李墨就朗声说道:"跟我客气什么!你买的菜苗又不是你一个人用,我们几家不也都要的嘛!

九 布包里承载了他们家的全部

我是要去市里卖那几条河鱼,我们哥几个今天刚抓的。"李墨说着,伸手指了指车子后排。

看到鱼,阿彩点了点头:"嗯,好吧。那等我一下,我回房间拿一下包包和手机。"

"快点!"

阿彩回屋拿了包和手机,来到车旁打算拉开车门上车,阿林却拒绝了她:"阿彩姐,你去坐前面,后面我和阿山坐着宽敞,况且还有一桶鱼在这,山路颠簸,水洒到你身上怎么办。"

"就是,前面空着,去坐前面吧。"阿山也跟着催促道。

阿彩只好坐到了副驾驶的位置上。

出村的那段路还在修,车子有些颠簸,李墨伸手递了一个可爱的粉色小猪抱枕给阿彩:"垫着些,不然腰疼。"

阿彩看着崭新的抱枕,又看了一眼李墨:"你什么时候买的?这么可爱?"

李墨一把将抱枕塞给了阿彩:"买车的时候销售送的,你要是觉得可爱就送你了,粉色的东西不适合我,看着怪别扭。"

阿彩望着怀里的抱枕，伸手摸了摸，垫在了身后。

"谢谢，墨哥。"

"嗯。"李墨只是轻轻回了一句。阿彩没有注意到，李墨的脸红成了晚霞。

车子开了一个多小时，顺利抵达了市里。

李墨早已联系了一个餐馆老板，对方是做农家菜的，李墨他们每次逮到河鱼都会送去他家。餐馆在郊区，和阿彩要去的市场是两个方向。

李墨原本想先陪阿彩去市场看菜苗，奈何水桶里的鱼耽误不得，只得先让阿彩下车，他们去送鱼，送完了再过来找阿彩。

"阿彩，选好东西后等我们，我们来搬就行。"李墨简单扔下一句，就踩下油门离开了。

走进市场后，阿彩看着琳琅满目的菜苗挑花了眼，她这次需要的菜苗很多，不敢贸然选购，想了想，还是给孟哲发了信息。

她的信息才发完，孟哲的电话就打了过来。孟哲让她在市场等他，他和孙涛正好有空，开车过来找她，帮她一起选苗。

阿彩等了大概十五分钟,孟哲和孙涛开着车子过来了。

"阿彩姐,几天不见,又漂亮了呢。"孙涛一见到阿彩就打了招呼,还特地给阿彩带了一本打印的资料。

"阿彩姐,这是我这些年做的功课,希望对你有帮助。"孙涛笑眯眯地将本子给了阿彩,还不忘嘀咕一句,"虽然比不得孟哥亲自手写的认真,但这也是我的心意嘛!我也希望阿彩姐能够搞出一番大事业。"

被孙涛这么一说,阿彩想起笔记本,偷偷瞥了一眼孟哲。

孟哲面上很平静,只是看了下手机,叮嘱着:"时候不早了,走吧,去市场。"

"嗯,好。"阿彩应了一声。

阿彩今天的目的很明确,她需要采购辣椒苗和西红柿苗。

两种苗的种类都很多,价格也不等。

"这些苗特性不同,有时候价格高未必是好货,价格低廉未必就是品种差。多看看,就会懂了。"孟哲往前面走着,人有些多,他将周遭的人避开,有意给阿彩让出更多空间。

有孟哲和孙涛在，阿彩的心踏实了许多，她第一次见识到这里面的知识面有多广。

就拿西红柿来说，简单的一株苗，孟哲能轻易地分辨出苗的种类及育龄。

西红柿的品种有很多，他们得买经济价值最高的。

选定了种类，孟哲就退到了一边："讲价这个事情，还是让你们女孩子来吧！"

阿彩见孟哲一脸为难，没忍住笑了出来。

阿彩也没有太多讲价的经验，但为了节约成本，她还是努力回忆着母亲讲价时的样子。

"大婶，你卖八块钱一把，现在我们要得多，你按照三元一把给我们，另外，我得确保苗里没有穿插次苗，每一把都要我们选定的这种标准。"

卖苗的大婶听到阿彩给的价格，盯着阿彩看了片刻，嘴唇都咬得发白了，似乎在心里纠结卖还是不卖。

大婶还在思考着，阿彩的视线就看向了不远处另一个卖苗的农户。

"那边的苗不错，我过去看看。"

阿彩刚刚抬脚要走，大婶就急了，立马伸手拽住了她的手。

"你这姑娘，太会讲价了。好吧好吧！我三块卖给你，一回生，二回熟。姑娘，婶的苗是最好的，你要是下次还要，你直接给我打电话，婶给你送来都行。"

"嗯，那行！"阿彩当即拿出手机付了钱。

孙涛向卖苗的大婶要了一个口袋，将所有的苗装好，三人便去挑选辣椒苗。

辣椒也分很多种，有辣的，不辣的，还有需要蔬菜大棚的。阿彩他们选购的是长势快、用时短的青椒。这种青椒味道清甜，个头大，生长周期短，可以更快实现收益。

这也是阿彩采纳孟哲建议之后选定的作物。

只要他们栽种的方法科学，那么种植这两样作物一定是可以在短期内实现收成的。至于收益如何，就看他们后续管理得如何了。

只要成功一次，他们就可以试验更多种。她的期盼是种植更多作物，能够实现产业化和多元化。

能否成功，谁也说不准，但是，不去做怎么知道不行呢？

采买好后，李墨也赶了过来。

孟哲和孙涛帮她把菜苗拿到了街边，等待李墨开车过来。

"回去之后不要急着栽,白天太阳太大,晚点太阳下去再种。种下去得给植物一个缓冲的时间,然后才能浇水。"孟哲对阿彩仔细叮嘱道。

"嗯,我都记下了。"

"有什么不清楚的,在微信上问我就行。"

"好的。"

等了大概十五分钟,李墨的车子到了。车子才停稳,李墨就打开车门跳了下来。

"阿彩,你都弄好了吗?"

阿彩望着面前的李墨,点了点头:"都处理好了,多亏了孟哲和孙涛。"

说着,阿彩指了指脚边的几大袋菜苗。

李墨瞥了一眼菜苗,又看了一眼孟哲和孙涛,礼貌地朝对方点了点头,道了一声谢谢。

"嗯。"孟哲简单应了一声。

李墨朝车后座的阿山和阿林喊了一声,阿山和阿林立即跳下车,将种苗搬到车子上。

见种苗放置好,阿彩再次和孟哲道了谢。

"孟哲、孙涛,我们走了,下次见。"

车子启动的时候,阿彩探出头和孟哲、孙涛挥手道别。

孙涛喊道:"阿彩姐加油哦!"

孟哲站在原地,目送着他们离开。

回程的路上,阿林望着辣椒苗和西红柿苗,忍不住伸手摸了摸。

阿山一巴掌把阿林的手拍开:"小心点,别把苗儿摸坏了。"

"我想看看嘛!我很小心的。"阿林忍不住反驳了一声,"说得好像你很懂似的,有本事,你回去把这些全种了。"

"哼,我自己家的那一片我肯定种,我爸和我妈还质疑我是跟着瞎闹腾,我一定要亲自动手,让他们开开眼界。"

"啧,就你那懒样,还开眼。"

"哼,你等着看吧!真种起地来,你未必比得上我。"

"那好,回去咱们比比,看谁种得快!等等,光种得快不行,我们要比就比谁种得好,谁的苗存活率高!让阿彩姐和墨哥来当裁判。"

阿彩回过头望着后座的两人:"你们还真杠上了。"

李墨驾驶着车子，嘴角轻轻勾起："你们两个，谁输了，给阿彩挖三天地。"

　　阿彩听到李墨的话放声笑了起来，阿山和阿林则哀嚎着，嗔怪李墨偏心。

　　当天傍晚，几人一直忙着种新苗，直到天黑，打着手电筒还在栽种。

　　夜深人静，路过地边，远远地就能看到地里几道忙碌的身影，等看清楚是阿彩等人，村民们便不再关心了。

十　哪怕失败了，也要努力一次

阿彩说干就干的作风是挺让人意外，可干劲十足又有什么用？辣椒西红柿这些，他们以前又不是没有种过，可种出来的西红柿和辣椒品相次、味道差，拿去卖都没人要。

即便他们真的种出来了，十几亩的东西，卖给谁？他们一年收成几百斤的玉米，时运不济的时候都卖不出去，阿彩开荒地种这么多，万一卖不掉全烂在地里怎么办？

"阿彩，那么聪明的一个丫头，怎

么就死脑筋呢！"

"就是啊，国外的工作不要，偏偏留在这山旮旯儿里，跟着爹妈吃苦。别人都是一心努力读书，巴不得到更大的地方去，她倒好，明明有机会却一点不珍惜，这脑子真是生锈了。"

"这书读得再好也未必有用啊，瞅瞅这丫头……唉……以后有她后悔的。"

李长顺正好经过老梨树，饭后出来散步的他一个人拄着拐杖练习走路，树下乘凉的几人谈论的话，全都进了他的耳朵。

一字一句，清清楚楚，曾经个个羡慕不已的乡亲，转眼在背后对阿彩落井下石，可阿彩是为了大梨树村，为了这些乡亲们留下的啊！

李长顺故意重重地咳嗽了几声，原本在树下闲聊的几人你看看我，我看看你，都沉默了。

李长顺扬着头直视前方，没有理会几人，径直大步离开。

他憋着一口气回了家，因为走得太急，刚到门口，脚底就发软，险些摔倒。

李长顺扶着房门站稳身子,家里空无一人,院子里连灯都没有开。阿彩和马艳梅现在全在地里耗着,要能有人才是怪事呢。

为了让菜苗尽快长好,阿彩等人连夜将辣椒和西红柿都种上了。李墨又带着阿山和阿林挖了一条三十厘米宽的沟渠,将河水引到了地里。

河水一点点灌入土里,在月光下泛着银色的光。

"这河里的水凉飕飕的,真舒服。"李墨捧一把河水泼到脸上,顿时觉得神清气爽。

阿彩看着一株株菜苗,这就是他们多日以来辛苦的结果。要不了多久,这片土地就会给出回应,他们付出的努力,就会有收获。她相信,自己的梦想,一定会实现。

一周过后,种下去的辣椒苗和西红柿苗存活了八成。阿彩从孟哲那了解到,这么大面积种植,能活八成已经非常不错了,原本孟哲只想着他们能种活一半就不错了,结果比预想好。

阿彩又去了一趟市里,采买了新的西红柿苗和辣椒苗填补死掉的那两成,她还让卖菜苗的大婶多送了她两把青菜苗和两把茄子苗。

看着一天一天长大的小苗,阿彩心底别提有多高兴了。

"阿彩姐！快来看，这里有鱼。"

巧妹站在地边，突然激动地喊了起来。

阿彩听到声音，朝着巧妹指的方向看去。几条鱼儿顺着沟渠跑到了地里，因为水量不足，这个时候正在泥巴上乱跳，有两条比巴掌还大。

"李墨哥，快过来看呀！"

巧妹挥手朝着不远处的李墨喊。

李墨看到鱼竟然顺着水跑进了沟渠，忍不住咂舌："平日里去河里摸不到，这会儿倒好，自己送上门来了。"

在地里忙碌的阿山和阿林听到声音也跑了过来，俩人看到这一幕都笑了。平日里他们去河里摸鱼，是讲究技术的，一般人可没李墨摸鱼的本事。

"你俩再去看看，会不会还有，如果有就全都抓了，今天晚上加餐。"

"必须加餐！要是抓不够，墨哥再下河去捞。"阿山打趣了一声。

阿彩望着李墨手上的鱼出神。这些鱼儿顺着沟渠跑进来，几天过去依旧活得好好的。

李墨在地边围了一个小水坑，将鱼暂时放在里面养着，等回家的时候再带走。

"墨哥，这些鱼你送去市里卖的时候，价格如何？"

李墨站直身子向阿彩解释道："二十八元一斤呢！小餐馆的老板抢着要，那些养殖场里七八块一斤的鱼的味道根本比不了。我们村这条河的水是从山里流出来的山泉水，水质好，这河里长起来的鱼，肉质紧实鲜甜，没有土腥味，城里人最喜欢吃了。可惜这鱼也不是说摸就能摸得到的。"

阿彩听着李墨的话，心底又冒出了一个想法。

半个月的时间，小苗的长势越来越好。村里人将这一切看在眼里，阿彩再下地去干活的时候，大伙儿在议论阿彩之余，对阿彩又有些敬佩。

可村民们还是不看好阿彩。这些西红柿、辣椒，种上个三五十棵，哪怕长势不好，损失也不会很大。现在这十来亩土地都种着，万一种不出东西怎么办？就算种出来了，十几亩的蔬菜，靠着一天拿个三五十斤去菜市场摆着卖，要卖到猴年马月去？

私下里，有几个年纪大些的婶子找张婶提醒过。

巧妹要去上高中了，别跟着折腾，出力也就算了，把钱贴进去，到时候巧妹上高中拿不出来钱可咋办？家里已经没有顶梁柱了，可不能再没钱。张婶开小卖部那么多年积攒的那点钱，不能打水漂。

对于这些话，张婶并不在意，这是她自己要做的，好与不好她自己会评判，别个？还是省了那个心吧！

眼看地里的菜苗越来越绿，阿彩提出了在田里养鱼的建议。

"田里养鱼？"阿山和阿林听到这个说法的时候，有些疑惑。

"我们大梨树村依靠着这条河生活了那么久，这条河给予了我们很多。每年到了春耕的时候，大家都会圩田栽秧，这期间我们可以在田里养上鱼儿，等到秋天采收稻谷的时候，鱼儿也可以顺势收获，这是两全其美的。"阿彩向几人介绍有不少地方凭借稻田养鱼的方法提高了收益，而他们大梨树村有山泉水汇入田里，更加适合养殖稻田鱼。

"我记得以前家里圩田栽秧的时候，鱼儿会顺着河水跑到田里，栽秧的时候确实抓到过。这倒是个方法，我们村子依山傍水，养殖稻田鱼肯定可以。"

"稻田养鱼之前隔壁镇上就有人做过,可惜失败了,鱼养出来之后运不出去,就算运输出去了,也没多少人买,到头来全亏了。"

"阿山说的对,如果真的养殖起来,怎么卖,还有后续的运输都是问题。"

阿彩听着阿山他们的讨论,认真思考了片刻:"现在流行网购,我们可以利用网络宣传稻田鱼,让更多的人知道我们的鱼,这样不仅可以让我们村子的作物有知名度,还能加快销售速度。"

今时不同往日,以前交通不便,运输成本高,售卖渠道有限,现在有网络,交通也便利了,是一个机遇。

"阿彩姐,你说的这些听上去可行,可是,真的可以做成吗?"阿山有些担忧地问道。

"成不成,试试不就知道了。"李墨走上前,看了一眼阿彩,"明儿个我们就去河里挖沟放水,让鱼儿顺着沟渠游进田里,就当它们是先头兵,如果一周后鱼儿好好的,我们就去买鱼苗。"

"对,墨哥说得对。先试验一下,如果能成,就做出规模来。泉水养出来的鱼味道清甜可口,价格翻倍,一旦形成规模，是一笔不小的收入呢！"

"我也加入，到时候买鱼苗的钱算我家一份。我待会儿就回去和我爸我妈说，他们要是不同意，我就拿我自己攒的钱来买。"

"阿彩姐，我下周就要开学了，到时候我可能帮不上忙，但我放假就回来帮你们，平日里我妈也一定会悉心照料的。"

阿彩望着在场的几人，百感交集，她只是提出了想法，就连自己都还没有确切地想好下一步要如何做，大家就这么支持她，还制定了计划。

阿彩和李墨他们打算在田里养鱼的消息很快就传开了。原本大家伙儿就认为他们在地里是瞎闹腾，这还一样成果都没有，又要去捣鼓水田。春耕就要插秧了，他们又要闹什么花样？

大伙儿的质疑声更甚，可阿彩他们一点也没有闲着。

阿彩将自己的想法与孟哲沟通后，得到了肯定的答案。这样的养殖方式确实是可行的，春耕时节插秧后，秧苗成长过程中的虫子可以作为鱼儿的食物，鱼儿的排泄物又能为秧苗提供营养。不过需要考虑的就是运输成本以及销售渠道，没有保障的话，就算养出来鱼也是个棘手的问题。

阿彩告诉孟哲自己想依托电子商务销售,试一次看能不能行。孟哲则又建议她在选取鱼苗时要谨慎,稻田养鱼有许多先例,有的成功,有的失败,要学会总结经验,利用大梨树村的优势来选择适合的品类。

这倒是提醒阿彩了,平日里李墨他们抓的河鱼山鲫鱼居多,还有鲤鱼和一些叫不上名的小鱼。鲫鱼和鲤鱼繁殖快,长得也快,他们这个时节开始养殖的话,秋收时鱼也长大了。

想法提出来的第三天,大伙儿已经在田里圩田蓄水了。还没到春耕,就开始圩田放水,村子里没事的几个老人还杵着拐杖来田埂边围观。

"丫头,这地都还没种好,你又要养鱼了?你过几天会不会又要搞别的稀奇玩意儿呀?这搞来搞去,可别把家底都给兜进去。"

对于这些话,阿彩只是一笑置之。她明白,这条路会走得艰难,但她既然决定了,自然不会轻言放弃。

接连几天在田里忙碌,回家时阿彩总是带着一身泥。这天傍晚阿彩在田埂上忙活的时候不小心摔到田里,浑身裹满了泥,就剩一双眼睛露在外面。

阿彩赶紧回家清洗。李长顺看到阿彩的模样，压抑许久的他终于爆发了。

他种了半辈子地都没有这么狼狈过，到了阿彩的头上，怎么就搞成这样！心酸和心疼一齐涌上了心头，李长顺朝阿彩喊道："阿彩，你不许再做这些了！"

"爸，我知道我现在做的事有点疯狂，请你相信我……"

"别跟我说这些，你要是我女儿，明天就不许再去田里闹腾。你再乱来，别怪我不认你这个女儿。"李长顺说，砰的一声将房门关上。

阿彩站在原地，她理解父亲的愤怒，而她又何尝不委屈？面对乡亲们的不理解甚至嘲讽，她也顶着压力，她也畏惧惶恐，担忧失败。

"爸，大梨树村是生我养我的地方，我为什么不能留在这里？"阿彩望着紧闭的房门反驳起来，"我不止自己想要做，我更想让大家，想要全村的人都一起努力起来！大家不做不就是不敢尝试，不敢承担风险吗？你连尝试的勇气都没有，怎么知道我一定会失败呢？"

屋内没有任何回应。

"万事开头难，我虽然没有百分百的把握，可是我好歹有勇气去做,你呢?"阿彩的声音有些哽咽,但仍旧坚定地出声,"你愿不愿意相信我那是你的事,不管能不能成功,我都会做下去,我会用行动来证明自己。"

说完,阿彩径直走回房间。整个屋子在这一刻都安静了下来。

翌日。

阿彩早早地去田里查看情况。圩田的时候他们故意制造了合适的沟渠,让鱼儿顺着水游进田里。几天下来,水已经变得清澈,能看到鱼儿在水里嬉戏,活跃度非常高。

第一步成功了,待田里的水稳定后,他们就可以往水里放鱼苗了。

西红柿和辣椒长得很快,再有两到三个月就可以收成,而且只要管理得当,这两种作物可以一边长一边卖。

一切顺利的话,要不了多久,乡亲们就会看到他们努力的结果。

"阿彩,早啊!"

阿山和阿林也来田里查看,几个人在田边转悠了一圈。他们几家的田地都已经灌满了水,水面倒映着蓝天,油画一般,和其他村民荒置的田地相比更显出勃勃生机。

"阿彩姐,墨哥要去河上游抓鱼,放来田里养着,我们一起过去看看吧。"阿山提议道。

"好。"

"阿彩姐！出事了！"

阿彩循声望去，看到巧妹焦急地跑了过来。

"巧妹，怎么了？"

巧妹快步跑到阿彩面前，来不及解释，一把抓住了阿彩的手："阿彩姐，你赶紧跟我来……长顺叔……"

听到父亲的名字，阿彩大惊："我爸怎么了？"

"长顺叔……他……他突然晕倒了……"巧妹大口喘着气，"现在被我妈和婶一起送到卫生室去了。"

父亲上一次出事的情景还在脑海里挥之不去，现在父亲又晕倒了，是留下了后遗症吗？抑或又出了什么事？

阿彩忙跑向村里的卫生室。

阿彩不记得自己是怎么一口气跑到卫生室的，她只看到昏迷不醒的父亲躺在治疗床上，没半点生气，她的心脏起伏得厉害。

"我爸他……怎么样了？"

听到声音，马艳梅和卫生室的马医生都回过了头。

"阿彩！"马艳梅看到阿彩，眼眶红了，"我不该和你爸争执的。你爸在气头上我还说话刺激他，他一口气没提上来，就晕过去了。还好马医生有本事，要不然我……"

马医生向阿彩解释了李长顺的情况："长顺叔本来就受伤未痊愈，这几日情绪波动大，气血上涌，加上年纪大了，一下子没缓过劲来，就晕了。不过还好，问题不大，输完液就可以回家了。"

阿彩松了口气。看着病床上睡着的父亲，她发现父亲的脸庞瘦了很多，看起来苍老了好多岁。

"阿彩，你在这里照顾一下你爸。家里还炖着汤，我得回去看一下。"马艳梅匆匆交代几句就走了。

确定李长顺没有大碍，张婶也带着巧妹回去了。

阿彩拉了把椅子，坐在父亲的病床边望着父亲。阿彩很自责，她后悔昨晚和父亲起了冲突，其实父亲也是为了她好。

"爸，我错了。"阿彩哽咽了一声，"我只是想留在你们身边，我怕我走了，没有人照顾你们。我知道我做的事充满了困难，但是我会努力去做好，我会尽我所能。"

"爸，我明白这条道路很辛苦、很漫长，但我相信乡亲们迟早会改变想法的。"阿彩的声音越来越小，"爸，哪怕我失败了，我也想知道，我是失败在了哪里。"

阿彩靠在病床边自顾自地说着，她把心底的话全说了出来。她以为父亲昏迷着，听不到自己的话，但在她靠在病床边上的时候，李长顺就睁开了眼睛，将她的一番话听到了心里。

马艳梅很快又回到了卫生室。

"李长顺？"马艳梅在李长顺耳边不停喊着他的名字，试图唤醒他。

"我听到了，你怎么那么唠叨，像个花喜鹊一样了，叫喳喳的，烦死了。"李长顺终于出声了。

马艳梅听到李长顺的声音，忍不住哭出了声："你这老家伙，可把我吓坏了！你吓唬我一次还嫌不够吗？还要吓唬我多少次……"

李长顺没有多说，只是盯着天花板，嘀咕了一句："想吃腊肉，还有香肠……"

阿彩看到这一幕，连忙出声："妈，你在这里陪着爸，我先回去做饭。"

李长顺望着阿彩离去的背影，久久没有收回视线。

马艳梅将这一幕看在眼底，忍不住数落了一句："看看，你总是板着个脸，把闺女都吓跑了。"

李长顺反驳道:"我哪里板着脸了,我不一直是这样的吗?我刚刚可没有对她摆脸色了。"

"还说没有,那你倒是笑笑啊!"

李长顺无奈,他望着身边的马艳梅,僵持了片刻才嘀咕了一句:"我还不是不舍得阿彩吃苦。我们老了,吃苦无所谓,她还小,哪能一门心思扎在土地里?折腾个一天两天的,图个新鲜劲不觉得累,这要是一直坚持下去还得了?"

阿彩回家后,按照父亲的口味做了饭。当晚,一家三口难得和睦地坐在一起吃饭,自从阿彩执意留下来后,这还是头一次。

马艳梅一个劲地给父女两人夹菜。阿彩连忙从碗里夹了一半给母亲:"妈,你也吃。"

马艳梅望着碗里的肉:"好,都吃,这肉可真香呢。"

第二天,阿彩去了地里继续圩田。田里长满了杂草,得先把这些杂草除干净。

除草需要镰刀,使用镰刀是有讲究的,小时候阿彩看父母用过,虽然会用,但技术始终不娴熟,动作有些笨拙,半天才除去了一小片。

看着大片大片的杂草，阿彩感叹，全部弄完，恐怕要两三天吧！她得抓紧，还得陪张婶一起送巧妹去上学。

她停下动作，伸手擦掉了额前的汗水："你们的根扎得可真深，但再深，我也会把你们扒光的，三天不够就五天，我要把你们全部除掉。"

"三个人的话，就只需要一天。"

听到声音，阿彩回头，看到母亲和父亲都来了。

李长顺换上了下地的衣服和胶鞋，裤腿都已经挽起来了。

"你们……"

马艳梅见阿彩呆愣的样子，忍不住笑了。

"你爸说呀，他这腿好得差不多了，得多活动。"马艳梅说着，朝阿彩眨了下眼睛，"你爸说，就靠你干活，指不定什么时候才能好呢，所以我们就来帮你了。"

"哪来那么多话，啰里啰唆，还不赶紧干活。"

李长顺没看阿彩，他手撑着田埂边，纵身一跃跳到了田里。动作虽然没有以前麻利，但干劲十足。

阿彩担心父亲的腿伤，想要上前阻止，被马艳梅拦住。

"你爸嘴上不说，其实你一个人这么折腾，他心疼得

十　哪怕失败了，也要努力一次

不行,他自己坚持要来,还拿我当借口。"

阿彩望着父亲忙碌的身影,轻轻应了一声:"我知道,他是我爸呀。"

阿彩也抓紧干起活来,圩好田,就可以放鱼苗了。

鱼苗她已经定好品种了,李墨也联系到了卖家,等一切就绪,就开车过去拉苗。这期间,阿彩还剪辑了一些以农家生活为主要内容的视频上传到网络,大梨树村依山傍水的风景、红河州独特的饮食,以及阿彩劳动时的质朴吸引了许多观众。

五叔放牛路过田边,看到地里忙碌的一家子,忍不住开口:"长顺也跟着阿彩干起来了,我觉得那丫头说得也有点道理,这田里养鱼说不定能成,我看他们搞出来的菜地也挺好的。"

"叽叽歪歪什么劲,放好你的牛吧!"五婶推搡了五叔一把,不满地嘀咕了几声,径直往前走去。

"你这婆娘……"五叔无奈,只好拉着牛赶紧往前走。

…………

鱼苗顺利地放入了田里。阿彩站在田边,看着小鱼儿在稻田里肆意地游开,悬着的心总算是落了。

鱼苗下了水，但不能大意。阿彩已经查阅了很多资料，水里的溶氧量、水质，还有鱼儿后期的管理都需要更加用心，光通过资料来学还远远不够，他们每一天的所见所得都是宝贵的经验。

辣椒和西红柿的长势越来越好。蒋主任得知消息，带着孟哲和孙涛来看望阿彩。

看到地里的苗儿有些已经开出了小花，眼瞅着就要结果，蒋主任忍不住夸赞："阿彩这丫头，真有本事！"

一旁的马艳梅忍不住询问："蒋主任，这辣椒有的都已经开花了，你看那些边上的小苗，长得稀稀拉拉的，和中间这些相比太瘦小了，不知道能不能活得下去？"

"长顺嫂，新开垦的土地上，第一次种植就能长出这样的苗，已经很不容易了。能适应条件活下来的，就都是好苗子。"

"真的啊？我见阿彩天天盯着这些苗，我也跟着着急呢。"

"万事开头难。阿彩这丫头啊，挺让人惊喜的。"

转眼，到了巧妹开学的日子。这一天，阿彩起早陪着张婶一起，送巧妹上学。

张婶拎着大包小包,将巧妹送到了学校宿舍。想着巧妹接下来就要住校,得放假才能回去,张婶忍不住落了泪。

"巧妹,你可要好好学。妈的期望全在你身上了。你一定要好好读书。"

巧妹见母亲哭了,为母亲擦了擦眼泪:"妈,你别哭。我一定会好好学的,我还等我阿彩姐送我去上大学呢!"

"妈,你答应过我的哦,我第一次年级测试要是考到前五,放假回来你就得给我买手机。"巧妹拉着张婶,一脸认真地开口,"虽然你是我妈妈,但你也要说话算数,来,我们拉钩……"

巧妹拽过母亲的手,拉起了钩,还用拇指盖了章,又接着嘱咐道:"妈,我不在家的时候,你可要帮我保护阿彩姐哦。别让村里那些爱嚼舌根的欺负她,等辣椒和西红柿能摘的时候,我回去帮忙。"

"你这丫头就放心吧,现在有你长顺叔在,谁还敢议论阿彩?"张婶破涕为笑。

…………

一切都顺利地进行着,辣椒和西红柿都结出了果。

早一批开花的果子已经开始上色,青红相间的西红柿挂在枝叶间,辣椒也成形了,早熟的那一批都已经长到七八公分了。

村民们将这一切看在眼里,谁都没想到阿彩真的在这么短的时间内将辣椒和西红柿种了出来,而且成色、果形都还不错。

原本不相信阿彩的村民,这个时候都有些疑惑了,这土地,真的会变?

"就算种出来了又有什么用?几家人的地加起来十几亩呢,西红柿和辣椒都是金贵的菜,这我可清楚着呢,要是收晚了错过了买卖时间,放久了送人都没人要。"

"这辣椒和西红柿成熟是一批接着一批,要是卖不完得全部烂在地里。"

"好像是的,这个采摘特别讲究,早了晚了都不行。十几亩辣椒、西红柿,这么多果子,拿去市场上摆摊卖吗?卖得完吗?"

果子成熟了,就必须想办法卖掉,卖晚了、卖不掉,都会亏本,这里面的门道可多着呢!阿彩一个小丫头,初出茅庐,懂得再多也缺少经验,就算种出来了又怎样,卖不掉也是徒劳,到时候只会亏本。

村子里乡亲们质疑的问题，李长顺和马艳梅早就开始考虑了。

第一批成熟的西红柿和辣椒，最快半个月内就可以采摘。先不说他们这几个人能不能采摘得出来，就算有能力将地里的作物采摘完，他们往哪里卖？总不能真的像村民们说的那样，去镇里的集市上摆个摊？

"就算我们全家都去摆摊，这十几亩辣椒和西红柿，如何在几天之内卖完？"

对此，李长顺沉思了许久，还是想不到解决方法，于是叫上阿彩，一家三口商量起来。

"阿彩，村子里的人说得也对，西红柿上色后就可以摘，可要是没有销路，前面的卖不完，后熟的果子又可以卖了，这一堆积，就烂地里了。本钱回不来不说，说不定还要倒贴啊。"

"丫头，我认识城里几个做蔬菜批发的，要不我去找人家问问有没有什么合适的销路？"李长顺望着阿彩，也说出了自己的想法。

"爸，妈，你们不用着急，这件事我会处理好的。明天我去一趟市里。"阿彩理解父母的担忧，不过这个问题她早就考虑好了。

关于销路,她在苗子养护的时候就已经准备着了。

如果整个大梨树村都加入进来,形成种植产业,完全可以像长宁镇的省级示范种植基地那样,由专门的货车负责运输,从采摘到入市销售一条龙服务到底,根本不用老百姓发愁。

可现在的他们才刚刚开始,产业化发展还很遥远,十几亩西红柿和辣椒,就算丰收,产量也是有限的,既达不到大批量进入市场的水平,也无法通过菜市场零售卖光。思来想去,阿彩认为当务之急是抢占到市场份额,通过合适的平台打出大梨树村的名声。

阿彩去了市里,在孟哲的帮忙下,找到了当地最大的连锁超市——翔升超市的经理贺宏兴。

贺经理看到阿彩的那一刻,脸上露出了惊讶的表情:"孟哲,你和我说要见的这个人厉害,你可没有和我说,我要见的是个女孩子呀!"

十一　蔬菜上了直供车

阿彩望着面前的中年男子，对方一脸和善，和她预想的严厉刻薄毫不沾边。

孟哲和她说，贺经理为人严肃，对待工作认真负责。他们种植的西红柿和辣椒能否入贺经理的眼，全看产品质量，光是他说好话是没有用的。

为此，在来之前阿彩还做了功课，想了很多话术来介绍他们来的西红柿和辣椒，生怕自己说错话。

现在看来……好像和预期的有点不

一样。

"贺经理,我是阿彩,很高兴认识你。"阿彩微笑着向贺经理伸出了手。

贺经理见状,瞥了一眼孟哲,笑着上前。

"阿彩,这名字挺好记的。"

孟哲淡笑:"我们找个地方坐下来谈吧!"

街边一个小餐厅里,孟哲做东,点了几样小菜。阿彩见孟哲和贺经理正在谈笑,拿着自己的背包,跑进了厨房。

片刻,阿彩回到了座位上,孟哲询问她跑去干什么了。

"等会儿你就知道了。"阿彩并没有解释。

孟哲也没有再继续追问,只是和贺经理继续说着最近的工作,当然,也不忘提及在大梨树村的所见所闻。

"放弃国外的工作,留在家乡与土地为伍,确实值得敬佩。"贺经理抬眸望向阿彩,"就是不知道能坚持到什么时候了。"

"终点都是一样的,只是走的路不同。我相信,不管我用的时间多久,都会走到我期待的那个终点。"

贺经理听到这话,笑了起来。

很快，餐馆老板娘将他们点的饭菜送上桌。贺经理看了看餐桌上的菜，又看向了孟哲。

"我们刚刚好像没有点这两个菜。"

贺经理指了指餐桌上的西红柿炒鸡蛋和青椒炒肉丝。

孟哲看到这两个菜便知道了阿彩的策略。

"贺经理，我说得天花乱坠也都是徒劳，倒不如你亲自品尝一下我们大梨树村的特色蔬菜。"阿彩说着，拿起一双筷子递给贺经理。

贺经理一听，立即明白了，原来阿彩刚刚拿上背包跑去厨房，是去加了两道"特色菜"呢！

"那好，我尝尝。"

贺经理接过筷子，先尝了一口西红柿炒鸡蛋。西红柿软糯适口，酸甜适中，鸡蛋液泡在汤汁中，也多了一股清香。青椒则清脆爽口，微微的辣中又带着清甜，吃起来让人欲罢不能。

"味道确实不错，不管是西红柿还是辣椒，都浓郁又有特点。"

听到贺经理的话，阿彩立即将一直藏在身后的背包拿了出来。

"贺经理，这就是我们的产品，请你过目。"

贺经理看到摆在餐桌上的几个西红柿还有辣椒，爽朗地笑了。

"丫头，你推销蔬菜都推销到餐桌上来了，没少花心思。"贺经理打量了阿彩放在桌子上的西红柿和辣椒，迟疑着说，"不过你的西红柿和辣椒的品相远不如超市里的好。"

"这就是我这次专门找您的原因了。"阿彩说着，认真和贺经理讲解起来。

"我们大梨树村地理位置偏高，那里的气温要低一些，但是日照充足，空气质量好，蔬菜种植用的都是农家肥和山泉水，我们的西红柿和辣椒都是最天然的味道。虽然品相差，但相信只要品尝过我们的产品，就一定会满意。"

"简单说，你就是想要打造无公害产品，所谓的纯天然。只是销售价格和市场需求未必能平衡，你不一定能赚到钱啊！"

阿彩轻轻一笑："万事开头难嘛！我并不想着一开始就能赚钱，但我要打出大梨树村的招牌，未来整个大梨树村都能因此富起来。"

"小姑娘有担当！这样吧，你们的货呢，要与不要是由市场来决定的,不是我决定的。第一批次成熟的时候,你们把西红柿和辣椒各送两百斤来总店,售卖期两天,如果效果不错,我们再谈合作。"

听到贺经理的话,阿彩激动地站了起来:"贺经理,谢谢你。"

"说谢过早了,是你的精神让我决定相信你一次,我们翔升等着你的菜。"

送走了贺经理,阿彩激动地拽着孟哲的手跳了起来。

"太好了,这第一步算是跨过来了。"阿彩开心地说着,她期待的可不止这些。

能够进超市只是第一步,只要他们打造的特色蔬菜能让更多人知道,那她在网络上也会跟进销售,她希望能把这条路走上正轨,走成一个产业链。

现在说这些还太早,但第一步已经迈出去了,她会继续奋斗。

抬眸对上孟哲红透的脸,她才意识到她整个人都扑在孟哲身上,那样子,就像在跟男朋友撒娇。

阿彩赶忙放开了孟哲的手,她后退了一步,不敢再抬头看孟哲的脸。

"你不是要回村吗?我送你去车站坐车。"好在孟哲率先开口，缓解了此刻的尴尬。

回程的路上，阿彩在心底盘算着，翔升超市是连锁超市，光在红河就有十几家，省内其他州市也有分店。如果他们种出的蔬菜能够顺利走进翔升，那就有走出红河、走出云南，走向更远的地方的机会。

不过眼前，她得抓紧解决另一个问题，那就是采摘的工人。

十余亩地的西红柿和辣椒，一旦成熟，光靠他们几个人是没法摘完的，需要聘请工人来采摘，这件事，她还得回去和父母商量一下。

"你打算聘请村里的人来帮忙摘？"马艳梅听到阿彩的提议后，彻底蒙了。

聘请村子里的人？也就是花钱请村子里的人来干活？哪里有这样的？以往村子里哪家哪户有事，村民都会去帮忙，招待一顿饭就是感谢了，现在竟然要出钱来请人？这说不过去！

"妈，地里的菜眼看着就要准备上市了，采摘需要人手，菜一批一批成熟，总不能一次又一次请人帮忙，所以我才决定聘请乡亲们，按照正常的劳动报酬来付钱，这样才是长久之计。"

想要长远发展,这是必然的选择。她综合考虑过,如果从镇上请工人过来,价格贵不说,因为距离远,工人中午没法往返,还需要供应午饭、提供午间休息场所,这样会变相增加成本。聘请村子里的劳动力,不仅解决了这些问题,还能为村民们提供一个赚钱的机会。

可马艳梅觉得,大家伙都等着看阿彩的笑话呢,这个时候她还花钱雇用他们,这……怎么说都觉得阿彩亏得慌。

阿彩却只是笑着说了一句:"过不了多久,就会好了。"

…………

在西红柿和辣椒正式采摘前,阿彩带着大伙儿在地里挑选了一遍,将率先成熟的西红柿和辣椒摘了一批出来。

五叔本来是要去山上放牛的,看到阿彩他们在地里忙活,索性把牛拴在了附近的小山坡上,他则去地边看阿彩他们采摘。

"阿彩,你们摘这么多,拿去哪里卖啊?"

阿彩和母亲拎着一篮子摘好的西红柿从地里出来,小心地将西红柿放下。

"五叔,我准备把这些西红柿拿去市里卖。"

五叔听到这话，望着很快堆积得跟小山一样的西红柿，皱起了眉："这少说几百斤，拿去市里卖？要卖到什么时候啊？"

他们村子里有两户村民就是以买菜为主的，批发二三十斤蔬菜，就能卖一天。阿彩他们摘那么多，拿去市场里卖？能卖得完吗？

李墨将车开到了地边，把摘好的西红柿和辣椒装到车上，阿彩坐在副驾驶座上，阿山和阿林挤在后座，一行人朝市区进发。

村口老梨树下，几个老人聚在一起闲聊，看到阿彩他们拉着西红柿和辣椒驶过，不禁感叹了一番。

"这丫头挺有干劲的，那么瘦的地都能让她种出东西来，有能耐。就是这大几百斤的东西，拉去市里，一斤一斤地卖，要卖到何年何月去啊！"

"说不定是送去长宁镇的蔬菜基地，那边收购蔬菜，什么都收，有多少要多少。"

"胡扯。长宁镇的蔬菜基地虽然面向市场收购蔬菜，可人标准高着呢。阿彩他们种出来的品相差远了，人家根本看不上，也就能到菜市场去混混。"一位年长的老者抽着烟筒，一脸无奈地接话，"这些东西估计要烂在手里

十一 蔬菜上了直供车

了,就当给这几个年轻人长点记性,以后做事不要这么鲁莽。"

"说不定阿彩是故意弄出戏给大家看,让大家觉得她能成功,到时候要大家投钱给她继续去折腾。"

…………

大家还是不看好阿彩。马艳梅将家底都拿出来给阿彩,这要是干亏本了,那长顺一家子以后咋个办?

在大家伙儿都为阿彩这次冒失的行为担忧的时候,阿彩他们已经回来了。

李墨驾驶着车子返回了村里,阿彩、阿林、阿山几个人都在,车子上载的西红柿和辣椒却不见了踪影。

西红柿和辣椒没了?

这才两三个小时的时间,就卖完了?

有好奇的人拦住马艳梅询问阿彩卖菜的结果,以及西红柿和辣椒的价格,马艳梅却只回了一句,那要问阿彩,他们只管干活。

村里的乡亲明面上、背地里都在打听,阿彩不是不知道,但她没有多说,毕竟她也在等待答案。

按照贺经理所说,第一批次试销的产品的销售情况会在两天后给出反馈,如果这批西红柿和辣椒受到消费者欢迎，那么，十余亩的西红柿和辣椒就不愁销路了，相反，如果适应不了市场，那么……他们这两个来月的努力恐将是徒劳。

苦等了两天后，贺经理的电话打了过来。

接到贺经理电话的那一刻，阿彩整个心都提了起来。

"贺经理，我是阿彩……"

"阿彩，我想你等我的电话已经很久了吧！"贺经理笑着解释，原本这个电话一早就该打的，奈何一直忙着备货，忙到现在才抽空打了这个电话，"三天后我们翔升超市会举办一场互惠活动，我想你多少知道些，我们翔升每个月都会举办一次大型促销活动。这次活动的蔬菜专区我们决定上一批大梨树村的专供蔬菜。"

"那……需要多少呢？"阿彩试探性地询问了一声。

"翔升在省内的分店每天都有全线配送的车子，你说过你们只种了十几亩，那有多少我们就要多少，价格就按照之前说好的。"

"太好了！"听到贺经理的话，阿彩激动地站了起来，握紧了拳头，"贺经理，你放心，我们一定准时。"

挂了电话，阿彩依旧难掩激动的心情，第一步终于是走过来了！

十一 蔬菜上了直供车

马艳梅见阿彩这般，上前拉住阿彩："阿彩，怎么了？"

阿彩一把抱住母亲："妈，我们成功了！"

阿彩将翔升预定了他们全部产品的消息告诉了父母，马艳梅似乎有些不敢相信，一直念叨着"竟然真的成了"。

李长顺没有说话，只是点了一根烟抽上，因为激动，还被烟呛了一口。

剧烈的咳嗽声响起，马艳梅数落起来："你这老家伙，这个时候还装什么深沉，咱们女儿事情做成了！我看接下来谁还敢在背后说她不务正业，谁还在背后乱嚼舌根……"

"是，成了，成了，咳……咳……你倒是给我倒杯水啊，我、我要呛死了，谁给你们摘菜啊……"

…………

翌日李长顺就扛着扁担去找村主任了。

"要十个工人？"村主任不敢相信李长顺说的，一再追问才确定了他没有开玩笑，而且十个工人干完活，当天就发工资。

工资按照八十元一天结算，这个价格都快赶上去镇上干苦力的工资了。

在大梨树村,家家户户勉强种些玉米、土豆来贴补家用。田里一年中只有春耕的时候需要劳动力,年轻人留在家里没事可做,过完年都跑出去打工了,家里只剩下老人、孩子。

现在,竟然有活可做了!

"长顺,如果阿彩只是为了向大家证明她提出的生态种植建议可行,我觉得大可不必这样,这些西红柿和辣椒如果卖不上好价,这些钱……"

"行了行了,"没等村主任说完,李长顺就打断了对方的话,"阿彩已经算好了,你帮我通知一下,明天一早我们需要十个工人,年龄大点也无所谓,只要干得动活就行。"

李长顺交代完,去张婶家拎上一瓶高粱酒就回家了,今天他高兴,一定要喝上几口。

村主任当天晚上就把阿彩需要十个工人的消息通知了出去。

原本大家都还在好奇阿彩他们的西红柿和辣椒要卖去哪里、什么时候能卖得完,转眼阿彩他们就需要十个工人。

当晚,村委会聚集了好些凑热闹的人,大家你一言我一语地谈论着。

八十块钱一天的工钱,跟镇上价格一样,但往返镇上需要时间和精力,有时候没有活做就白去一趟。现在在家门口就可以把钱挣了,真有这么好的事?

"别说十个工人,就是我一个人一天也能摘个几百斤,可摘下来,拉去哪里卖啊?"

"阿彩那丫头到底是怎么想的,十个人干活,一个人八十块钱,那十个人就是八百。要多少西红柿和辣椒才能卖八百块,这要是卖不出去,可咋整?"

有人给阿彩算起了账,从开荒盘地开始,到买苗,再到后续管理和采摘,这里面哪样都不少花钱。

村主任见大家讨论半天也没有讨论出个结果来,直接反驳。

"你们瞎操心这些做什么?亏本也好,赚钱也罢,和你们无关。你们只管告诉我,明天的十个工人,有谁要干?"村主任当下拍桌,"我不管你们对阿彩支持还是反对,这是给人干活,拿人钱财,都得打起精神好好干。"

"那肯定嘛!我力气可大着呢,我第一个来!"身强力壮的老三婶举起了手,"我们家那口子在外面累死累活地干一天也就一百块，我要是一直能做这八十块一天的活，我一定天天报名。"

"我也来，不过说好的，我是看中了干完活就发钱。反正阿彩卖不卖得完和我们没关系，我们只管干活，只管拿钱。"

"算我一个。"

"还有我！"

…………

第二天一早，村主任亲自带着报名的十个人到了地边，将人交给了阿彩。

阿彩看着在场的众人："那就麻烦大家帮忙了。"

"阿彩，说什么帮不帮的，你愿意花钱请我们，是我们要谢谢你呢。"老三婶说着，笑眯眯地上前，"阿彩丫头，你今天要我们做些啥呀？"

阿彩望向了一旁的李墨。李墨见众人到齐，提过一旁的小篮子："叫大家过来帮忙，是摘西红柿和辣椒的……达到这种标准的就可以采摘了。"

在场的村民们谁也不敢马虎，每个人都听得很认真。

"好了，大家可以开始了，采摘的过程中注意脚下，不要踩伤了植株。"李墨交代着。

十一　蔬菜上了直供车

"李墨，婶子干这些活可是专业的，根本用不着你提醒。你看着吧！我一定是摘得最快的。"老三婶说着，笑眯眯地拎上篮子下地了。

"你们瞧瞧，说得好像就她干活厉害一样，我们也不差。"另外几人见老三婶已经下地，也拎上篮子开始干起活来。

阿彩则带着父母和李墨一起整理大家伙儿采摘上来的西红柿和辣椒。

许多村民们聚到地边围观，看着地里忙碌的众人，不禁感叹，转眼的工夫，阿彩种植的西红柿和辣椒就丰收了。

"长顺家这丫头可真厉害，还真的种出东西来了。"

"我种半辈子地了，也算是有经验了，可我到现在还没明白这土里也有那么多讲究。"

"这些果子摘下来，少说也有几吨吧！拉去哪里卖？送去批发吗？可这种品质能卖得上价格吗？"

村民们坐在地边看着热闹，五婶放牛路过，被人叫住。

"老五，你知道阿彩那丫头要把这些蔬菜卖到哪里去吗？"

五婶听到话，冷冷地回了一句"我咋会知道"，就拉着牛匆匆走了。

李长顺不能久站，阿彩让他坐下来休息，他出神地望着圆滚的西红柿和在太阳底下油绿的辣椒。

这些果子虽然品相普通，但是，这是阿彩用心种出来的，而且是阿彩第一次种出来的。换做其他人，也许根本没有本事种出来。阿彩读书多，学得快，他们不懂的，她也很快就能学会。

阿彩放弃了出国深造的机会多少有些遗憾，但是亲眼看着自己的女儿干出一番大事情，李长顺心底说不欣慰是假的。

中午艳阳高照，张婶抱着一小箱老冰棍来到了地里。

"大家吃根冰棍，累了就休息下。这会儿太阳大着呢。"张婶给阿彩递了一根，"阿彩，歇一下，别太累。"

"婶，没事的。我清点一下，看看等下怎么装车方便。贺经理刚刚打过电话，他们直供的车子已经出发了，一个半小时以后就会抵达这里。到时候车子一到就立马装车运走。"阿彩顾不上擦额头上的汗珠，抬头看了一眼对面的李墨，"墨哥，辣椒那边你清点，我负责西红柿。"

十一　蔬菜上了直供车

"没问题。"李墨抬眸朝她笑了一下,转身朝堆起来的辣椒走去。

张婶望着面前的西红柿和辣椒,打心底里开心。她知道,这些东西看起来品相不算好,可是吃过之后就会发现,这些果子带着一股甘甜,吃过一定难忘。

阿彩说这是他们大梨树村的特色,多亏了那条家乡河,清甜的河水浇灌下的果子不同于市面上已有的品种,依阿彩所说,城里的人都喜欢这种绿色蔬菜,是打着灯笼都买不着的呢。

超市已经派车来拉了,这一批运走,他们投入的本钱就回来了。下一批成熟的卖出去就是利润了。

到了下午,西红柿和辣椒采摘工作进入收尾阶段,两辆大货车缓慢驶入了大梨树村。

大梨树村的路以前一直很窄,普通的小面包车进来得都很勉强,如今翻修了道路,竟然有货车来了。

第一次看到那么大的车子开进村子,小孩子们都兴奋地跑出来看。

而看到货车上的标志时,大家伙才恍然大悟。翔升超市的直供货车跑他们大梨树村来的原因只有一个,那就是拉阿彩他们的菜!

当所有人意识到这一点时,大货车已经稳稳地停在了路边,开始装载西红柿和辣椒。

忙碌了一个多小时,西红柿和辣椒终于装完了。

"麻烦签一下字。"

司机拿了单子,让阿彩签字。阿彩笑着接过,快速在货品单上签下了自己的名字。

一旁的村民看到这一幕都愣住了,这满当当的两大堆菜,转眼的工夫就装到了车子里,这就卖出去了?

直到目送两辆大货车缓缓驶离村子,村民们才缓过神来。长顺家的那丫头不但把土地整活了,还真的种出了西红柿和辣椒!别看人家的西红柿和辣椒长得一般,竟然卖到市里的大超市了,听说价格比市面上的蔬菜还贵一些呢!

太阳还没下山,活就干完了。李墨将所有人喊到了一起,遵照原先说好的,当场向每个人支付了八十元报酬。

拿到钱的那一刻,老三婶盯着手里的八十块钱看了又看。

"前年我去市里饭店洗碗,一个月才一千多块钱,算下来一天才三四十块。有时候客人多,要晚上八九点才能休息。今天都没干累呢,就赚了八十块!真好啊!"

其他拿到钱的村民小声嘀咕道:"阿彩,明儿个还要人吗?我还来!"

"王姨,今天摘完,明天没有活了。"

听到阿彩的话,几人的失落显而易见。

"没了啊!我还以为天天都有呢!"

"就是就是,这八十块一天,要是能坚持干上一个月,那就是两千多块了。那我们家三娃子就可以买辆自行车了。"

"只干一天啊。"

"唉……"

阿彩见几人无奈地转身要走,她再次出声:"按照果子现在的生长速度,三天后还需要采摘第二批……"

"这么说,三天后你还需要人来帮忙摘果子?"

老三婶听到这话,凑上前激动地问道。其他几人一听,也一脸期待地等着阿彩的回答。

阿彩淡笑,点了点头:"是的,只要你们愿意,依旧像今天一样劳作和结算。"

"我们当然愿意,我们肯定愿意啊!"

…………

忙碌了一天,阿彩拖着疲惫的身子回了家,一到家,就看到满满一桌子菜。

火腿和腊肉都烧好了,河鱼也炖着,这河鱼是李墨一大早就送来的。

这些饭菜都是李长顺亲自做的。

中午过后,阿彩便让李长顺先回家休息。那么大的太阳,阿彩不忍心还在休养腿伤的父亲一直跟着他们劳累,可李长顺固执地要留下来,觉得这么早就回去是拖累大伙儿。

最后,阿彩只好解释,今天是第一次收成,大家都在地里忙活,中午准备了干粮可以将就,可大伙儿忙完,晚上总是要吃饭的呀!所以希望父亲能回家先去准备饭菜,等他们把地里的事情忙完,回家就可以吃上一口热饭,多好。

阿彩还特地强调,她特别想吃父亲烧的腊肉。

李长顺这才点头同意。

"我烧的腊肉可比你妈烧的好吃,我回去做。等忙完了,大家一起来吃饭,我把拿手的好菜都做上。"李长顺说完,装上几个西红柿和辣椒就走了,那是今晚的重要食材。

当晚,马艳梅很是激动:"阿彩,妈为你骄傲。这才第一批果子，我们的本钱就已经收回来了。后续果子还会再成熟，这要是管理得好，还可以卖好几次。这西红柿和辣椒种植下来，真的抵了过去一年劳作的报酬呢。"

李墨举起酒杯，迎向阿彩："阿彩，谢谢你没有把我们抛下。"

见李墨如此，一旁的阿山、阿林也举起了酒杯。

阿彩端起一杯茶："是我要谢谢你们，在我最无助的时候，还愿意相信我。"

李长顺望着这一幕，回想起当初自己对阿彩的冷言冷语，觉得有些惭愧。

"快吃饭，我做了一下午。赶紧吃，不吃光，你们都不许走。"

这一晚，李长顺家的小院子尤其热闹，欢声笑语接连不断。

…………

接下来的日子，阿彩他们每隔几日就会采摘一次西红柿和辣椒，每一次都是由翔升的直供货车将货物运走。

村子里的人都听说，阿彩他们的西红柿和辣椒被翔升集团的连锁超市放到了蔬菜专区最显眼的位置，还拉了一条横幅，上面写着"大梨树村山泉蔬菜"，价格比别的西红柿和辣椒贵了一块多。可城里人不仅不嫌贵,还专门去买。

半个月后,翔升集团负责人来到了大梨树村,找到了阿彩家。

人家是来签合同的。阿彩种植的山泉蔬菜,以后专供翔升的连锁超市。不仅如此,他还去看了阿彩养殖在田里的山泉稻花鱼,也签下了鱼儿的订单。

这一刻,大梨树村的村民终于相信了,贫瘠的土地经过科学打理和种植,也能种出可口的蔬菜!

阿彩这丫头真的改变了一个家、一个村!

十二　她能照耀很多人

　　阿彩在地里试种的其他几种蔬菜也陆续开花结果，与翔升签订合同，也就意味着他们接下来无论种出什么、养出什么，只要符合收购条件，翔升都会照单全收。大梨树村的菜，能在一天之内供应到全省的连锁超市里。

　　如果说阿彩将第一批果子顺利卖出的时候，有村民动摇了，那么现在，当阿彩正式签署了订购合约，整个大梨树村都动摇了。

　　阿彩和翔升集团负责人签署合约的

当晚，阿彩家门庭若市。

乡亲们不断涌入小院，有的拎着鸡蛋，有的带着腊肉，更有甚者把家里养的老母鸡都拎上了。

一开始李长顺不让大家进门，村民们只好请来村主任，李长顺才默许了其中几人进屋。

"你们数落我家阿彩的那些话我可都记着呢！现在来献什么殷勤，都拿回去，我们家不稀罕你们的东西。"李长顺毫不留情。当初就是这些人在背后嘲讽他们家阿彩，说什么脑子被门夹了，大好的工作不去做，非要跑回家来种地……这会儿看到阿彩赚钱了，知道要来讨好了。

"长顺，你也别气，大家都是山里人，没眼光、没见识，大家都挺后悔当初的那些言行的。现在呢，大家就是想着，看能不能请阿彩帮帮忙，指导指导大伙儿，这土地要怎么去改良，怎么判断什么土地适合种植什么，要怎么样才能加入到特色农业种植里面……"村主任代表众人表达了观点。

李长顺一听，脸更黑了，原本对村主任的态度还算客气，现在他都当上说客了，当即准备撵人。

"爸……"阿彩叫住了李长顺，阻止了他。

"阿彩！"村主任见到阿彩，站了起来，其他村民也跟着站起身。

"大家不用这么拘谨,都坐吧。"阿彩笑着请大家坐下。

在场的村民见到阿彩,都有些不敢相信。毕竟他们之前都不看好这丫头,还议论过她……可阿彩看起来并无芥蒂,依旧微笑着和他们说话。

李长顺还想数落在场的人,被马艳梅拉住。

阿彩望着众人,看到大家伙手里的鸡、肉,笑着说:"大家伙大晚上的过来,辛苦你们了,把你们的东西都拿回去吧!"

"这……"

众人一听,刚落下的心又提了起来,果然,阿彩还是怨恨上他们了,他们带来赔礼的东西,她看都不看一眼。

"阿彩,大家都是农村人,没读过什么书,以前有说得不对的地方,你别介意,我们和你道歉。"

队伍里有人率先开口了,这话一出,其他人立马跟着说起来。

"是啊,阿彩,整个大梨树村就你文化最高,你有本事,懂得多,学得也快,你带着我们一起干吧。"

"我们明白了,你当初说的话我们都明白了,你是我们的福星啊!"

"阿彩,你就原谅我们吧!教教我们要怎么改那块地吧!"

…………

大家伙你一言我一语,小屋顿时喧闹起来。

"大家安静!"李墨大声呵斥。

阿彩抬眸望向站在门口的李墨。李墨额头上还渗着汗珠,想来是听到村民们都聚到阿彩家,特地跑过来的。

李墨走到阿彩面前,转身面对众人,冷着声音:"瞧你们现在的样子!幸好阿彩这次顺利赚到钱了,如果阿彩没卖出去,如果这次没种出西红柿和辣椒,你们会在背后议论些什么?你们现在又会怎么做?"

李墨的话让在场的人都哑口无言。

阿彩苦口婆心地劝他们一起做绿色种植,一起努力实现产业化,可是他们……不支持也就算了,背后还嘲讽人家,现在想来实在太狭隘。

就在众人埋着头纠结是不是该离开的时候,阿彩开口了。

"大家愿意相信我,是我的荣幸。"

众人听到阿彩的话,顿时感到有了希望,都静静地等待着阿彩接下来的话。

"之前我就说过,想要实现产业化,只靠我一个人是根本不行的。这里是大梨树村,是我们共同生活的地方,是我们的家乡。想要让它发展,需要我们大家一起努力。"阿彩望着众人,接着说,"咱们村子大大小小有两百来户村民,全村中过半的乡亲都是靠着政府的脱贫政策实现脱贫的。在政策的扶持下,想要吃饱饭、穿暖衣没有问题,但是,我们要实现富裕,还得靠每一个人都出力才行。"

村民们连连点头。

"绿色种植,科学养护,这些只是一小步。大梨树村依山伴水,我们还有很多可以做的。只要我们人心齐,一定能够致富奔小康。"

"阿彩说得对,我们以前只知道埋头苦干,真正科学的建议却不知道听。"老三婶拍着大腿,一脸悔恨地说道。

"阿彩,你说需要我们大家齐心协力,那我们接下来该怎么做?你要是愿意教我们如何改良土壤、如何科学种植的话,我……我们可以交学费的,你看多少钱合适!"

有人提到钱,众人纷纷议论起来。

"对,我们交学费!阿彩,只要你愿意教,我们肯交学费。"

"我也愿意。"

"我也可以……"

大家再度喧嚷起来,阿彩抬起手示意了一下。

"根据我们和翔升签订的供应合约,接下来还需要种植很多种蔬菜,这还真的需要大家加入才能完成。"阿彩突然顿了下:"但是,大家要加入进来,不是不行,我们必须要签署协议……"

阿彩将协议合作的方式说了出来。加入种植需要投入,产业化种植不是一朝一夕就能实现的,而且并不是每一次都能保证成功,是有风险的,前方的路不是阿彩一个人走,风险也不是阿彩一个人承担。

"这……亏本了是不是要我们自己承担?"有人问出了心底的疑惑。

"可我们拿出本钱都难,如果亏本的话可咋办?"

"我们也跟着种辣椒和西红柿不就行了?"

"你们都走!到时候要真亏本了,可别把我家门槛都给踩坏,全部来找阿彩赔偿。"李长顺见状下了逐客令。

李墨也适时开口:"对,我同意。做生意本来就是有风险的,你们看到阿彩成功,就想跟着阿彩做,那有一天要是出现了亏损,那你们是不是都要找阿彩的麻烦?"

村民们你看看我,我看看你,没有出声。

村主任也担心阿彩,说道:"李墨说得没错,现在阿彩可没有逼你们,自始至终是你们主动要阿彩带领你们的。"

有人犹豫再三,找了个理由起身离开了,有人直言还是算了,也跟着走了,原本热闹的庭院里,只剩下了一半人。

就在所有人都默不作声的时候,一直站在角落的张婶开口了。

"我是自愿跟着阿彩的,亏也好,赚也好,都是我自己的选择,和阿彩无关。"

所有人都望向了张婶。

张婶站起身:"我们家那口子死了之后,我就一个人带着巧妹过活了。我开个小卖部,一年到头赚点生活费,想给娃买件漂亮衣服还得省吃俭用。我也想赚钱养家,想要把生活变好,可是光想是没有用的。阿彩说得对,不管干什么总要干了才知道成不成功。我们没大本事,但我们可以用心去学，不管是绿色种植还是科学养护，只要我们肯努力去研究，总会成功的，只是也许这条通往成功的道路，我们会走得慢一点。"

张婶说完，整个小院里鸦雀无声。不知道谁突然鼓起了掌，顿时掌声四起，就连院外探头围观的村民也纷纷鼓起掌来。

留下来的人，听从阿彩的建议，签署了合作协议。

"阿彩，接下来，我们需要做什么呢？"有人问道。

"叔，我的想法是这样的……"阿彩简单向大家解释接下来的计划。

她和翔升签订了供应合约，只要他们大梨树村种出来的蔬菜符合标准，翔升都可以进行收购，整个村子的土地，如果都种西红柿和辣椒，那会供大于求，这不是她做绿色种植的初衷，所以需要分区域、分批种植，多样化管理。到时候，供应给翔升的产品也会更丰富，避免滞销的情况。

大家要结合自己的实际情况进行选择，每种农作物的投入不一样，不能跟风。

"大家愿意相信我，我很高兴，但我也不是专家，我也不敢肯定告诉大家的方法是最科学的，我们只能一步一步去实践,一步一步去学习。"

没等阿彩说完,老三婶就连忙说:"阿彩,你上次请来的那几位技术员不就是专家,他们懂得多,他们是专业的。那个……还可以邀请他们来给我们讲讲咋个判断土壤成分,以及选种育苗的时候需要注意什么不……我们可以付钱学习。"

"对,对。"

阿彩见到众人今天的迫切,回想当初他们的冷漠,内心五味杂陈。但大家心态上的改变,至少说明绿色种植业又往前迈进了一大步。

"大家愿意学的话,我当然可以再邀请技术员来给大家讲解,做技术上的指导。"

大家伙高兴得紧,已经商量着明儿个一早就去把那片荒地盘整盘整。

村主任看着这一幕,望向了阿彩:"阿彩呀,接下来,还得多麻烦你呢。"

"好。"

虽然前路依旧充满了未知,阿彩还是会义无反顾地继续走下去。

脱贫致富不仅仅要改善经济,还得改变思想,乡亲们愿意相信她，愿意加入进来，这已经是质的飞跃了。

在村主任的帮助下，阿彩做了统计，将近半数的村民愿意加入到绿色种植、科学养护中来。

这比她预期的好太多了。

如果过半的乡亲都加入进来，到时候种植的蔬菜种类增加，产业化就有希望。万事开头难，他们已经迈过了艰难的第一关，剩下的就是持续努力，把产业做起来，再把产业做大、做强。

细看了各家各户的土地分布，阿彩发现，五婶家依旧没有报名。

他们采摘西红柿和辣椒的那一天，五叔一直在地边围观。阿彩以为，五叔家也会来找她帮忙，奈何一直不见踪影。

阿彩想过私下里去找五叔，问问他的想法。他家的土地和五叔家的相连，如果五叔家也加入，他们做产业种植会更加方便。

"丫头，你就别白费心思了，你五叔家要是愿意，早就来说话了。"马艳梅直截了当地说。

之前已经吃过一次闭门羹，想起当初五婶坚决反对的样子，她也只好放弃了。

十二　她能照耀很多人

大方向定好后，阿彩将这个好消息转告给孟哲，并邀请他再来做一次培训。

孟哲决定周末的时候带着团队进村，给大家伙儿好好讲讲。

依旧是村委会的大院，依旧是桌子板凳整齐排列着，不同的是，这一次会场的人比之前多了好几倍。好几户村民得知技术员要来给大家讲咋个科学种植、绿色发展，一早就过来帮忙布置现场，还特地从家里带了几个板凳过来，想要抢占最前面的位置。

孟哲他们是中午到的，阿彩老早就去村口老梨树下等着了。

熟悉的越野车驶入视线，阿彩朝车子挥手，车子稳稳地停在了她面前。车窗降下，孟哲朝她笑了笑，伸手递了一杯奶茶给她："奶茶店刚出的新款，特地给你带一份尝尝。"

阿彩笑着接过。

来的人不止孟哲和孙涛，蒋主任和顾长远也来了。此外，蒋主任还带来一名中年男子，简单介绍对方姓周："周老师听说你们要搞产业化，特地过来看看。"

阿彩热情地与对方打了招呼，带着众人去了村委会。

村委会人声鼎沸，孟哲他们还没到，小院里就已经座无虚席。识字的村民准备了纸笔，年纪大的老人则把家里的老式录音机都提来了。

"如果不是亲眼所见，我都不敢相信这一切是真的。"孙涛惊呼出声。

孟哲淡笑："人嘛，总是会变的。"

还在热议的村民发现了蒋主任一行："专家团队来了！"

老三婶原本还在纳鞋底，看到人来了，将手上的针线麻利地往袋子里一塞，也站起来迎接。

蒋主任笑着上前和众人打招呼，热络地与李长顺和村主任握了手。

村主任一眼就瞅见了站在蒋主任身后的男人："周……"

没等村主任说完，男人便率先开口："蒋主任他们是搞技术的，我过来听听，也跟着学习学习。"

村主任听到这话，愣了一下，从对方的眼神里读懂意思后连忙点了点头，没有再多说什么。

蒋主任简单和大家说了几句，便将主场交给了孟哲。

孟哲讲得很仔细，从土壤改良的细节和注意事项，再到后续的种子培育、种植和护理,事无巨细地传授给在场的村民。讲到种子培育的时候,孟哲拿出了几盒刚培育的菜苗,让大家伙分辨。

"这个我知道,应该是辣椒苗!至于是什么品种我就猜不到了。"

"那个应该是番茄苗吧?"

"我看是豆苗。"

"这个我看不出来,我还从来没看过这样的苗……"

很快,答案揭晓,那是一株经过特殊技术嫁接的苗子,这可让在场的村民啧啧称奇。

"我听说水果可以搞嫁接,原来蔬菜也可以搞嫁接啊!"

"活了大半辈子,这样的苗我还是头一次见。"

村民们十分热情,阿彩突然捕捉到一抹身影。

那道身影藏在后门,时不时探头张望,似在偷听。

阿彩看清楚对方,转过身,装作浑然不知。

傍晚,村民们还聚在村委会里问这问那,孟哲被村民们围得抽不开身。孙涛跑去办公室把村主任做宣传工作用的大喇叭找了出来,上次讲课的时候就找出来过,这回倒是真用上了。他拿着大喇叭和村民们互动,还约定了半个月后再来村子里，看看大家的成果。

直到天色彻底黑下来，村民们才陆续离开。

"阿彩啊，辛苦了一天，大伙儿都累了，一起去我们家坐坐，吃顿饭。"村主任说。

李长顺闻言，连忙站起身，说都去他家吃，这就回去弄。

"别争了，我家里都准备好了。"村主任回绝了李长顺。

李长顺还想反驳，蒋主任也适时开口："长顺大哥，就听永能的，今晚都去他家吃。来的时候我们带了些新鲜的肉和菜，这会儿荷花大姐已经做好了。"

李荷花是李长顺的表亲，是赵主任的媳妇。

听到这话，李长顺便没有再坚持。

众人辗转来到了村主任家，两桌丰盛的饭菜已经准备好了。

"啊，好香！"阿彩一进屋就闻到了炖鸡的味道，鲜香味在整个庭院里弥漫。

"刚买了十几只小鸡崽来养，后院的那只老母鸡老了，正好赶上今天热闹，大家一起喝汤。"村主任简单说着，跑进屋拿了板凳递给蒋主任和周老师。

"坐吧！"蒋主任率先接过凳子递给周老师。

周老师接过凳子没有立即坐下，而是望着阿彩笑了起来："阿彩，你做得真棒。大梨树村有你这样的人，是大梨树村的骄傲。"

阿彩望着说话的周老师，回忆着这位周老师的与众不同。从一开始，蒋主任对他的态度就不一样，整个过程中，蒋主任一直陪在周老师的身边，村主任似乎也认识他。

眼前的人到底是谁？

一旁的李长顺和马艳梅也发现了端倪，盯着周老师一个劲地瞧。

村主任见状，走上前向几人说道："让我来介绍一下吧！这位是锡城镇刚上任的周书记。"

周书记望着阿彩，主动伸出手："我的名字是周皓。早些日子我就听说大梨树村有一个高才生，放弃了出国名额，选择留在家乡搞建设。今天听说你们要搞一次大型的专题科普讲座，我便跟着过来了。"

阿彩没想到书记会亲自到村里，而且对方竟然早就听说过她。

"我……我也没做什么，我只是想留下来照顾我父母，尽可能多做点有利于大梨树村发展的事情。"阿彩解释道。

"丫头，你是好样的。你做的事呀，非常好，我们会大力支持你的。"周书记鼓励阿彩，希望她能坚持下去。

蒋主任见气氛没有方才轻松，他笑着招呼众人："大家别拘谨，都是自己人，坐，都坐，好好尝尝主任家的鸡。"

餐桌上，阿彩向周书记介绍了她和翔升签订的合约，还有村子里的乡亲们加入进来的事。她把打造大梨树村绿色种植产业化的想法也告诉了众人，展示了详细的规划。

大梨树村的后山有成片的山林，因为是坡地，不利于农作物种植，村子里的老人就种上树，隔几年再把树砍了做柴火。

"那片山坡的土壤成分我之前做过详细的检验，富含矿物质，如果能加以利用，一定不会辜负大家的期望。"

孟哲说完，蒋主任顺势询问阿彩对那片地的规划。

"我只是有个想法，具体怎么操作我心里也没底。"阿彩望着众人，将自己的想法说了出来。

大梨树村得名是因为村口那棵上百年的老梨树，老梨树学名鲁沙梨。

鲁沙梨是红河特有的一种梨，皮薄肉厚，汁水充沛。每当这棵老梨树结果成熟的时候，村里的孩子都会在树下眼巴巴地瞅着，等着大人给他们摘最好最大的那颗。

后山的那片林地，如果可以，她想全面种上鲁沙梨，通过鲁沙梨打造一条属于大梨树村的特色道路。梨花盛开的时节，可以吸引外地的游客来欣赏，打卡拍照。而且现在交通便利，收成之后也方便运输出去。

村主任听了阿彩的话，放下筷子附和道："之前听孟哲说那片林地可以更好地利用时，我也想过种上果树，可是我脑子笨，想不出来种什么树合适。阿彩这么一说，提醒了我，我们村子的梨，比其他地方的更多汁，更软糯。以前路难走，送不出去，现在不一样了，说不定能行。"

"这计划可行，村民们不仅多一项收入，还可以把大梨树村打造成梨花之村。"蒋主任也认同阿彩的想法。

周书记听后，深思片刻，也点了点头："这建议不错，我回去召集人商议一下，看看能给村子里提供些什么政策。"

周书记的话令在场的人信心倍增，村主任更是当场决定接下来就号召大家伙儿一起对后山进行改造，来年开春第一时间就大面积种下梨树。

孟哲温柔地看着阿彩，他一直很欣赏阿彩，从第一眼见到这个女孩，他就看到了她身上的光芒，如今这光芒更加闪耀。

她能照耀很多人。

他也被她照耀着。

…………

周书记来过后，与阿彩签署协议的人更多了，今晚又有几户村民来找阿彩，都是想要加入产业化种植的，不过五婶始终没有出现。

第二天，阿彩起了个大早。最近田里的鱼儿长得很快，老三婶和其他几个村民前两天找过她，他们想要跟着阿彩学习稻田养鱼。

阿彩到田里的时候，老三婶和几个村民都已经在等她了。

"阿彩，你可算来了。我们刚刚还在盘算着，这个时候养下鱼儿，来年能长多大？什么时候能卖？"

面对众人的询问，阿彩简单解释了一番，无论种植还是养殖都不能急于一时，要做长远考虑，保证品质，得一步一步来。

几人听了阿彩的话，有些羞愧，他们确实太心切了。

可人穷了一辈子，辛苦了一辈子，终于找到一条可以致富发达的路，谁能不盼望着快点实现呢？

阿彩接着说，想要养稻田鱼，不是一心扎进来就可以的。稻田养殖最重要的就是水源，必须保证水里的含氧量和水源的清澈干净。

其次，干旱的时候，河里的水也会减少，到时候沟渠引水行不通，大家还得想办法把水引流进田里。这一切，都不能大意。

"阿彩，我们明白，我们会好好做的。"

"是啊，阿彩，如果我们大家伙儿都加入，这稻田里养鱼，是不是也可以搞个什么产业化呀！"老三婶认真和阿彩说着，"人家长宁镇不是搞了大型蔬菜基地嘛！我们也搞个大梨树村山泉水养殖鱼基地……说不定我们养殖出来的鱼也能和那什么国际接轨。"

阿彩被老三婶的一番话逗笑了："三婶，国际接轨这个词不是这么用的。"

老三婶闻言，尴尬地笑了起来："我这不是不会说嘛！我听电视上都是这么说的，我就记住这个词了。"

"不过你刚刚说的稻田鱼基地，这个确实可以试试。"

阿彩在田里忙碌了一早上，直到中午，才和几个叔、婶告别返回家里。

她刚走到五叔家门前的时候，房门突然开了。

"阿彩！"

阿彩没想到叫住她的人是五婶。今天一早她去田里和几个叔叔婶婶商议稻田养鱼的时候，她看到五婶牵着家里的牛从田边走过。以往要到傍晚才会把牛牵回来，但现在才中午，五婶就在家了，牛也在院子里吃草。

五婶望着她，尴尬地笑了笑。

"饭刚做好，这么巧，快进来吃饭吧！"

阿彩望着五婶欲言又止的样子，明白五婶终于想通了。

"好啊！五婶，我正饿着呢。"

阿彩笑着走进屋内。

五婶探头朝外面看了一眼，小心地将房门关了起来。

十三　种植基地揭牌

屋内,五叔已经把饭菜端上桌了,看到阿彩进屋,热络地招呼着。

"阿彩来啦,快,来坐!我们也是刚刚把饭菜做好。"

五叔说着,又把熬好的火腿端了出来。

"这是年头我腌的火腿,今天正好炖上了。我给你舀一碗,这汤的味道很正宗的,是我的拿手菜呢!"说着,五叔拿过碗筷,给阿彩舀了满满一碗。

五婶还在往厨房里跑,显然还在

做菜。

"叔、婶，你们都坐下来吧！别再做了，桌子上已经有很多菜了。"阿彩开口，认真道，"你们有什么话想和我说的，就说吧！"

一听这话，刚走到厨房的五婶停下了脚步，她回过头望着阿彩，尴尬地扯出笑容："阿彩，其实……我……我呢……"

五婶支吾了半天，一句完整的话都说不出来，只能尴尬地站在原地揪着自己的手指头。

五叔见状，开口了。

"阿彩，说了也不怕你笑话我们。你婶啊，现在可后悔了。"五叔开口，直截了当地说了出来，"她现在也想明白了，也想跟着你搞绿色种植。"

"阿彩，我和你叔干活也干了半辈子，孩子在外面学技术，每个月还要问我们要生活费。以前我们眼界小，只晓得捏着手心里这点钱过日子，哪里敢投资什么。"

五婶说着，拿出了一个小铁盒。

"阿彩，这是我这些年积攒下来的，你别嫌少。我……我们……也想跟着你干呢。"五婶当着阿彩的面将小铁盒打开，里面有五万多块现金。

十三 种植基地揭牌

"五婶，你这是做什么。"阿彩连忙拒绝，"我干吗要你的钱？"

"阿彩，艳梅当初拿了七八万给你吧？我这里有五万多，如果这钱不够，我明天一早就把牛拉去镇上给卖了。一头牛最少也可以卖个万把块，我再凑凑，应该还能凑一万多出来。"五叔也跟着说了起来。

阿彩望着五叔、五婶一唱一和，当即站了起来："五叔、五婶，你们这是捣什么乱啊！"

"阿彩，我们没捣乱，我们也想跟着你搞产业化。我们没什么文化，也不会说话，到现在才明白过来。"五婶连忙把手里的小铁盒塞到阿彩手里，"阿彩，就连新书记都说你的做法很好，你不要生婶的气。"

"是啊，阿彩。你婶就是脾气犟，但她心还是不坏的。"

阿彩无奈地叹了口气："五叔、五婶，你们没明白我的意思！"

阿彩把铁盒还给五婶，示意两人坐下来，听她把话说完。

"五叔、五婶，你们想要加入产业化种植的心情我能理解，但是这不是把钱给我就万事大吉了的。"阿彩耐心解释着，"那天在村委会，技术员的讲解，我想你应该也听到了。"

阿彩没有理会五婶尴尬的神情，接着说："五叔、五婶，产业化种植不是我一个人就能做好的，我们大家要一条心，一起努力，才能把事情办好，办得漂亮。你们也都看到了，村子里越来越多的人加入进来了，我们村子的未来一定会更好。"

"阿彩，我之前给你泼冷水，你不恨我吗？"五婶压低了声音，双肩微微颤抖。

"婶，你们质疑我、不理解我，那不正是在告诫我，我需要把这一切都做好了，才能让你们消除对我的质疑、对我的不理解吗？"阿彩露出笑容，"现在我用实践证明了自己的想法是可行的，所以，你们才愿意加入进来啊！"

五婶看了一眼身边的五叔，两个人对视着，彼此的眼底只剩感动。

"阿彩，谢谢你啊！"

五婶站起身，激动地抱住了阿彩。此时此刻，再多的话语也不如一个拥抱能表达五婶的心情。

五叔看着抱在一起的两人热泪盈眶，他赶快招呼着说道:"赶紧吃饭吧!难得准备了那么多菜,快,一起吃!"

…………

在镇政府的支持和孟哲等人的帮助下,大梨树村的事业逐步走上正轨,新一批的蔬菜已经种下,村主任则在村子里宣传起在后山上种梨树的建议。

听说大梨树村种植的蔬菜品种多达十余种,贺经理特地开着车子来到村子里参观。

"阿彩呀,以后我们要专门给你们大梨树村的蔬菜设立一个专区,消费者一定会喜欢的。之前的西红柿和辣椒,消费者反馈了很多信息回来,大家都觉得你们的蔬菜味道可口,还有人专门跑去我们专区选购,有几家饭店还来问我们的蔬菜是从哪里进货的呢!"

"贺经理,那你得给我们的专区安排个大一点的空间,我们还在试种新的蔬菜品种,到时候呀,可多着呢。"

"哈哈哈……"

稻田养鱼虽不是新鲜事了,但大梨树村的生态环境优良,又有山泉水加持,因此他们的鱼还没推出,就已经有人在打听了。

阿彩发布关于大梨树村视频的账号也渐渐有粉丝开始关注,还有人私信联系她,询问能不能来大梨树村看看,更有人表示要直接从网上订购大梨树村的蔬菜和稻田养出来的泉水鱼。

村民们种下蔬菜之后,又开始圩田放水,准备养殖泉水鱼。

老三婶的儿子一直在外打工,一个月下来除去吃喝用度,能剩下一千块就算好了,老三婶索性把儿子和儿媳妇叫回了村里。

对于在外打工的人来说,在家里能够赚钱的话,谁愿意背井离乡,与至亲分离?

老三婶家的儿子、儿媳回村之后,好几家人陆续把在外工作的亲人也叫了回来,加入到绿色种植中。

一个多月下来,大梨树村已今非昔比。

农田改造已完成,放眼望去皆是青枝绿叶,大量鱼苗也都投放完成,水波荡漾间,鱼儿轻盈游弋。

…………

"阿彩,今晚一定要来家里吃饭。巧妹放假回来了,她期中考试考了年级第三、班级第一,还拿了奖状。"

一大早,张婶就跑到了阿彩家,将这个好消息告诉阿彩,邀请阿彩一家晚上过去吃饭。

"巧妹可开心了!她说一定要第一时间通知你,她要把成绩告诉你,老早就借老师的电话打给我了。"

"好,张婶,我们一定去。"

"巧妹让我问问你,能不能邀请孟哲老师他们一起过来?她说大梨树村的改变,一是因为你,二是因为孟哲老师。"

"我打电话问问他们,如果他们有空,肯定会来的。"

"哎,那好,一定帮我把话带到,我就先回去张罗,你们早点过来。"

张婶走后,阿彩给孟哲打去了电话。

"告诉张婶我们会到的,今天我和蒋主任正好要去大梨树村一趟。"

电话里,孟哲告诉阿彩,大梨树村的改变让他们见证了一个村子从顽固质疑,到团结互助的变化过程,政府决定在大梨树村设立一个基地,这事还是周书记牵的头。孟哲他们做农业研究本就依托于土地,设立基地后,在大梨树村这片土地上,他们能更好地发挥作用。

"阿彩,想喝奶茶吗?我给你带。"

阿彩听到这话，忍不住笑了。孟哲每次来村子里，都会给她带上一杯奶茶，而且每次口味都不同。

"好，不过你得多带一杯，巧妹那丫头最喜欢喝了。"

"好。"

"嗯，那晚上见。"

"晚上见。"

挂了电话，阿彩便出门了。地里新一轮的西红柿和辣椒又可以采摘了，她打算去摘几个新鲜的，给张婶送去。

路上遇到李墨，李墨便提出与阿彩一起去张婶家帮忙，他还跑回家拎了一块刚买回来的新鲜猪肉和刚抓到的几条河鱼。

到张婶家的时候，张婶正在忙碌着，见灶台前有斧头和未劈的柴火，阿彩便上前帮忙，刚要伸手，就被李墨拦住。

"这些让我来，你帮婶去准备饭菜就行。"李墨说完，挽起袖子就开始劈柴，一套动作行云流水。

张婶见李墨勤快的样子掩面而笑。这小子每次面对阿彩的时候都特别主动，他的心思张婶自然是明白的。

"阿彩，李墨对你可真好。"

十三 种植基地揭牌

"那可不,从小到大,墨哥对我们一直都很好。"

阿彩没多想,在水池边洗起了菜。张婶便也没再多说,只是轻轻叹了口气。

巧妹是和孟哲他们一起到村子的。

孙涛驾车接上巧妹一起回了家。

刚到门口,巧妹就从车上跳下来,朝阿彩扑了过去抱住了她:"阿彩姐!我回来了,我回来了!姐,我这次考了全班第一哦,老师还给我奖励了呢。"

"丫头啊,你也出息啦!"张婶听到声音也走了出来。

"妈,我给你买礼物了哦!"巧妹说着,拿出了一把漂亮的牛角梳。

巧妹成绩好,班主任奖励了五十块钱当零花钱,巧妹用这些钱给母亲买了一把牛角梳,又给阿彩买了一个音乐盒。

张婶看着手中的牛角梳,感动得眼泪落了下来。

"我们巧妹,长大了。"

巧妹伸手给母亲擦干眼泪,笑道:"妈,你等着,我会努力考上大学的,我也要像阿彩姐一样。"

"哎,妈妈相信你。"

向云端

"对了,阿彩姐,这是你的奶茶。孟哲大哥买的。我的那杯在回来的路上就喝了,这杯是你的。"说着,巧妹回头望了一眼身后的孟哲,"孟哲大哥,我差点把这个正事忘了。"

阿彩望着巧妹手里的奶茶,笑着接过:"谢谢。"

孟哲简单点了点头。孙涛停好车后,拎下来一些肉和日用品。

"哎呀,你们怎么拿那么多东西,可别这样……"

李墨没有出门迎接,他站在门口望着在场的几人,最后他的视线落到了阿彩手里的奶茶上。

当晚,张婶家支起了两张折叠桌,大家团聚在一起。李长顺拉着蒋主任说最近地里面的情况,菜苗又长高了,稻田鱼也长大了不少,如果在田边多看一会儿,还能看到小河虾。

蒋主任也说了他们这次来大梨树村的另一个目的,那就是设立种植基地。

"如果能在我们村子设立种植基地,那真的太好了,全村都能惠及到啊!"李长顺恨不得立马将这个好消息告诉全村的人。

蒋主任笑了起来:"这都是大家的功劳。"

"这是阿彩的功劳。"张婶忍不住开口道,"要不是因为阿彩,我们也不会有现在的一切。"

…………

翌日,阿彩被张婶叫着一起去了一趟市里,李墨要去城里去送一趟货,便把几人都捎上了。

张婶遵照约定去给巧妹买手机,巧妹即将拥有属于自己的手机,别提有多开心了。

李墨将她们送到了市里便去办事。

巧妹拉着阿彩去了手机城,她早就想好了想买的款式,粉红色的新款,要两千多块。

这两千多块钱从前是母女俩大半年的开销,但这一次,张婶没有犹豫就付了款。

巧妹未满十八岁,张婶用自己的身份证给巧妹开了电话卡。巧妹第一时间注册了微信,要加阿彩为好友。

"阿彩姐,以后我有空闲就要找你聊天哦。"

"好。"

"嘿嘿!"

张婶见女儿开心,心情也舒畅极了。难得来一趟市里,张婶让阿彩带她们一起去吃一次炸鸡。炸鸡只有市里有,巧妹以前总是羡慕人家能吃炸鸡,还抱怨过自己家里开小卖部，为什么只能卖便宜的小零食、小冰棍，不能卖好吃的炸鸡。那时候张婶就想带巧妹去吃炸鸡，可迟迟没有机会，直到今天才实现。

阿彩带着张婶和巧妹到了最近的一家肯德基，点了一个全家桶套餐，还买了三份冰淇淋。

"一共一百零九块！"

张婶听到价钱，赶忙从口袋里掏出一把零钱。阿彩上前，拿出手机，率先将钱付了。

"阿彩，说好了我请你们吃炸鸡的，你咋就付了啊！"

"张婶，下次你再请。"

"可是……"

"别可是了，走，东西拿好了，我们去吃。"阿彩带着张婶回到了座位上。店内客人多，巧妹早一步找好了位置，这会儿正朝他们招手。

"这么一点东西，就要一百多块啊！还不如在家杀个鸡吃，味道说不定更好。"张婶有些心疼地望着眼前的一小堆食物。

"难得吃一次嘛！"阿彩笑着拿了一个炸鸡腿给张婶，又给巧妹拿了一个。

张婶拿着鸡腿却不舍得吃,在阿彩一再的要求之下,张婶才终于咬了一口尝了尝味道。

"这东西其实也没有那么好吃啊!我觉得还是家里养的鸡肉好吃。"张婶感叹,"这一口下去就要好几块吧!"

"哪里有那么夸张,张婶,快点吃吧!还有冰淇淋呢,你尝尝。"

…………

从肯德基用餐出来之后,阿彩他们在路边等李墨,李墨比约定的时间晚了二十分钟。

"李墨哥,你去哪里了呀?刚刚电话不是说马上就到吗?怎么转个弯的路要那么久呀?"巧妹望着李墨,歪着脑袋问道。

李墨笑了下:"去给你们买点东西。"说着,李墨伸手从后座的位置拿过了几杯奶茶。

"哇,李墨哥你真好。"巧妹看到李墨买的奶茶,一下子睁大了眼睛。今天又吃炸鸡又喝奶茶,放在以前,她想都不敢想。

李墨将奶茶依次递给阿彩巧妹和张婶,张婶连忙挥手拒绝,让李墨留着喝。

"张婶，你快拿着，每个人都有，长顺叔和长顺婶我也给买了。"李墨笑着指了后排位置上的手提袋，袋子里是不同口味的奶茶。

一行人辗转返回了村里，巧妹再休息一天就要返回学校上学了，接下来她的目标是期末考试的时候把名次再往前提一点。

巧妹的英语比其他几个科目差些，她和阿彩商量，以后她们在微信里用英语聊天，她要多加练习。

…………

接下来的一切都很顺利，稻田鱼渐渐大了，到过年的时候应该能卖上一批，剩下的年后春耕的时候也可以上市。村民们种植的第一批绿色蔬菜也很可观，辣椒、西红柿、茄子、南瓜、白菜、蚕豆……蔬菜的品种越来越多，村民们的经验也越来越丰富。

最重要的是，农业局和镇上联合开发的种植基地也顺利建成了。

揭牌仪式这天，蒋主任带着孟哲和孙涛一早就来了，周书记也带着工作人员到了现场。大梨树村沉浸在一片喜悦中。

"大梨树村种植研发基地"，村主任看着这个牌子特别激动，这牌子可是他亲手做的，熬了好几个晚上才雕出来的。

"小时候跟着我爹学木工，看来是没白学，终于用到实处了。"

村主任原本想请周书记当揭牌的嘉宾，周书记却将这个光荣的任务交给了村主任和蒋主任，让他们各选出一个人来揭牌。

村主任和蒋主任商量后一致决定，让阿彩作为村民代表，孟哲作为技术员代表，一起为大梨树村种植研发基地揭牌。

阿彩得知消息后连连拒绝。

"阿彩，要是没有你，我们村子现在还是老样子，循规蹈矩的，大家依旧日出而作、日入而息，哪里会像现在这样有朝气？"张婶说道，"阿彩，你是最合适的。"

"阿彩，我们都选你。"

"这个种植研发基地揭牌，你最合适代表我们上去。"

村民们都支持阿彩。

"可是……"

"阿彩，别耽搁了，待会儿就是揭牌仪式了，你快回去换件漂亮衣服，周书记他们也在现场，还要拍照呢。"

阿彩回了家，正好遇到出门找她的母亲。

"阿彩，你回来得正好，你荷花婶刚刚来家里找你呢，说待会儿要让你在揭牌仪式上作为大梨树村的代表揭牌。"马艳梅看到阿彩，上前一把抓住她拉着往回走，"妈给你找了一套漂亮裙子，赶紧回屋试试。"

阿彩被拉回了家里，李长顺正巧从屋里出来。看到父亲穿了一套崭新的彝族服饰，阿彩有些意外，父亲平日里从来不注重穿着，如此隆重还真是头一遭。父亲上一次穿这套服装，还是她考上大学的时候。

李长顺看到阿彩，站得笔直，伸手拉了拉衣服。

"阿彩，你快帮我看看，我这身衣服行不行？"

"好看，真帅，怪不得能娶到我妈这么漂亮的女人。"

这话一出，不光李长顺，连马艳梅也脸红了。

马艳梅望着李长顺，责怪了起来："你这人也是，都一把年纪了，穿得还跟个小伙子似的，害不害臊。"

"揭牌嘉宾可是我女儿，我肯定要穿得好看点，不能给她丢了脸面。"李长顺当即反驳，"你这个当妈的怎么还在这里站着，还不赶紧去换身好衣服。"

十三 种植基地揭牌

阿彩换上了母亲为她出国准备的那条裙子，鲜丽的色彩、繁复的花纹和摆动的银坠衬得她活泼灵动。

"这可是我李长顺的闺女呀！"李长顺看到阿彩，一脸得意地出声。

他们才走到村委会，就听到了喜庆的音乐。

孙涛三两下就蹦到了阿彩面前，忍不住夸赞："阿彩姐，你今天可真漂亮。"

"谢谢。"

孙涛抬头瞥了一眼，似乎在找人："奇怪了，这时候孟哥怎么没影了？他也是揭牌嘉宾呢！"

听到孙涛的话，阿彩愣了愣："孟哲也是揭牌嘉宾？"

"是呀！"

"哎，孟哥。"孙涛在人群里看到孟哲，朝他喊了起来。

孟哲听到声音，循声朝这边望了过来。他一眼就看到了人群中的阿彩，便无法移开目光。

阿彩也看到了孟哲，他西装笔挺、身姿飒爽，与以往休闲装扮的样子完全不同，阿彩被他吸引住，两人隔着人群四目相对。阿彩感到,他们的目光汇成了一条线,这条线缠上了她的心脏,让她紧张得喘不过气。

"阿彩来了呀,就等你了。"蒋主任的声音及时打断了两人的对视。

蒋主任上前,转达了周书记对他们的赞赏,还叮嘱他们待会儿拍照不要紧张,放轻松点。

阿彩深呼吸,她还是头一次参加这么重要的活动。

"不用紧张!没什么大不了的。"

阿彩抬眸,看着身边的孟哲,有他在,她安心了许多。

远处,阿山和阿林一跑进来就看到了打扮得极漂亮的阿彩,阿山伸手扯了下身边的阿林:"你快看,阿彩姐今天可漂亮了。"

阿林朝着阿山所指的方向看去:"是啊,真漂亮!阿彩姐是我们村最漂亮的。"

"墨哥,你快过来看,阿彩姐今天可真漂亮!"阿林朝身后的李墨喊着。

李墨听到阿彩的名字,嘴角不自觉地上扬。他故作缓慢地走上前,双手揣在口袋里,懒散地说:"在哪呢?"

"在那儿呢,那么明显!"阿山伸手朝阿彩的方向指了指,"那儿呢,那儿呢!那个技术员身边。那技术员今天穿得也很正式,长得也好看,和阿彩姐站在一起挺养眼的。"

阿林听到这话,连忙伸手扯了扯阿山的手臂。

阿山回过神,看到李墨冷着脸,连忙补充道:"墨哥今天也穿的彝族服饰,和阿彩更配。"

这话一出,李墨面上的表情才缓和了些。

"仪式开始了!"

简单的揭牌仪式,对于整个大梨树村的人来说,其意义非同小可,这不仅是这么多年来,村子里第一次举办这么隆重的活动,更是大梨树村迈向小康的号角。

仪式正式开始,村主任担任主持人,首先邀请周书记上台讲话。

在热烈的掌声中,周书记走上台,他肯定了大梨树村的发展思路,鼓励大家为村子的美好未来多用心多出力,勠力同心,群策群力,共赴小康。周书记讲话后,蒋主任作为基地负责人也简单地讲了几句,接下来就是揭牌了。

在众人的注视下,阿彩和孟哲走到了台上,站在牌匾的两边,两人配合着揭下了红绸。

"大梨树村种植研发基地"。几个大字清晰地刻在牌子上，现场响起了热烈的掌声。

"我认识'大梨树'三个字！"老三婶家的小孙子指着牌子上的字喊道。

"我不识字，但是我看这个牌子挂在我们村子最合适。"

"就是，这牌子是我们村子的，别的村想要也没有呢。"

村民们热络地讨论着，大家说的内容不一样，脸上洋溢的高兴劲儿却是一样的。

周书记还有事，还得赶回镇上，他找到阿彩，嘱咐她政府就是后盾，有什么困难阿彩可以直接去镇上找他们，能解决的一定会尽力。

周书记的话如同定心丸，让阿彩更坚定了走下去的信心。

送别了周书记，蒋主任也提前离开了。

孟哲和孙涛暂时留在基地，顾长远也申请了留下。前不久种下的蔬菜长势越来越好，整个村子绿意盎然，顾老师打算长住几天，做拍摄工作。

"把工作室搬到大梨树村，还需要整理很多东西，我们先去忙了。"

孟哲他们也走了。阿彩准备去田里看看鱼儿的长势，盘算一下过年前能卖多少斤。贺经理已经打过电话了，只要他们的鱼儿能上市销售，翔升就会预留位置。

"你就是阿彩吧？"

阿彩回头，看到叫她的人是一个身材有些微胖的男人。

"你是？"

"我是杨树民，早就听说大梨树村有个丫头特别厉害，带着全村搞绿色种植，今天可算让我遇到了。"男人见她不解，笑着递上了一张名片。

名片上写了杨树民的名字，介绍栏里赫然写着好几家公司名，还有一大串他涉足的行业。

阿彩没有细看，她打量了眼前的男人一眼，询问道："有什么事吗？"

十四　终究是个小丫头……

"是这样的,阿彩姑娘,我这个人是做生意的,什么行业都会涉及一点,只要可以赚钱,我都想试试。我早就听说大梨树村种出了绿色蔬菜,而且是用山泉水种植出来的,非常有意思,我特地过来想要找你取取经。"

阿彩听到这话,不由得皱了下眉,一时间没明白这人的意思。

"是这样的……我是想……"

在杨树民的介绍下,阿彩终于明白了他的意图。杨树民经营着一个加工厂,他加工出来的货物能卖到全国各地,果蔬啊、鱼虾啊也包括其中。

他的关系网很大,涉及全国各地的商场和便利店,大梨树村的绿色蔬菜名头如果打响,到时候可是一大笔钱。

杨树民手上有足够的资源,阿彩在消费者眼里有一定影响力,如果他们合作,到时候阿彩需要负责供应,其他的都交给他,他百分之百能够保证一定比现在得到的回报更多,也能走得更远。

"我打听过了,你和翔升签过合作协议。翔升出的价格实在是低了点,如果我们能够合作,我会给出比翔升更高的价格。我还可以以公司的名义请你做合伙人,分你百分之五的利润,这可是一条绝佳的赚钱门路啊!"

"翔升给我们的价格我很满意,我们的合作协议已经签署了,暂时不考虑其他合作商了。如果以后有机会,我们再详细说吧。"阿彩望着面前露出不解表情的男人微笑道,"谢谢你,杨先生。"

阿彩的手机响了起来,是李墨打来的。

杨树民见阿彩要走,挡在了她面前,再度劝说:"阿彩姑娘,我觉得你还没明白我说的话,这可是高利益,而且我们合作,你会更加轻松。"

"不好意思杨先生，我还有事，就先走了。"阿彩谢绝了对方，接起李墨的电话转身走了。

杨树民站在原地，望着阿彩离去的身影，目光渐渐沉了下去："这个丫头，挺精的……可惜，终究是个小丫头……"

…………

转眼到了年底，第一批稻田鱼上市了。

上市的这天，村主任联合基地的孟哲等人一起举办了一个简短的开捕仪式，邀请周书记来参加。周书记听说大梨树村的稻田鱼要开捕了，第一时间赶到了大梨树村。翔升超市的贺经理也来到了现场，并且带着工作人员来拍摄照片。

稻田鱼依旧延续大梨树村绿色农业的主题，贺经理说鱼上架的时候，要同步播放宣传照片和视频，让消费者更加直观地看到他们购买的鱼来自哪里。

阿彩也将抓鱼的景象全都拍摄记录下来，等着事情忙完，再将这些图片和视频上传到她的网络账号上。

从她开始在网络上发布消息到现在，她的账号已经累积了不少人气，关注她的粉丝都已经有好几千了，还有人会通过她的账号订购他们大梨树村的蔬菜。

李长顺看到大家在河里抓鱼,索性挽起裤子也下到了田里,跟着大伙儿一边抓鱼一边泼水,闹腾得厉害。伴随着欢笑声,第一批鱼儿成功被装到了货车上。

"这批鱼儿的成色非常好,相信一定能畅销。"贺经理来到阿彩身边,笑着说道。

"谢谢你,贺经理。"

"谢什么谢,我们合作,能共赢自然是最好的。"

首批稻田鱼能够顺利上市,多亏了贺经理的帮忙。

孟哲提醒过她,这些稻田鱼是野生鱼,运输过程要更加谨慎,全程都需要供氧设备支持。

以往李墨抓河鱼送到市里卖,都是用一个水桶装鱼儿。车子在路上颠簸着,水桶里的水也晃悠着,送到市里鱼儿还活蹦乱跳的,能卖二十多块一斤,有时候抓到大的,还能卖到二十七八块。

可现在的情况完全不一样,鱼上市之后按批次运送,这可不是几斤、几十斤,而是上百斤,数量越大,就越需要专门的设备保障,增氧机、水产运输车,这些都是必不可少的。

就在大家犯难的时候,贺经理打来了电话,表示他可以帮忙解决。他们商场有水产的运输车,可以调派过来使用，解了大家的燃眉之急。

第一批稻田鱼成功运往省内各大翔升分店，反响热烈，消费者们见到是大梨树村出来的东西，便开始争相购买。

当天晚上贺经理告诉阿彩，已经有市民预约下一批稻田鱼了。

三天后，阿彩赶往市区找贺经理结算第一批稻田鱼的钱款。孟哲要回单位拿新的材料，便载她一起去市里。

"下周一就是你的生日了，有喜欢的东西吗？我送你。"半路上，孟哲冷不丁地问道。

"你知道我生日？"

孟哲淡笑："前两天你给贺经理填写资料单的时候，我不是站在你旁边嘛，所以看到了。"

"你记忆力可真好。要不是你提醒，我都没想起来我生日快到了呀！"

"喜欢什么？"

"都这么大的人了，过什么生日，我又不是小孩子。"

孟哲皱眉："那总有喜欢的东西吧！作为朋友，送你个礼物就当是庆祝了。"

十四　终究是个小丫头……

阿彩望着车外一闪而过的风景，笑得灿烂："礼物就不用了，我现在挺想吃西瓜的。"

"那我待会儿去买个西瓜给你，还有长顺叔和长顺婶，还有张婶，还有村主任、五叔……"孟哲说出了一大串名字，然后顿了顿，"看来得拉一车回去才行。"

"哈哈哈……"两人一起大笑起来。

阿彩觉得孟哲很特别，他看上去拒人千里，内在却细心温暖，说起话来妙趣横生。

车子顺利抵达市区，阿彩和孟哲约定了见面地点后，便去翔升找贺经理。

结清账款后，贺经理还买了一盒新上市的棒棒糖，让阿彩带回去送给村子里的孩子们。

"上次我看到你在村子里给孩子们买棒棒糖，孩子们都很喜欢，这种口味孩子们肯定没吃过，你带回去给孩子们尝尝。"

"我替孩子们谢谢你，贺经理。"

告别贺经理之后，阿彩去了街边的奶茶店等孟哲。

阿彩到店后点了两杯奶茶，她不知道孟哲喜欢哪种口味，便买了两杯一样的。刚买了奶茶，就听到有人叫她。

"阿彩姑娘！"

阿彩回过头就看到先前出现在大梨树村的杨树民。

"杨先生？"

杨树民笑着走上前："真的是你！远看我觉得像你，走进来细看才发现真的是你，真是巧啊！阿彩姑娘，没想到在市里也能遇到。"

阿彩礼貌地回复道："巧。"

"你一个人？"

"我等个朋友。"阿彩如实相告。

"择日不如撞日，不如我做东，请阿彩姑娘吃个饭。"杨树民笑着开口，"你等的朋友也一起，我们就到隔壁找个饭店坐一下，我正好有个事想和阿彩姑娘请教请教，听听你的意见。"

"不好意思，我朋友很快……"

"没事的，你朋友来了会打你电话的，到时候一起过来吃饭就是，我多点几个菜。你放心，我不是和你聊合作的事。"

阿彩见杨树民诚心邀请，不好拒绝，只得答应和对方简单聊一下。

"阿彩姑娘，这边走……我们在附近找个餐厅坐下来一边吃一边谈。"杨树民上前给阿彩引路。

十四 终究是个小丫头……

阿彩无奈，只好跟杨树民一起离开。不过她给孟哲发了个信息，告诉孟哲在奶茶店遇到了杨树民，杨树民约她到附近餐厅谈事。

具体位置她现在不知道，只能等到了再发给孟哲。

杨树民找的餐厅距离奶茶店五六百米，装潢豪华，但位置并不显眼。

一进餐厅杨树民就拿出了钱夹，拿出几张百元大钞，订了一个餐厅包间。

刚进屋，阿彩拿起手机就要给孟哲发定位，可还没打开微信，手机就被一旁的杨树民夺了过去。

"吃饭呢，就不要玩手机了，阿彩姑娘。我是这家店的常客，这里的菜味道很好，你一定要尝尝。"杨树民说着，将手机轻轻放在了阿彩面前的桌子上。

"杨先生，不用这么麻烦的。"手机被抢走，阿彩有些不自在，但还是尽力保持着礼貌。

"不麻烦，一点都不麻烦！今天尽管放开吃，我请客。"

"杨先生，谢谢，我还不饿，不用点这么多。"

阿彩的回绝让杨树民突然板起了脸："叫什么杨先生，你这是跟我见外不是？我比你大，你比我小，我叫你妹子，你叫我哥，以后你就称呼我杨哥吧！"杨树民说着，倒了两杯酒，将其中一杯递到了阿彩面前。

"妹子，哥敬你一杯。"

阿彩冷冷地说："我不会喝酒，我喝白开水。"

"妹子，这么好的气氛，还是要喝点的。"

阿彩望着杨树民，她的耐心已经被耗尽，杨树民的一举一动都让她感到厌恶又危险："杨先生，你到底要和我聊什么？"

杨树民不再微笑，他斜眼看着阿彩开口道："我找你当然是谈合作的事呀！"

听到这话，阿彩抓过手机，站了起来："绿色蔬菜的事就算了，我们和翔升已经签了合作协议，暂时不会更换。大梨树村才刚起步，也没有多余的资源可以和你合作，谢谢杨先生的好意了。"

见阿彩要走，杨树民起身挡住了她的去路。

"妹子你这是咋了嘛！我不是说过了嘛！我不是和你聊绿色蔬菜的事，我和你要谈的是另外一个合作，和蔬菜完全无关的。"杨树民诚恳地望着阿彩，"你得听我说完嘛！"

两人僵持了几秒，阿彩重新坐了下来。

"这样才对嘛!"杨树民顺势将包间的房门关上了。

"妹子,是这样的,我看到你们的稻田鱼卖得挺好,市场反响也不错。如果我没记错的话,你们的批发给翔升的价格就是二十多块一斤吧!"

"你想说什么?"

"是这样的……你们圩田整理、引河水灌入田里、放养鱼苗这些都需要人力、物力和财力,稻田鱼的养殖时间久,虽然售价高但是性价比低,我有个更好的方法……"

杨树民向阿彩介绍了他新合作的大型养鱼场,养殖场里的鱼供应充足,想要多大多小的都有。只要阿彩愿意合作,杨树民可以负责提供鱼货,到时候往稻田里一放,十天半月就可以送到市场上。阿彩什么都不用做,就可以躺在家里数钱了。

阿彩听到杨树民提议的时候,就已经按捺不住了,她就不应该和这个家伙废话。从一开始想要与她合作,他就没安好心,现在这样投机取巧的"致富路",更是让阿彩觉得不齿。

他们默默努力了这么久,为的就是把口碑打出去,让更多的人知道他们大梨树村,让更多的人品尝他们大梨树村的特色产品。

"杨先生，抱歉，我们一直努力做的就是树起口碑，能够得到消费者的认可我们很欣慰，你的这种合作方式与我们的初衷产生了分歧，所以我们没有继续谈下去的必要了。"阿彩严肃地说，"杨先生，我先告辞了。"

阿彩刚站起身，又被杨树民挡住去路。

"妹子，你看你这是咋的了。这是个多好的赚钱机会，你怎么就脑子不开窍呢？"杨树民的面色沉了下来，"批发价六块左右的养殖鱼，半个月的时间，就能变成二十几块的稻田鱼。你什么都不用做，一切我都会处理好，你只需要拿钱就行，这转手就翻了几倍，你要是有脑子就应该知道该选什么好！"

阿彩并不理会："杨先生，麻烦让让。"

阿彩只想赶快离开，可是杨树民直接用身子挡住了她的去路。

阿彩被激怒了："杨树民，我们没有可谈的了，你让开。"

杨树民见阿彩发火，又笑了起来："嘿嘿！你这个小丫头，也真是不懂事，给你台阶了你还不知道下。这么好的事，换做别人我还不愿意搭理呢，你倒好……拒绝得那么干脆，呵呵。"

十四 终究是个小丫头……

阿彩见对方靠近连忙往后退了一步，斥声道："杨树民，你离我远点。"

"你怕什么，怕我吃了你呀？"杨树民说着，又靠近阿彩一步，他手撑在桌子上，"你长得这么漂亮，却非要在田里地里折腾，真是可惜了……"

说着，杨树民就伸手去摸阿彩的脸。

阿彩连忙退后避开了杨树民的手，可是她已经退到了墙角边，再没有退路可走了。

"你再往前，别怪我不客气！"

"客气啥呢妹子！你看看你这细皮嫩肉的，何必每天下地？好好的漂亮脸蛋得利用，要不跟哥吧！哥可是黄金单身汉，你要是跟了我，以后吃香喝辣少不了你的，我还可以给你在市里买套房，你要是喜欢，给你买昆明的都可以。"杨树民说着，直接朝阿彩抱了上去，"这么漂亮的姑娘，种地挖田，哪里磕碰到了哥哥会伤心的……"

阿彩见杨树民这般，挥手打去，这一下她用足了力气。

杨树民抚了一下被打的脸，面上的表情越发冷。

"呵呵，你觉得你今天跑得掉？"杨树民挽起袖子，"这地方可是我说了算的，没我的允许，你连这门都走不出去，不信你大可试试？"

阿彩望着杨树民得意的样子，瞥了一眼被关上的包间房门。刚才进来的时候，明明那么多包间都是空着的，他却偏偏选了最隐蔽的这一间！杨树民从一开始就心术不正。

"杨树民，我奉劝你适可而止，不然，你会后悔的！"阿彩靠近了墙壁，眼角的余光瞥见花瓶，如果杨树民再靠近她，她便豁出去，大不了鱼死网破。她感到恶心，可她知道她不能退缩任他欺凌。

"后悔？在我杨某人的字典里，就没有后悔二字。该后悔的是你，我已经给你选择了，是你自己不会珍惜。"杨树民说着，阴下脸朝阿彩的衣角伸出手去。

阿彩看到杨树民朝自己扑了过来，忙伸手去拿花瓶，可花瓶的距离远了一些，她没有够到，手却被杨树民一把抓住。

"这个时候你还想打什么主意？你乖乖听话，我会好好呵护你，你要是不听话，我可会动手的哦！你走出这间屋子，不管你说什么，都没有人会相信你的，你觉得会有人帮你吗？"杨树民拽住阿彩的手，恶狠狠吼道，"早点听话的话，老子用得着废那么多话？"

十四　终究是个小丫头……

"无耻！"

阿彩说着，动手要打，可手腕被杨树民拽着，根本动弹不得。

"这么漂亮的姑娘，就该让哥哥多疼一下……"杨树民说着，欲对阿彩行不轨之事。

阿彩尽力躲避杨树民的动作，挣脱不开的她死死地盯着杨树民，寻找机会反击，她要和他拼到底，绝对不会让他得逞！

紧闭的包间房门砰的一声巨响打开了，杨树民停下动作，他皱起眉，回过头吼了一声："谁啊？坏老子好事……啊！"

杨树民话音未落，就传来一声哀号。

下一秒，杨树民被一拳打倒。

阿彩已经做好了最坏的打算，是孟哲，他竟然来了！

倒在地上的杨树民伸手擦了下嘴角，看了一眼手上的血迹，他愤怒地吼道："你是什么人？"

孟哲站在杨树民面前，脸上没有多余的表情："你说呢？"

杨树民努力地回想了几秒，想起这个男人是那什么农业技术员。当初他偷偷出现在揭牌仪式上的时候，见到过这个男人。

从男人的眼底，杨树民看到了怒火，他的眼神实在吓人，下手也毫不留情，刚刚那一下，他脑袋都冒星星了，现在还没缓过劲来。

"你找错人了。"孟哲说着，瞥了一眼倒在地上的杨树民，"你的脏手更不应该碰她……"

下一秒，孟哲的拳头就落在了杨树民身上，一下又一下，杨树民哀号的声音更为惨烈。

阿彩见孟哲失去了理智，连忙上前去拉他。

"孟哲，别打了！"

可不管阿彩怎么喊，孟哲都像是没有听到一样，他的怒火全都发泄在了杨树民的身上。

阿彩怕再打下去会闹出事，在孟哲再次抬起手的时候，她一把抱住了孟哲。

被阿彩抱住后，孟哲停下了动作。他看着地上的杨树民被打得蜷缩成一团，这才没有再继续动手。

"阿彩，你没事吧！"孟哲的声音有些颤抖。

阿彩哽咽着摇头："我没事……"

孟哲转过身，拉住阿彩的手离开了这家餐厅。

一直走到路边停着的越野车前，孟哲才放开阿彩的手。

阿彩回头望了一眼远处,从这个方向看去不容易看到餐厅,孟哲的车子停这么远,他是如何找到她的?

"我给你打了很多电话,你都没接,我担心你出事,就一家一家找过来了……"

听到孟哲的话,阿彩拿出自己的手机,上面有十几个未接来电,都是孟哲打的。可她刚刚什么都没有听到,仔细检查了才发现,她的手机被调成了静音模式。而整个过程中,只有在包间里她准备给孟哲发信息的时候,手机被杨树民夺过去那么一下。

杨树民早有预谋,一想到他的行为,阿彩就觉得后怕。

好在,孟哲来了。

"孟哲,谢谢你,要不是你……"

"没事,不用怕了,上车吧!我们回去。"

阿彩上了车,孟哲递了一个小熊公仔给她。

"给你的礼物,后座还有蛋糕,你生日的时候我得去长宁镇做调研,所以提前给你买了。当然,还有西瓜。"孟哲说着,利落地启动了车子。

阿彩望了一眼手里的小熊公仔,愣了几秒,又回过头看了一眼后座。果然,后座放着一个漂亮的水果蛋糕,座位下面,七七八八摆放着几个大西瓜,果然应验了孟哲要拉一车回去的话。

又看了一眼手中的小熊,阿彩笑了:"孟哲,你真好。"

"因为你很好。"孟哲没有看她,只是说了一句话。

一路上,两个人谁也没说话,更没有去提及方才的那些事。阿彩望着车窗外的景色出神,孟哲平稳地驾驶车子,就这样安全地抵达了大梨树村。

孟哲将阿彩送回家,好几户村民已经在阿彩家坐着聊天等他们回来了,听到车子回来的声音,全都聚到了门口,期待地看着阿彩。

阿彩看到迎接她的众人,暂时将杨树民的事情抛在身后。

"阿彩,翔升给钱痛快不?有没有全部拿到呀?"

"是呀,这次的钱拿到手,我们就可以买年货了。孩子他们在外面干活快回来了,我想买半扇猪肉来腌腊肉呢。"

阿彩望着围聚在身边的村民,她扬起笑容,告诉大家,钱拿到了,分文不少。

阿彩进屋，从包里将一个漂亮的小布包拿了出来，这是她特地去换的现金。

村主任接手发放，每一笔数额都亲自盘点之后再交到村民的手里。

李长顺站在一旁，看着这一幕，心里十分得意。这一切，都是因为他们家阿彩。如果不是阿彩当初毅然留下来创业，现在，大家说不定还在为这个年咋个过发愁。

"我爹说了，这钱我可以自己花，我打算去买个摩托车。"阿山握着分到的钱，激动地说，还要和一旁的阿林比比谁的钱多。结果比下来，两个人的钱竟然一模一样。

"那算谁赢？输的人可是要帮阿彩家挖三天地的……"阿山和阿林都犯难了。

"瞧你们那没出息的样子，要是没有阿彩带头，你们能有钱赚吗？"李墨凑上前，双手搭在两人肩膀上，小声道，"你们一起给阿彩挖三天才对。"

一屋子人被阿山和阿林的事惹得笑声不断。孟哲抱着两个西瓜进屋，阿彩见到，连忙招呼大家一起吃西瓜。

李墨见阿彩去抱西瓜，大步上前帮忙。阿彩从车上将西瓜拿下来，递给孟哲和李墨。李墨一眼就瞥见了车后座的蛋糕，蛋糕很小，但很精致，是市区那家很出名的蛋糕店的。

"李墨哥,快把这些西瓜拿去给大家一起分了吃。"

李墨伸手接过西瓜,到了嘴边的话语也只能强压下去。

这一天,李长顺家的小院里欢声不断,一直到明月高挂,村民们才散去。

孟哲在所有人离开后,单独和村主任以及李长顺夫妇说了阿彩险些被杨树民伤害的事。

"这混蛋要是让我遇到,我一定打断他的狗腿!"李长顺激愤地吼了一声。马艳梅拉着阿彩紧张地察看有没有哪里伤到,阿彩再三解释多亏了孟哲及时出现,她没有受到任何伤害。

"杨树民这个家伙是出了名的土大款,当初长宁镇搞农业种植的时候,他鼓动了不少村民跟着他一起做生意,赚了不少钱。现在看来这些全都是黑心钱。当初他还找过我想要和我们村子搞点合作,我听不太懂也就没和他多聊。"村主任猛地拍了下大腿,"这混蛋要是再敢踏入我大梨树村半步,我一定打得他跪地找牙!"

"事情已经过去了,就不要再提他了。"

…………

第一批稻田鱼顺利卖出后,大梨树村又有几户村民加入了进来。自从种植研究基地设立,村民们遇到问题就往村委会跑,询问孟哲下一步的方案。

一切都有序地进行着,更多村民加入土壤改良后,大批量的蔬菜也正式上市了。

十五　商标被抢注

年关将近,村里的老老少少都期盼着在外打工的子女能够早点回来,一家人聚在一起话话家常。如果大梨树村能够发展起来,那么以后会有更多的人愿意留下来为大梨树村的未来出一份力。

这一天,阿彩在地里和村民们商量,年前再摘一批蔬菜供应给翔升,要确保最优的质量。

还没安排好,阿彩就接到了阿山的电话。

电话才接通,阿山就朝阿彩喊着:

"阿彩姐,不好了,出事了……"

"出啥事了?"阿彩心底一惊,阿山的电话里传来了吵闹声,她清楚听到了阿林和别人争吵的声音,中间还夹杂着村主任的怒吼声。

"一个叫杨什么民的,带着几个人来我们村委会,说要我们村赔偿他的损失,他说我们侵了他的权……"阿山焦急地向阿彩解释,"墨哥和姓杨的打起来了,现在姓杨的喊着要我们赔钱……你这混蛋!敢打我墨哥,信不信我打得你姓什么都不知道……"

电话突然挂了,阿彩转身就往村委会跑。

走来的五婶看到阿彩,问道:"阿彩,我们家的菜苗长势不错呢,你要不和我一起去看看?"

"五婶,回头再说,我去趟村委会。"来不及解释,阿彩头也不回地跑走了。

五婶望着阿彩焦急的样子,不由得费解,这是出啥事了不成?

阿彩顾不上喘气,一口气跑回了村委会,刚到门口就听到屋内传来的吵闹声。

"来人啊!打人了……大梨树村的人打人了……"

"你们放开我！我要打断这王八蛋的腿……"

"墨哥，你冷静一点，别冲动啊……"

"我喊你们放开，今天我豁出去了……"

阿彩冲进村委会，现场乱作一团。李墨被阿山和阿林拽着，杨树民倒在地上，一旁的几个手下将他围住，防止李墨攻击，其中几个握着拳头，准备和阿山他们拼上一拼。

"住手！"阿彩怒吼，冲进了院内。

"墨哥，你没事吧！"阿彩看到李墨嘴角带着血迹，脸上也高高肿着，担忧地问道。

"阿彩，我没事，你来干什么？你快走！"

"大家别冲动。"阿彩喊了一声，挡在李墨面前。转向被护着的杨树民，阿彩压低了声音："杨树民，你来做什么？"

杨树民原本躺在地上，看到阿彩来了，他挥了下手，坐了起来："哟，阿彩妹子，你来了呀！好久不见，你有没有想哥哥……"

阿彩看到杨树民那张脸就觉得恶心。对于这样的无赖，她一句话也不想和对方说，现在他却公然跑来大梨树村闹事，真是嚣张："杨树民，你知道你这样的行为算什么吗?"

对于阿彩的指责,杨树民笑了起来:"阿彩妹妹,我好无辜哦。我的行为?我的行为怎么了?"杨树民直勾勾地盯着阿彩,"倒是你们大梨树村的人没礼貌,我来说理,竟然把我给打了一顿。要不是我带的朋友比较多,我怕是不会活着出去了哦!"

"你这狗东西!你还好意思说!你干的都是些丧尽天良的事,你还好意思来找我们……"村主任听到杨树民的话,冲上前要揍杨树民,还好一旁的荷花拉得快。

"老赵,别和这东西废话,小心着了他的道!"

荷花婶将村主任死死拉住,她顾不上整理乱糟糟的头发,生怕自己手一松,赵永能就去和人打架。杨树民带的人多,李墨都没讨到什么好。现在阿彩来了,可别把阿彩也给伤了。

"阿彩,赶紧报警!别和这混蛋讲理,这群无赖就是来我们村找事的。"

阿彩有些不明白。杨树民心术不正,大梨树村没有和他合作,他来找什么事?这说不通啊。

"阿彩,这狗东西注册了我们大梨树村的商标。我们的蔬菜,还有山泉稻田鱼的商标都被他给抢注了。现在只有他有资格售卖大梨树村的稻田鱼和绿色蔬菜，他要告我们侵犯了他的权益，让我们赔偿五十万元。"

"什么……"听了村主任的话，阿彩惊愕不已，杨树民竟然搞了这样的勾当。

一直以来阿彩都在忙着和村民们提高种植技术、增加蔬菜种类，她也想过去申请大梨树村的蔬菜品牌和稻田鱼品牌，可她计划等时机成熟的时候再注册。

杨树民却钻了这个空子。

阿彩眉头沉了下，见杨树民一脸得意，她冷声道："你说注册就注册，你注册的商标在哪里？"

"呵呵，就知道你会这么问，所以我把所有的文件都带来了。赶紧的，把材料给我这位漂亮妹妹看个清楚。"杨树民的话音落下，一旁的手下就立即从一个文件袋里拿出了几份资料。

阿彩接过材料，快速看了一眼。如杨树民所说，确实是正规注册的商标。大梨树村的蔬菜和稻田鱼，以及他们已经种植了，但还没上市的蔬菜品种都被包含在里面了。

杨树民准备得很充分，打得阿彩措手不及。

"你读的书比我多，应该明白这背后牵扯到的利益，识相的就拿出五十万赔偿，我可以不追究你们冒用我名的事。不然，我直接起诉你们，到时候就不是赔偿五十万的事了，我要让你们大梨树村再也不能卖鱼卖菜。"

阿彩的手攥得死死的。

"阿彩，用不着被这混蛋威胁，我今天就拿这条命和他拼了，我看他还敢来威胁谁！"

李墨见到阿彩为难，一把挣脱了阿山，抡着拳头就朝杨树民冲了过去。

杨树民看到李墨扑过来，害怕得往后缩，他身边的几个手下及时将他护住。

"墨哥，不要冲动！你要是动手了，就中了这东西的计了。"阿山和阿林冲上前，一左一右将李墨拉住。

村主任也恨不得冲上前去和杨树民拼个你死我活，荷花死死地拉着他的手。

"呵呵。你来打呀，你只要打了我，这事就不是五十万能够解决得了的了。"杨树民一把推开身边的人，将脸凑上前，伸手拍了拍，"你来打呀？"

"你们放开我……我今天要让他后悔！"李墨挣扎着，阿山和阿林死命地抓着他。

阿彩将这一切看在眼里。杨树民盯着她的眼神赤裸裸的："呵呵，现在后悔不？和你好好商量的时候，你答应了,哪里有那么多事呢?"

"你真卑鄙!"

"阿彩妹子,生意场上的事,谁有脑子谁说了算,是你自己太笨了。"杨树民说着,更加得意起来,"想要拿回去,可以,五十万,一分都不能少,识趣的就拿钱,不然,你们损失的可就不仅仅是五十万了。"

阿彩一时答不上话来,年前,他们还要供应出去大批量的蔬菜和稻田鱼,杨树民在这个时候反咬他们一口的话,他们根本说不清。

那么多蔬菜还有鱼,如果卖不出去,到时候承受损失的可是全村人。

可五十万不是小数!而且阿彩知道以杨树民的为人,只要他们妥协一次,未来就会有无数次。

如果被杨树民起诉的话,他们恐面临更大损失。

怎么办?阿彩的脑子飞速转着,都理不出头绪。

"我们已经报警了,你这样带着人直接闯入我们研究基地来闹事,还要挟村里的百姓,你有什么意图留着跟警察去说吧!"孟哲和蒋主任走进了村委会。

杨树民看到孟哲,面上的表情黑了下来。

孟哲来到阿彩身边,扫了一眼杨树民和他带来的几个人，镇定出声："杨树民给了你们多少钱？让你们来做这种事？"

那几个手下被孟哲这么一说，你看看我，我看看你，有些诧异孟哲是怎么知道的。

几人的表情没有逃过孟哲的眼睛，孟哲抬眸看了一眼蒋主任问道："蒋主任，对于实施挑衅，在公共场所骚扰他人、损毁别人财物的行为，构成犯罪了吧！"

"那是自然，寻衅滋事严重的话可以判处五年以下有期徒刑呢！"蒋主任严肃地回答。

杨树民身边的人听到这话都被吓到了，眼神示意彼此要走。

杨树民见带来壮声势的人都怂了，冷笑了一声："呵呵，你算什么东西！别拿这一套来糊弄老子！我告诉你，在我面前，你还嫩了点。商标的权限在我的手上，你们只要敢卖我名下的东西，你们就等着上法庭吧！"

蒋主任抬起手腕看了下手表："永能，周书记应该快到了，等下你把刚刚发生的事一五一十地告诉他。"

村主任听到这话，愣了一下，猛然明白了什么似的连连点头道："好！这群混蛋就这么闯进来，蛮横无理地喊我们拿钱了事……周书记一定会给我们做主的！"

杨树民听到周书记的名字，面上的表情有些挂不住了，他噌地一下从地上站了起来，伸手拍了拍裤子上的灰，笑着说："看来是没有必要谈了。既然如此，你们就等着我的起诉吧！"杨树民慵懒地挥了挥手走了。

从阿彩身边走过的时候，杨树民还有意停了片刻。

"阿彩妹妹，你要是来求求我，我说不定会改变主意的。"杨树民说完，不屑地瞥了一眼孟哲，离开了。

李墨听到杨树民的话，挣扎着要和杨树民拼个你死我活。

"墨哥，冷静，冷静……"

"都被人骑到头上来了，我怎么冷静？"

阿山和阿林无奈，只得放开了李墨。李墨拽起墙角边的一把锄头就往外跑。

"李墨！你不要闹了！这关头我们越是这样，越是让杨树民计谋得逞，到时候我们有理也说不清了。"村主任喊住李墨，叹了口气，"现在情况复杂，大家得好好商量商量到底要怎么解决！"

李墨听到这话，愤怒地将锄头扔在了地上，走到墙边，握紧拳头朝墙上打了一拳。

荷花婶大步来到蒋主任面前追问："蒋主任，周书记什么时候会到,周书记来了肯定会帮我们的吧!"

蒋主任摇了摇头:"我没有联系周书记,这事就算周书记来了也无能为力。杨树民把大梨树村的招牌都注册登记了,现在我们只要去卖大梨树村的东西,姓杨的就可以起诉我们侵权。这个问题,挺麻烦的。"

荷花婶一听,顿时慌了,她连忙望向一旁的孟哲。"孟老师,那你说的报警了?是不是也……?"

孟哲应了一声,没有过多解释,他望向阿彩:"杨树民心术不正,不知道他后续会做出什么事来,我们得想想办法了。"

"主任……"

"阿彩……"

"李墨……"

喧闹声传来,五婶打头阵,手里拿着一把铲子,冲到了村委会里。李长顺和马艳梅也来了,不仅他们,村子里老老少少来了十几个人,都是赶来帮忙的。

五婶在看到阿彩焦急离开之后,担心出事就跟着追来了村委会。看到杨树民一伙人威胁阿彩,还嚷嚷着要赔钱,五婶第一时间跑去村里将这个事告诉了老三婶。老三婶朝着巷子里一喊,大伙儿知道有人在村委会闹事,立马回家里拿上家伙就来了。

村主任看到大伙儿手里的锄头、镰刀和木棒，连忙示意大伙儿不要闹腾，事情现在已经告一段落了。

李长顺得知杨树民竟然敢找到村里来，他手里死死地握着赶羊的鞭绳，要是杨树民在现场，他一定要抽他个皮开肉绽。

"我们大梨树村的人虽然没什么大本事，但是也不能让人给欺负了去！"

"对！这都直接上门来闹事了，我们还能放过他？大伙儿抄家伙，去追那王八羔子！"

"走，追上他，打得他妈都认不得！"

众人你一句我一言，叫嚷着要去追杨树民的车。

村主任见状连忙怒喝道："都不许去！"

众人见村主任发火，也不敢再造次，全都低下头，不再吭声。

"蒋主任、孟老师，你们快帮忙想想办法，这一切原本是我们的，现在却成了那王八羔子的，注册商标这个……我们能不能也去注册一个？"村主任也一筹莫展。

蒋主任皱起了眉："这背后有很多条款的……"

"都怪我，把这么重要的事情给忽略了，我们批量进

十五　商标被抢注

商场的时候就应该去注册属于我们自己的商标的。"阿彩非常自责。

…………

天黑了下来,村委会灯火通明。

眼看着马上要过年,大伙儿都指望着这一批蔬菜上市,还有田里的鱼儿卖个好价钱。有了钱,大家就能过个好年,年过好了,年后春耕大家伙儿也更有力气。

眼看着胜利在望,现在却冒出一个杨树民。

"杨树民要是再踏进我们大梨树村半步,我一定打得他叫妈!"老三婶愤怒地说着。

"对!他要是敢再来,咱们就一起上。"

"那家伙住在长宁镇,长宁镇我比较熟悉,就是掘地三尺也要把他给找出来。"

村民们每个人都怒气冲冲,恨不得现在就去找杨树民。

村主任望着众人,连忙出声:"还嫌不够乱吗?"

所有人都不说话了,村委会庭院内,飞蛾往灯泡上撞的声音都清晰可闻。

蒋主任见气氛这么沉重,站起身开口道:"事情已经发生了,咱们总要面对的。杨树民既然注册了商标,理论上我们暂时不能打着大梨树村的名号去卖！但大家伙的东西还是按照预定的时间正常采收和供应。"

"蒋主任，我们把菜送到市场去，却不能说是大梨树村的，这说不过去啊！明明就是我们自己的牌子，咋个就成了别人的嘛！"

"就是啊……"

喧闹声中夹杂着哭声，蒋主任连忙安抚众人："大家不用着急，距离下一次采收还有一周的时间，我向大家保证，在采收之前，我们一定想出办法来，解决这个事情。"

众人听到蒋主任这番话，都松了口气。村民们陆续返回了家里，最后院内只剩下了阿彩一家，还有张婶和李墨几人。

李墨望着蒋主任，还是将心底藏着的问题问了出来。

"蒋主任，现在根本就没有办法是不是？你刚刚说的那些也只是先安抚大家伙儿的心，对不？"

蒋主任看了一眼李墨，没有回答，算是默认。

村主任叹了口气："我们吃了大亏，这回咋办呢！"

张婶一直坐在角落里，直到现在才开口："难道，我们真的要准备五十万去赔给那个杀千刀的？"

马艳梅一听这话，也很紧张："不是五百，也不是五千，是五十万啊！我活到这把年纪，都没攒过五十万呢！咋办啊！"

"这事回头我找周书记商量一下，看能不能找出解决的对策。"蒋主任安抚众人，"都这个时间了，先回家去休息，事情复杂，得从长计议才行。"

阿彩和父母一起回了家。夜已深，她躺在床上，望着屋顶发呆。

杨树民把大梨树村的商标注册了，现在他们算是寸步难行。杨树民嚣张的模样在她脑海里挥之不去，每当她闭上眼睛，就会浮现出杨树民狞笑的脸，让她根本睡不着。

手机突然响了，阿彩看了一眼，是孟哲发来的。

"别担心！别给自己压力，我们一起想办法！"

阿彩握紧了手机，心底感动，上一次她身陷险境，孟哲及时出现救了她，这一次，在她最脆弱的时刻，孟哲让她的心灵有了支撑。

不知过了多久，阿彩终于睡着了。

翌日，阿彩刚起来就接到了贺经理打来的电话。大梨树村的产品出现在了翔升以外的超市，就连大梨树村的稻田鱼都有。

贺经理也是从客户口中听出来的,据说价格比翔升卖的还便宜几块,销量很好。

"一定是杨树民搞的鬼!"

阿彩惊呼,她没想到杨树民竟然又搞出了幺蛾子。

阿彩不敢耽搁,第一时间找到村主任,然后一起去了市区。

大梨树村和翔升是签订了合作协议的,大梨树村的货品只能供给翔升,可是现在别的超市却出现了大梨树村的蔬菜和稻田鱼。这直接损害了翔升的利益。

阿彩在消费者之间打听,找到了杨树民设在菜市场里的摊位。

摊位上醒目地打出了大梨树村的商标,"大梨树村绿色蔬菜",还有"来自大梨树村的稻田鱼",摊位前面围满了人,由于价格更低,大家都抢购。

"听说大梨树村的鱼味道很好,我之前去翔升商场里都没买到!现在竟然在菜市场买到了。"

"就是,这价格比翔升还便宜呢。"

"给我来两条!"

市民们围聚在摊位前,生怕慢了就抢不到了。

阿彩看到这一幕,激动地上前想要阻止,被村主任一把给拽了回来。

"阿彩,别冲动!"

"这混蛋卖的根本不是我们大梨树村的东西,他以次充好,全都是冒充的。那个鱼,都是养殖场里的饲料鱼,进货价五六块,市场价七八块的,他竟然卖野生鱼的价,消费者被他骗了!"

阿彩很激动,这套路杨树民和她说过,她当时断然拒绝,不承想杨树民转身就肆无忌惮地自己搞了起来。

阿彩被村主任拉到了僻静处,劝解了好一会儿。

"阿彩,这事情越来越复杂。我们去找贺经理好好说明一下情况,看看贺经理能不能有别的办法帮我们。"

阿彩明白,现在去杨树民的摊位上和人理论根本没用。杨树民打着大梨树村的旗号以次充好,败坏的是他们的声誉,而且杨树民手上有商标,他们并不占理。

阿彩和村主任一起去找了贺经理,说明了情况。

贺经理给阿彩和村主任分析了利害关系,并表示如果需要翔升配合他们做什么,翔升一定会予以支持。

阿彩和村主任回了村,阿彩本来就已经疲惫不堪,现在大梨树村的口碑也受了影响,如果这事情解决不了,到时候大伙儿的蔬菜和鱼都卖不出去,那影响就更大了。

阿彩还没有想出对策,杨树民的人又跑到大梨树村来闹事了。

这一次,杨树民学精了,他自己不来,派了三四个混小子来。到村委会,就坐在那儿不走,嚷嚷着要拿钱,不拿钱他们就别想把东西拿出去卖,只要是大梨树村的货,都得问问他杨树民同意不同意。

村民们得知杨树民的人又来闹事了,拿上锄头和扁担就朝村委会赶。

阿彩赶到的时候,村委会乱作一团。村民们拿着锄头扁担要找那几个混混算账,那些混混霸占了村委会的一张大桌子,躺在上面叫嚣。

村主任站在中间劝架,一边防止那几个混混出手,一边防止村民们动手伤人。

现在他们占了下风,但是有理,要是真的动手把人给打了,那就是他们的不是了。即便满身的怒气,他们也不能乱来。

阿彩冲上前,劝导大家冷静。

"阿彩!你让开,这些混蛋,不好好做人,跟着杨树民那狗东西不学好。我今天就替他们的家长好好教训教训他们,哪怕把我抓去关起来,我也认了!"五叔挥起扁担就要上前。

"没错！我们今天就和他们拼了，谁怕谁啊！"众人也跟着大喊起来。

阿彩劝不住村民，急得满头大汗。

好在一道熟悉的声音传来："大家不要冲动……"

孟哲及时出现阻止了众人："有什么事情交给警察解决。我们已经报警了，警察马上就到了，这些人寻衅滋事，让警察和他们说……"

孟哲话音刚落，就传来了清晰的警笛声。

原本还一脸得意霸占着桌子挑衅村民的几个小混混，一听到警笛声，一个激灵从桌子上跳了下来。几个人互看了一眼，扔下几句叫骂就急匆匆跑了。

村民们试图将人拦住，孟哲却没让他们这么做。直到那几个人驾驶车子逃之夭夭，孟哲才让大家都回去。

"孟老师，我们不怕他们，是这些人先欺负我们的……"

孟哲示意大家不用多说，孙涛拿着手机走了出来，他手机里正在播放警笛的声音。这会儿，大家才反应过来，根本没有人报警，刚刚是孟哲和孙涛给大伙儿解了围。

"那些臭小子今天跑了，指不定明天又来了，这可咋办啊……"

"主任，难道我们真的要去和那个混蛋私了，花五十万把我们自己的商标名称买回来？"

"五十万啊！可不是小数目！"

"我家里上上下下都等着这一批蔬菜和鱼卖了过年，这要是卖不成，还给人赔钱的话，可让人怎么活啊！"

全村人都沉浸在悲伤中，最后还是孟哲安抚了一通，大家伙儿才陆续离开。

最后，就剩下村长、阿彩，还有孟哲和孙涛。

"杨树民注册了我们村子的产品商标，都是因为我没有做好，我会约他好好谈谈。"阿彩独自将这个责任扛了下来。

"阿彩，这不是你的错。杨树民钻了空子，我们村子吃了亏，现在要想办法把这事情给解决，而不是让你一个人去冒险。那混蛋对你没安好心，你绝对不可以去。"村主任对此非常坚决，"我去联系一下周书记。"村主任说完，拿起电话就匆匆离开了。

阿彩和孟哲、孙涛告别后，就返回了家里。李长顺在打电话，咨询着住在城里的远房亲戚，将遇到的困境告诉了对方，奈何也没问出个所以然来。

阿彩知道，因为这件事情，村子里人心惶惶。原本大家志气高昂，为了能够过个好年，把在外面打工的亲人都叫回来帮忙了，可现在，这一切都要付诸东流了。

天色暗了下来，夜色即将席卷大梨树村。阿彩坐在田边，沉默望着大片改造后的田地。

"阿彩！"

肩膀突然被人拍了一下，阿彩回头，看到了孟哲。

"孟哲……"

阿彩开口，才发现自己的声音有些沙哑，她心里堵得慌，孟哲的出现让她找到了发泄开关，眼泪就落了下来。

"阿彩。"孟哲见阿彩哭，一时间也不知说什么，只是伸手轻轻地替她擦掉了眼角的泪水。

阿彩低下头，声音很轻："是我没有处理好问题，让杨树民那混蛋钻了空子。如果因为这件事让大伙儿损失，我真的会内疚一辈子的。"

"这可不像我认识的阿彩呀！"

阿彩听到孟哲的话，抬起头，停止了抽泣。

"我认识的那个阿彩，什么都不怕，即便面对所有人的质疑，也一直坚守着自己的理想初衷，可不是遇到困难就垂头丧气的人。"

阿彩回忆起了最初留下来时面临的质疑，那份勇气和毅力似乎又回到了她身上。

"阿彩，你不需要一个人背负这些。就算责任在你身上，我也得和你担一半才是，毕竟杨树民是我打的。"孟哲耸了耸肩，"要担责要受罚，得算我的一份才行。"

阿彩被孟哲逗笑了，片刻后又哭了，不过这一次是被孟哲的话感动哭的。阿彩有独自面对未知的决心和信心，但孟哲的存在又让她多了一份安心，那么多紧急、困难的时刻，孟哲都陪在她身边……

"谢谢你，孟哲。"阿彩轻轻出声，抱住了孟哲。孟哲怔了一瞬，随即抱紧了阿彩。

两个人第一次越过朋友的那条线，确定了彼此的心意。

"你们……"

十六　罪有应得

　　李墨突然的声音打破了两人之间的气氛，阿彩赶忙松开了孟哲。

　　"墨哥……"阿彩看到出现在他们面前的李墨，还有阿山和阿林，一时间红了脸。

　　李墨木讷地站在原地，脸色极难看。

　　阿山和阿林没想到会看到这样的场景，两个人对视一眼，都不知道该说什么来缓解这紧张的气氛。

　　"你们……在一起了吗？"李墨

问道。

阿彩听到这话，一时间不知道该如何回答。在一起？她和孟哲吗？

见阿彩不回答，李墨以为阿彩已经默认了和孟哲在一起的事，他握紧拳头，恨不得冲上去把这个叫孟哲的男人暴揍一顿，但面对阿彩，理智还是占了上风。

"阿彩，你知不知道我……"话到了嘴边，李墨却不知道该说什么，阿彩和孟哲亲密的样子在他脑子里挥之不去，李墨觉得自己再不走就会失控。

没有将心底的那句话说出来，李墨扭头就跑了。

"墨哥……"阿彩喊了一声。

李墨没有任何回应，他的身影快速地消失在了黑暗中。

阿山和阿林看着阿彩，僵持了一会儿，才将李墨一直隐藏在心底的那个秘密说了出来。

"阿彩姐，墨哥一直都喜欢你。之前你要出国，他就将这个秘密一直藏在了心底，后来墨哥知道你不走了，一个人乐呵了好几天呢。"

阿彩听后沉默了，她不知道说些什么，她怎么也想不到墨哥竟然对她产生了那种感情……他们几个从小一起长大，彼此亲近、熟悉，要说喜欢，她喜欢他们每一个人，但那是喜欢，不是爱。

阿彩脑子有些乱，一时半会儿缓不过神来。

"阿彩姐，我们来找你是喊你回家的，快回去吧，大伙儿都在家里等着你呢。"阿山见阿彩还处于恍惚中，出声提醒道。

阿彩以为出了事，不敢耽搁，赶忙回了家里。刚到门口，就听到屋内大伙儿的声音。

是老三婶，好像五叔五婶也在。

阿彩推门进屋，看到小院内坐满了人。众人听到开门的声音，齐齐回过头来。看到阿彩，距离最近的老三婶连忙出声。

"阿彩，你可算回来了！"

"阿彩，我们等你好半天呢！你去哪了？"

"阿彩，快来，就等你了。"

"阿彩，我和你叔都过来了。你看看，我们家就凑了这点，手头上实在是没有了……"

"阿彩，这是我们大梨树村的事，大家要一起承担责任，如果必须要赔钱的话，大家伙都要尽一份力。我们没读过啥书，那些大道理说不来，但阿彩，是你让我们看到了希望，我们不能这么轻易地放弃。"

…………

村里的人来了不少，而且还都带着现金。老三婶将这段时间卖蔬菜的钱，还有准备用来购置年货的钱全拿来了，总共两万五千块；张婶将巧妹下学期的学费和住宿费都拿上了，凑了三万块钱整；五叔五婶也把家里的存款都拿上了，有两万多块……

看着村民们手里零零整整的钱，马艳梅的眼眶红了。

眼眶红的何止马艳梅，阿彩的眼泪也落了下来。

大梨树村面临考验，村民们没有逃避责任，没有落井下石，没有冷嘲热讽，而是毫不犹豫地拿出所有家当，担当起这一份责任。阿彩觉得，她所做的一切，都是值得的。

可乡亲们的钱，她不能收。正当她思考如何向乡亲们解释时，孟哲说话了："大家都把钱收好，这件事情我们会妥善处理好的。杨树民损害我们的利益在先，就算要赔偿也是他来赔，我们不会赔，也不应该赔。"

众人一听这番话，都望向他。

孟哲继续解释道："杨树民擅自注册了本属于我们大梨树村的品牌，以次充好是他有错在先。我们要相信法律，相信政府。"

"对，我们要相信法律，拿起法律武器保护我们自己。"有人跟着说道。

"对，在这种坏心眼的人面前，我们不能退缩。"

孟哲的一番话令大伙儿士气高涨。

天色晚了，阿彩将乡亲们送走。待所有人离去，父母也回了房间，她单独将孟哲叫到了屋外僻静处。

"孟哲，我知道刚刚那些话，你是说来宽慰乡亲们的心的。这件事你不需要卷进来的，我之前已经麻烦你很多了。"

"你这丫头想些什么呢？"孟哲忍不住笑了，伸手抚开了阿彩额前的发丝："你认识我那么久，我什么时候骗过人？"

"我……"阿彩见孟哲认真，一时间愣住。

"放心，杨树民这事，我们会有解决的办法的。"孟哲淡笑，"阿彩，相信我。"

孟哲的微笑抚平了阿彩紧绷的心，从这个男人的身上，她能够感受到力量。

"我相信你。"阿彩望着孟哲，认真回答道。

…………

杨树民扬言要去法院起诉阿彩，整个大梨树村的村民，只要售卖时打着大梨树村的名义，都将被杨树民追责。在蔬菜采摘的前一夜，阿彩接到了杨树民打来的电话。

杨树民提出了要求，他可以无偿将注册的商标送给阿彩，前提是阿彩要答应他，以后大梨树村的营收有他杨树民的一杯羹。

"杨树民，你去告吧！我等着你。"阿彩说完，直接挂了电话。

阿彩握紧手机，她不会妥协的，她会拿起法律武器保护自己，也要保护好整个大梨树村。她了解过，杨树民的行为属于恶意抢注商标，他只是想要制造舆论来胁迫他们妥协，真让他去法院起诉，他未必敢，否则他也不会一直拖延着找他们的事了。

杨树民不敢去法院，她敢。阿彩决定主动去法院提起确认不侵权之诉，她会向法院提交大梨树村的所有证据，证明他们才是大梨树村这些特色农产品的拥有者。

阿彩将所有的资料整理好，联系了律师，接着通过直播的方式和粉丝们分享大梨树村的种种。

第一次直播，阿彩心底没底，她对着手机调试了很久，有些紧张，思来想去，她去了他们专门改造的那片山地。

从当初一片荒芜的土地，到现在满眼的红瓜果绿，他们用了两年多的时间，一点一点地改变这里，大梨树村这个地方被越来越多的人知道。

阿彩对着镜头娓娓道来，就像是和一位挚友聊天一样，就这么说着，她的直播间人数从一开始的七八个人增长到后来的一百多个人。许久之后，她才回了家。

翌日。

阿彩早早地来到地里，杨树民的事情先不说，地里的蔬菜该采摘了。这一批蔬菜必须在三天的时间内全部摘完，翔升那边还没有消息，这一次的货物他们要还是不要，阿彩心里没底。

如果杨树民的事情影响到他们和翔升的合作，这大半年的辛苦奔波恐怕将成为泡影。

地里蔬菜采摘的时间不能耽搁，他们的蔬菜还得继续卖，不能因为杨树民的威胁就放弃。

"阿彩，这些蔬菜真的还要继续采收？"

老三婶有些担忧："这么多蔬菜，收下来好几吨，如果翔升不要，那我们这些菜拿去哪里卖啊？"

"老三婶，事情总归要解决的，我们的蔬菜照常采收便是。"

"可是……"

"剩下的事你们不用担心，我会解决的。"

老三婶听阿彩这么说，悬着的心才放下。这几天人心惶惶的，她儿子、儿媳妇为了收菜特地从外地赶回来。杨树民的事情一出，儿媳妇担忧赔本，已经准备去市里找个临时的工作做一下，年后再继续外出打工。如果蔬菜能够照常采收，儿子和儿媳妇就不用去外地打工了。

老三婶笑着离去，阿彩更加坚定，对于杨树民，绝对不能忍让分毫，属于他们的权益，他们必须拿回来。她不仅向法院提交了证据，还向国家知识产权局针对杨树民抢注商标提起宣告无效，她在等待结果。

等待的时间十分漫长，阿彩的心每一刻都煎熬着。贺经理的电话在这个时候打了过来。阿彩见是贺经理，第一时间接起了电话。

"阿彩，三天后我们说好储备的蔬菜，必须得准时啊！要是耽误了运送，我们备货的时间就不够了呀！"

"贺经理，我没听错吧？你说的是三天后的蔬菜采摘一切照旧……"

"你这丫头,我说话难道不清楚了?我们马上就有活动,三天后的蔬菜你们村得尽全力供应上啊!这一次要的量可是最大的。"贺经理又重复了一次,"我们已经发出了宣传,到时候你们的蔬菜一到位,第一时间就上架销售,市民们都等不及了。"

"太好了,真的太好了!"阿彩握着手机,声音有些颤抖,她太激动了。

一切照旧,甚至比之前说的数量还要大,这消息来得真是太及时了。

"谢谢你,贺经理。"

"谢我做什么,我们从利益出发,大家共同盈利才是王道!"

消费者喜欢大梨树村的产品是因为那是真正意义上的绿色产品,阿彩的直播让大家对大梨树村有了进一步的了解,她的真心换来了大家的支持。而杨树民最近打着大梨树村的名义一直在售卖大棚蔬菜和养殖鱼,早前上当的民众得知了真相,知道这些产品根本不是来自大梨树村的,消费者们一早就去找杨树民理论了。

愤怒的市民跑去找杨树民赔偿,还有人将这事举报到了工商部门,要求工商部门严查。

相关部门和消费者都去找杨树民解决问题,这家伙倒好,早跑得不见了踪影。

挂了电话,阿彩赶忙给孟哲打了电话,却得知孟哲已经去了市里。

"我正准备给你打电话呢,你得马上过去工商局一趟,把资料带上,具体的要求我微信发给你……"

她立即赶回家拿上了资料,又去找村主任一同赶去市里。

杨树民以次充好,欺骗消费者的事情一曝光,可谓一石激起千层浪,早些年被杨树民骗过的消费者也站出来对杨树民进行了指证。

阿彩和村主任去了工商局,才知道这期间,孟哲搜集了许多杨树民近几年来涉嫌售卖假冒伪劣产品的信息。同一时间,律师也打来电话,阿彩递交的资料能够证明是杨树民抢注了原本属于大梨树村的商品商标,且实施敲诈勒索,杨树民必须为自己的行为负责,为自己的错误买单。律师表示,他会全权代理诉讼,让阿彩放宽心,此案胜率很高,阿彩他们可以正常进行采收上市等活动。听了律师的话,阿彩如释重负。

"真是太好了,等官司赢了,我们就可以申请注册属于我们大梨树村自己的品牌商标了。"

村主任激动得眼泪都落下来了。这些天，大家都吃不好睡不好，都在为这事发愁，作为村主任的他更是急得满嘴血泡。如今听到这个消息，实在是振奋人心。

阿彩赶忙将这个消息告诉了孟哲。电话里孟哲告诉她，他们正准备去吃饭，让她和村主任一起过去，要介绍个人给她认识。

阿彩和村主任一起赶到孟哲所说的餐厅，没想到贺经理也在。孟哲看到阿彩，站起来邀她过去，他特地给他们留了座位。

"阿彩，给你介绍一下，这位是小鱼，是电视台的记者。这次杨树民的事闹得沸沸扬扬，小鱼打算进行更深入的报道，所以找你了解一下杨树民抢注商标的事。"

阿彩望着站在孟哲身边的女孩。对方见到她，露出了微笑："阿彩姑娘，你好，我是小鱼，早就从孟哲哥嘴里听说过你了，今天见到你，非常荣幸。"

阿彩尽力忽视对方和孟哲的亲近，也伸出了手："小鱼，你好。我是阿彩，很高兴认识你。"

"快坐吧！就等你们了。"小鱼微笑着说道，坐在了孟哲身边。

阿彩坐在孟哲另一边。才落座，孟哲和小鱼就聊了起来。两个人具体说了些什么，阿彩没注意听，最后还是贺经理和她说了一番话，才将她拉回现实。

杨树民售卖大梨树村绿色蔬菜和稻田鱼的摊位已经关闭了，相关部门要找他，被他坑过的消费者也要找他，杨树民到现在都没现身，之前吹嘘的那些公司也都是些皮包公司，早就人去楼空。

"下一步大梨树村在宣传上一定要下功夫，只要宣传到位了，货品自然是不愁卖的。"贺经理说着，主动敬了阿彩一杯茶。

饭后，孟哲起身结账，却被告知账已经被贺经理结过了。孟哲感叹，贺经理早走一步却搞了这一出，实在让他无奈。

"孟老师，你待会儿要和我们一起回去吗？"村主任询问孟哲，"你们单位的车还在村委会，你要没车回去，我拉着你。"

"我还有点重要的事要和小鱼谈，你们先回去，我晚点回村了再去找你们。"孟哲说完，看了一眼阿彩，笑了下就转身朝已经站在门口的小鱼走去。

阿彩望着孟哲和小鱼一起离开，一句话没说。

"阿彩,不和他们打声招呼吗?"村主任上前,问了一声。

"不了。"阿彩简单应了一声,随即迈步往前走。

回程路上,村主任瞥见阿彩一直盯着窗外,她不说话,他也不好多说什么。一回到大梨树村,村主任立即赶去村委会将今天的好消息告知村民。

多日以来,大梨树村都被这件事的阴霾所笼罩,听到这个消息,大家都很高兴。张婶从小卖部里拿了一封鞭炮放:"这么好的事,一定要响上一下。"

阿彩回家后,去了一趟地里和田里。地里的蔬菜已经成熟,田里的鱼儿也可以上市了,接下来他们只需要按时采摘。等他们申请下自己的商标,大梨树村的产业化就真的能走上正轨了。

"阿彩姐。"

听到声音,阿彩回头,看到李墨、阿山和阿林。

他们携带着篮子,多半是刚从河里抓鱼回来。

"墨哥……"阿彩看到李墨,喊了一声。自从上次李墨跑开后,阿彩已经有好几天没看到他了。

李墨没有回应,避开阿彩的视线径直走了。

阿山将一筐新鲜的河虾留下。

"阿彩姐,这是我们今天捕的河虾,墨哥特意挑过。他让我送去你们家,现在遇到你,就直接给你了。"阿山说着,看了一眼已经离开的李墨,叹了口气,"阿彩姐,墨哥那人,需要点时间才能接受现实。"

阿山和阿林离开,追上了李墨。

阿彩望着那一小框河虾,回想她回村以后李墨的种种。原本李墨一直在镇上做生意,她回村以后,他也留在了村里;她决定做特色种植,李墨毫不犹豫地支持她。这些年来,李墨像家人一样,关心着她,处处都想着她。

她已经习惯了有李墨在身边的日子。只是,在她的心底,李墨就是她的哥哥,是她的亲人。

要不是阿山告诉她李墨的心意,她从未想过墨哥对她有那种情感。

他们都以为她和孟哲在一起了。可是,她和孟哲之间又算什么?男女朋友吗?

孟哲从未说过什么,相反,倒是她自己,在饭桌上,看到小鱼记者和孟哲聊得开心,不自觉开始闷闷不乐。

和李墨在一起,她能感受到亲情,简单且轻松,不用费心深思。而和孟哲在一起相处,她的心跳会不自觉地加快,会甜蜜,也会酸涩,她知道,这是爱情。

傍晚，阿彩刚吃完饭，正在收拾碗筷，孟哲来了。

"孟哲，你吃过饭没？要是没吃，婶给你做点。"

孟哲笑了下："我刚从市里回来，那就劳烦婶了。"

"跟婶客气什么。你赶紧坐着休息下，和阿彩聊聊天。婶去厨房给你弄菜，你长顺叔去老梨树下唠嗑了，等会儿我去叫他回来，跟你喝上一杯。"

孟哲坐了下来，阿彩一直没理会他，自顾自地收拾着桌子上的碗筷。阿彩收拾好碗筷，用抹布一个劲地擦着桌子。

"别擦了，再擦下去，桌子都要掉漆了。"孟哲笑着，"坐下来吧，我有话和你说呢！"

阿彩听到孟哲的话，拿起抹布转身要走，顿了顿说："你不是事情挺多么，来我家做什么？"

孟哲听到阿彩的话，愣了下，笑了："事情再多也没有来找你说这事重要。"

"你不是有重要的事情谈吗？这么快就谈完了？你这个时候跑来我家，会不会让人误会？"

孟哲被说得一时哑口，刚要反问让谁误会，马艳梅握着锅铲跑了出来："孟哲，你喜欢吃腊肉还是腊肠，我刚去地里摘的新鲜辣椒，给你搭配喜欢的炒一盘。"

孟哲微笑着回答："婶，都可以的，我不挑，都喜欢，你决定就好。"

"好嘞。"马艳梅笑嘻嘻地跑回了厨房。

阿彩的情绪平静下来："你在这儿等吧！我妈动作很快的，我去地里了。"

阿彩说完，转身就走，手腕却被人拉住了。

阿彩挣扎了一下，没挣脱："你放手，拽我干什么。"

孟哲并未松开手，只是盯着阿彩，将阿彩躲闪的眼神看在眼里："小鱼是顾老师的侄女，经常带着老公一起去我们单位玩。"

阿彩听到这话的时候，整个人愣住了。小鱼？已经结婚了？

"我又没问你小鱼记者的事，你解释什么啊？"阿彩嘴硬。

"今天饭后我和小鱼一起去找了她老公，她老公也是电视台的工作人员。他们打算年后推出一期特色乡村的节目，我们商议之后把拍摄地定在了大梨树村，希望通过媒体和网络来宣传大梨树村。我整理了一些资料给他们，到时候活动流程拟定好，小鱼会联系你的。"孟哲解释了一

十六　罪有应得

番,"刚商量好事情,我就马不停蹄地赶回来找你,你却不搭理我……"

"你……"阿彩有些不敢相信孟哲竟偷偷做了这么多。

为了大梨树村的乡亲,还有她……

"这回不生气了吧?"孟哲望着阿彩,笑了。

阿彩哭笑不得,这家伙,为什么不提前告诉她,偏要偷偷去做这些事。他不是告诫她,这不是她一个人的事,有事大家要一起想办法的吗?

"你真讨厌。"阿彩拍开了孟哲的手,深吸了一口气,侧过头偷偷拭去眼角的泪水。

"哭了就不漂亮了。"孟哲站起身,递上纸巾。

马艳梅炒好了青椒腊肉,端出来就看见了这一幕,索性又退回了厨房内,打算再炒个下酒菜,炒好她去把李长顺给叫回来。

…………

到了采收这一天,大梨树村可热闹了。

因为是年前最后一次大型活动,翔升预定的蔬菜和稻田鱼数量比以往都多,一大早,运载的大货车就进了村,八辆大货车将村子堵得严严实实,连放牛过路都得绕路。

可大梨树村的村民没有半句怨言，反而都把自家大门敞开，好方便大货车停靠。

地里田里都是人，放假的小孩子们也都在帮忙，大家齐心协力采收这一批蔬菜。

以往想去河里抓鱼，河水湍急，大人不同意去，现在就在田里摸鱼，岂不乐哉。

周书记也来到现场，还带来了电视台的人，摄影师将大梨树村丰收的场景用镜头记录了下来。

"之前做乡村随访记录的时候，我们有同事拍过大梨树村的画面，和现在相比，简直是两个地方。"

小鱼看到大梨树村的景象，拿出了手机，拍下了村民们丰收的场景。

孟哲和阿彩一起来到地边的时候，小鱼朝他们挥手。

"来啦！"孟哲热情地回应。

"嗯，为了晚上能够第一时间播放，他们已经将内容传回台里了。"小鱼说着，轻轻晃悠了下手机，展示刚刚她拍下的照片，"这个地方的变化，真是让人敬佩！"

"那当然。"孟哲爽朗一笑。

小鱼的视线从孟哲转到了阿彩的身上，看到阿彩站在孟哲身边有些拘谨的样子，靠近孟哲压低了声音："你女朋友做的事值得所有人铭记,有机会我要找她做一次专访。"

女朋友!

阿彩红了脸,害羞地低下了头。

"小鱼,阿彩比你小,你可别欺负她。"孟哲笑着说。

"阿彩,你微信多少,我加一下你,等有空我约你做一期锡城的独家专访。"小鱼没理会孟哲,凑到阿彩面前聊了起来,"阿彩,我比你大两岁,以后叫我小鱼姐就行,要是孟哲这钢铁直男敢欺负你,告诉我,我和我家那口子一定帮你教训他!"

"阿彩,你带我到处转转吧!你们的稻田鱼我也想看,还有那条河!你上次直播的时候说的那些事,再和我详细说说呗!"

只是半日的相处,阿彩就发现小鱼是一个大大咧咧的人,和她在一起,完全没有任何负担,阿彩觉得找到了一个知心朋友。

傍晚,阿彩和村主任送走了周书记和小鱼。

"阿彩,记得我的专访哦!确定时间我就联系你。"

小鱼和阿彩道别,走到孟哲身边的时候还伸手拍了拍他的肩膀:"兄弟,你可别欺负阿彩妹妹,她虽然是你女朋友,但她可是我罩着的,你要是敢欺负她,我可是会跟你算账的哦。"

"赶紧走吧!就你多事。"孟哲催促起来。

"啧啧!都开始赶人了,嫌弃我当灯泡了吗?"小鱼笑眯眯转身上了车。

阿彩站在孟哲身边挥手道别,看着车子离开了大梨树村,她压低了声音:"我什么时候成你的女朋友了?我怎么不知道?"

孟哲闻言,笑而不语,转过身径直离开。

阿彩望着孟哲离去的身影,忍不住跺脚:"喂!孟哲,你这么急着走做什么!等一下,我问你话呢……"

…………

热闹了一整天的村子也恢复了宁静,家家灯火通明,今晚的大梨树村,比往常要亮得多。

电视台当晚就播出了大梨树村采摘绿色蔬菜和捕捉稻田鱼的节目,同时,关联的网络账号也纷纷转载了大梨树村的丰收视频。小鱼第二天就打电话过来告诉阿彩,节目和视频反响很好,播放率创了新高,省里也开始关注他们,还有很多市民在视频下评论,询问可不可以去大梨树村参观、采风、旅游。

台里商议决定借势在年后举办一期幸福乡村的大型活动,活动地点就设在大梨树村,让大家更深入地了解和熟悉隐藏在大山里的别样世界。

消息放出后,还没到过年,大梨树村就迎来了一些游客。周末的时候,有市民开车到了大梨树村,询问能否带孩子一起参加采摘活动,如果能下田去抓鱼的话,那就更好了。

一开始,村民们拒绝了,这下田抓鱼,会不会抓先不说,田里都是泥,城市里来的人肯定不习惯,万一要是受伤了可就麻烦了。

来访的游客表示,他们可以出钱,带孩子来就是想要亲近自然。

村主任还想拒绝,被阿彩拦住了。

阿彩欣然同意了对方的要求,让放假在家的巧妹带众人去地里和田里体验,体验不收费,只需要签署安全知情同意书,如果需要蔬菜或者稻田鱼,可以按照市场价购买。

"阿彩,这些人平日里肩不能扛、手不能挑的,哪里能做这些活?要是磕了碰了,可说不清楚。"村主任一脸担忧。

"主任，我有个想法……"

山坡上种下的梨树，长得壮实的树苗开春就能抽出花苞了。再过几年，梨树更粗壮些，梨花开的时候，满山的雪白，一定会非常震撼。

到时候大梨树村将名副其实，不再只有村口那一棵老梨树。

阿彩决定把大梨树村打造成一个旅游景点。阿彩作为大梨树村的代表，找到了周书记，周书记表示支持，但也和阿彩说明了情况，他们的支持只能作为辅助，如果大梨树村能够引进资金，那会更容易一些。

生态体验短期内可能会引起小范围的轰动，但新鲜劲一过，大家也就没有兴趣了。

大梨树村想要长远发展，得有更多项目，有更多能够留住人的特色。

"打造旅游项目？"

"阿彩，我们村子就那么大点地方，还能打造什么？我们这是小地方，比不得那些出名的景区，一年到头光靠旅客来玩就能赚得满满当当。"张婶说着，皱起了眉头，"你的想法一直都挺好的，但是这一回我觉得不现实。"

"阿彩,不是婶要说你,这个事情得好好研究研究,我们这个地方偏,就算搞出了旅游项目,谁来?锡城本来就那么些人,也不见得谁都认得我们大梨树村,就算有人来看,我们哪里找钱来投资?"老三婶也不赞成阿彩的建议,"经过这些日子的改变,大伙儿对现在拥有的已经很满足了,如果胡乱投资做项目,那要是亏本了,大家的血汗钱就都没了……"

"三婶说的有道理。"

"阿彩的建议虽好,我们也很支持,但真的去做,总觉得看不到头。"

众人你一句我一句地说着各自的意见。

"我知道,万事开头难,但我们的起点已经是很好的了。现在了解大梨树村的人越来越多了,整个省内不是有很多人都喜欢吃我们大梨树村出去的蔬菜和鱼吗?"阿彩耐心和大家说着自己的想法,"我们大梨树村依山伴水,风景秀美,山上的风景更是独特,是摄影爱好者拍摄日出的绝佳地点。这么好的旅游资源,我们必须利用起来。"

阿彩这么一说,村民们忽然想起来,当初来到大梨树村的那些外国人,他们也是慕名跑来大梨树村拍风景的,第一次来就赞不绝口,离开时依依不舍。

十七　山乡巨变

"阿彩说得挺有道理的，城里人都爱看自然风光，我看可以试试。"五叔率先开口。

"对，如果我们真的打造出来旅游景点，真的迎来了游客，那到时候我们也可以成为美丽乡村、特色乡村、旅游乡村。等我们有了名气，那些大老板说不定会主动来我们大梨树村搞投资，到时候咱们村也要建起豪华大酒店了。"五嫂也跟着说了起来。

"我也觉阿彩的想法很好。我们

只需要打造出田园特色，这是我们擅长的。等人多了，自然会有人来投资。"

"到时候我们可以在手机上发宣传视频，你也发，我也发，大家都发，就一传十，十传百，百传千千万了……"

"说得对，到时候还可以请明星、请网红，现在手机上那些网红大V到处打卡，等我们大梨树村的梨花开满山，我们也去邀请网红来给我们宣传，到时候会有更多人来我们这里打卡的。"

"那人来得多了，我们家的那些土鸡蛋是不是就会有人买了？到时候就不用拿去市场上卖了？"

"老八叔，你们家的那几个鸡下得了多少蛋啊！等真有人来了，你再多养几十只都不愁卖。"

"真的吗？那我一定好好养，我敢说整个大梨树村，没人比我会养鸡！"

阿彩看着大家纷纷出主意的样子倍感欣慰，朴实的谈话，却道出了大家的心声。大家的心在一处，劲自然就往一处使，不管遇到什么问题都能解决。

几轮商议后，大家决定在后山的山顶搭建一个小型的观景台，用大梨树村现有的材料，能出钱的出钱，不能出钱的出力。

……………

过年前一天,阿山和阿林特地给阿彩送来了一竹筐河鱼。这些鱼儿比稻田里的大,甚至比以往河里捞起来的都大,显然是精心挑选过的。

"我们家里已经有一些了,这些你们还是拿回去自己吃吧。"阿彩拒绝了。

"阿彩姐,你就收下吧,不然我们没法交差啊!我们要是送不到……"

阿山话说到一半就被一旁的阿林拽了一下。阿山立马闭上了嘴,干笑:"阿彩姐,你就收下吧!我们还有事,就先走了,过年好啊!"

阿彩见状明白这背后送鱼的人是谁。从那次之后,不管是在地里还是田里,李墨都有意地避开了她。他在躲她。

阿彩看了一眼面前的一筐鱼,先将鱼放入院里的石缸养起来,接着出了门。

李墨躲在墙后,隔着三四十米,偷偷朝阿彩家看去。他让阿山和阿林给阿彩送鱼,强调了要是阿彩不收就找他们两个算账。

放心不下的他还是来了,不敢靠近阿彩家,就远远看着，确定阿山把鱼交到了阿彩的手里，注视着阿彩进了屋，李墨才松了口气。

"墨哥。"

李墨听到声音，疑惑地回头，看到阿彩站在自己面前，被吓得一个踉跄滑倒在地。

"墨哥，你没事吧！"阿彩连忙上前去扶李墨。

李墨有些尴尬，避开了阿彩的手，有些狼狈地从地上爬了起来。

李墨望着阿彩，一时间不知道该说什么："我……正好路过……阿彩……巧啊！"

阿彩不希望李墨和她之间有隔阂，他们从小一起长大，她很珍惜与他的友情。

"墨哥，谢谢你的鱼。"

"鱼？什么鱼？我怎么不知道呢！"李墨装作不解。

"墨哥，你知不知道你一点都不会说谎。"阿彩望着李墨，声音很轻，"你都不敢看我的眼睛，你的谎话太容易被拆穿了。"

李墨闻言，整个人靠向身后的墙壁，叹了口气，说了实话。

"那些鱼我偷偷去抓了好几个晚上，一直养在后院的小池子里，凑够了我才让阿山他们帮我送来。"李墨说着，低下头，"我怕我送来你会不收。"

"你是我哥，你那么照顾我，我当然会收下。"

听到阿彩的话，李墨猛地抬起头，视线落到阿彩脸上，想说话又说不出口。

"墨哥，谢谢你，从小都那么照顾我这个最任性的妹妹。"

李墨听到"妹妹"两个字的时候，笑了起来，声音有些颤："是啊，可不是么，你是我妹妹，是我最厉害的妹妹。"

阿彩看出了李墨的隐忍，她想，或许这是最好的结果。

…………

大年三十，大梨树村比以往都要热闹，外出务工的亲人们都陆续抵家了。归乡的人看到家乡的巨大变化，都不敢相信自己的眼睛。大梨树村彻底变了！

听家里的人说，村子设有农业种植基地，有专业的技术员进行指导，过两年条件成熟了，还要种上不同的水果呢！这还不算，大梨树村下一步还要搞旅游呢。

老人们忙着准备年夜饭，归乡的年轻人满山地跑，地里看看,田里看看,感受着焕然一新的大梨树村。

阿彩家更是热闹。小院里聚满了来帮忙的人,在村主任的号召下,几家人凑到了一起,打算过一个特别的团圆年。

巧妹期末考试考了全班第一,英语更是考了单科的年级第一,张婶高兴极了,抓了两只家里的老母鸡过来,说要杀了炖汤给大伙儿喝。

鸡才炖上,蒋主任和孙涛就背着竹筐回来了。

基地的几人今年全都留在了大梨树村过年,蒋主任和孙涛一大早就跟着李长顺上山去采野菜了。

"看看,今天可是我摘得最多,蒋主任的最少。"孙涛跑进来,向大伙儿炫耀起他的成果。

"你小子,就你能显摆!"蒋主任笑着走了进来,将野菜交给马艳梅。

李长顺背篓里还装着几个野果,红彤彤的惹人爱。

"阿彩呢?这果子她最爱吃,这几个都熟透了。"

"阿彩和孟哲去市区买年货还没回来呢。"马艳梅解释道。

"那我先去洗洗,等阿彩回来了再吃。"

李长顺刚说完,就听到了汽车引擎的声音。阿彩和孟哲采买了一些货物返回村里,还带回来了一个令人振奋的消息。杨树民被找到了,这几年他一直坑蒙拐骗,为了赚黑心钱,做了不少坏事,这次全部被查了出来,接下来等待他的是法律的审判。

"我们已经以大梨树村村委会名义申请注册了大梨树村特色蔬菜,以及大梨树村稻田鱼的商标,商标通过后我们就可以名正言顺地宣传咱们村的好东西了。"

"太好了!真是太好了。"村主任听到这话,高兴得眼泪都落下来了。

张婶原本坐在桌子旁剥蒜,猛地站起来拍了下大腿:"我准备的鞭炮忘记拿了,我去拿过来!这个年呀,必须要热闹起来才行!"

…………

年初一刚过完,阿彩就找到蒋主任,商量接下来试种的新品种蔬菜。他们村子养殖的山泉水稻田鱼也非常受消费者喜欢,贺经理三天两头打电话,催促他们抓紧种植和养殖,务必保证供应量。

前景越来越好,很多要外出务工的年轻人都决定留下来,加入改良种植和稻田鱼养殖。

村主任也顺势带领全村的乡亲扩大种植面积。春耕时节未到,整个大梨树村就忙活起来了。

很多市民慕名来到大梨树村,想要体验捕捉大梨树村的稻田鱼和采摘绿色蔬菜。在阿彩的安排下,大梨树村推出了特色体验活动,大家可以组队、组团来大梨树村与土地亲密接触。

一经推出,就有人自行组队来到大梨树村,感受下田抓鱼的快乐。村主任还没缓过劲来,又一批摄影爱好者来到大梨树村,想要拍摄独特的梯田风景。

"顾老师拍摄的照片获奖了!"

得知这个消息的时候,村长惊讶得说不出话来。顾长远第一次来大梨树村的时候就带着相机,他喜欢拍照,见到美好的事物都会拍下来。

这次获奖的正是他们大梨树村的日出和梯田。村主任立马请顾长远找到原图,他要去镇上的照相馆把照片洗出来,裱框挂到村委会,以后只要有人去村委会就都可以看到。

阿彩听到这话,立即提议,与其挂在村委会,不如放在村口老梨树上。每一个进了大梨树村的人,都能第一眼看到。

"老梨树那儿怎么挂?挂了要是被偷了怎么办?还

有，刮风下雨弄坏了怎么办，这主意不行！"村主任立即摇头反驳道，"那么漂亮的照片，舍不得挂在外面风吹日晒。"

"我们要展示给所有人，但不是以照片的形式。"阿彩说着，凑到孟哲耳边低语了几句。孟哲点头："这个主意不错，我支持。"

村主任不解地问道："啥形式？"

"周书记之前说过，现在锡城上下都在打造美丽乡村，我们大梨树村自然也不能落后。他还说如果我们有需要，可以和他说，他们会尽可能地帮助我们。"

孟哲见村主任丈二和尚摸不着头脑的样子，笑着解释道："锡城先前组织了一批艺术家做宣传，回头请这些艺术家到我们大梨树村坐坐。这些美丽的景色，在艺术家的手里，能够更好地展示出来。"

村主任恍然大悟："这主意好啊！交给那些画家、作家妙手一挥，一定是锦……锦什么来着……"

村主任一脸犯难地望向巧妹："巧妹，赶紧告诉我，那个词叫什么来着？锦什么花？"

"锦上添花！"巧妹笑眯眯说道，"我们大梨树村本来就够美了，经过艺术家加工，肯定美上加美，必然是锦上添花嘛！"

"对对，说得对！把那些艺术家接到我们这来，帮我们村子搞搞宣传，也增添一点文艺气息。需要干活，就告诉我，我去喊人，多少人都行。"

突然一道稚嫩的哭声传了过来。

"什么声音？"

在场的几人你看我，我看你，都在仔细辨别声音来源。

"好像是个孩子？"

阿彩话才说完，魏子星就哭着跑了过来："主任，阿彩姐……"

村长看到魏子星，忙出声道："小子星，你这是咋了？哭什么？谁欺负你了？告诉我，我去找他去。"

阿彩看到魏子星身上沾了些泥巴，连忙上前掏出纸巾给魏子星擦干净。

"阿彩姐，我奶奶……我……奶奶不见了。"魏子星抽泣着说完就放声大哭起来。

众人一听魏子星的话，全都惊了。

魏子星的奶奶李卫红，早年因为意外瘫痪在床，一个根本无法自主行动的人，怎么会不见了？

"子星，你可不能骗人，你奶奶不能走路，她怎么可能不见了？这个玩笑可开不得啊！"村主任蹲下身向魏子星说道。

魏子星的哭声更大了："一大早我爸就去地里干活，我妈做好早餐喊我吃饭，我去给奶奶送饭，屋里已经没人了，奶奶留了遗书的。"魏子星哭着，从口袋里掏出一张皱巴巴的纸，上面凌乱地写了一串文字。

"啊！"阿彩快步上前，接过魏子星手里的纸看了一眼。"遗书"二字写得歪歪扭扭，底下写着："拖累你们太久了，别找我。"

魏子星的父母已经在村里找了很久，几乎把村子翻遍了都没见着人。魏子星听到父母谈话，哭着跑到村委会来找村主任帮忙。

"我们去子星家看看……"村主任也紧张起来。

几个人不敢耽误，朝着魏子星家赶了过去。

魏子星家乱作一团，一到门口就听到了魏子星妈妈的哭声。阿彩一进屋，就看到屋内焦急万分的两人，老人的轮椅还在角落摆着。

"子星奶奶瘫痪在床，如果没人帮助她，她一个人根本没有能力离开村子。"阿彩若有所思。

"我去村委会拿喇叭通知一下,现在没事的人都过来帮忙找人。"村主任扔下一句话就匆匆离开了。

孟哲进屋查看了一番后说:"人应该是从门口离开的。"

"孟哲大哥,卫红奶奶双腿残疾,她根本没法走啊!"巧妹一脸不解,"难道卫红奶奶好了?可是好了为什么还要写那种东西……"

阿彩望着手里的纸张,目光沉了下来。

李卫红不识字,这几个字像是画出来的,想必写出这些字费了很大的劲。李卫红现在失踪了,她的消失应该不是她一个人完成的。

会不会有人协助她离开?

阿彩收起遗书:"我们分开找……"

村主任将李卫红不见了的事通知了出去,村民纷纷出来帮忙找人,可即使这么多人一起寻找李卫红,直到天色暗下来也还是没找到。

李墨开着车子在出村的路上找了一圈,连带着河里都去查看了一番,依旧什么都没有发现。

"都怪我,睡过几分钟,家婆就不见了。都怪我……"魏子星的妈妈哭得伤心,由于身体不好差点晕了

向云端

过去。

"是我没本事，让我妈做出这样的事。"魏子星爸爸大口抽着旱烟，还不到四十岁的男人，背脊已经因常年背重物弯了。

"孩子爸，要怪得怪我。我身体这么差……如果身体好点，也就可以跟着干活了，那婆婆就不会想不开了。"

魏子星站在门口，黑溜溜的眼睛盯着父母，他倔强地站在那，双手握成拳头，一直不说话。

村主任进屋，他刚刚从外面找了一圈回来，身上的背心都被汗水浸湿了，他来不及休息，就和大伙商议起办法来。

"整个村子都找遍了，我已经和附近几个村子的村主任联系了，也请他们帮忙寻找。找了这么久，一点线索都没有。"村长叹了口气，"这么大个人，又行动不便，怎么会凭空消失了呢？"

"下午子星爸爸报警了，警察来调查过，只要出过村的车子都会进行追踪盘查，等等看他们的消息吧！"老三婶感叹了一声，"卫红姐也真是命苦，咋就那么想不开呢？家里有困难，大家也可以帮忙一起想办法，这困难总是会过去的嘛！"

老三婶一边念叨着一边哽咽起来，村里有不少人深知李卫红的为人，也都红了眼睛。

"我们家子星学习好，又听话，是班里的班长呢，他奶奶总是说，要看着子星考上大学……"子星妈妈说着，又哭了起来。

村主任见状连忙出声安慰，都不奏效，子星也默默掉了眼泪。

阿彩连忙出声："大家别着急，现在最重要的就是赶紧找到卫红大娘。她行动不便，突然失踪了，说不定是坏人将她带走了。警察已经介入了，我们得抓紧搜集一些线索交给警察。"

听阿彩这么一说，众人纷纷点头。一个行动不便的人突然不见了，不识字却留了遗书，这里面肯定有猫腻，说不定是遇到心术不正之人。

气氛变得更加紧张，大家纷纷提出自己的猜想，要发动整个村子到周边去找，周边找不到就往更远的地方找。

"这么晚了，大家先回去，留下几个年轻力壮的就行。有什么事情我会在广播里通知。半夜三更去找人，要是大家伙儿又闹出个什么事来，就更麻烦了。"村主任让大家回家休息，明天再找。

众人权衡利弊之后，也只得先行回家。

阿彩走到村主任身边，望着走在队伍最后的老七叔。

"赵叔，平日里，老七叔和卫红大娘关系如何？"

村主任听到这话，不解地望向阿彩："阿彩，你问这个做什么？"

这一夜，魏子星家的大门一直敞开着。

…………

天还灰蒙蒙的，老七叔家的房门轻轻打开了。

老七叔探出头来看了一眼，确定没有人，出门后转身轻轻掩上房门，准备摸黑离开村子。

"七叔！"

突然的声音，把老七叔吓得一哆嗦。老七叔回头，看到站在面前的阿彩，下意识往后退了一步。

"阿彩啊！你怎么在这里？"

阿彩望着鬼鬼祟祟的老七叔，本该休息的时间，他却穿着一套干活的衣服出门了。

昨晚她就留意到老七叔有些坐立不安，后来才对村主任问了那个问题。和村主任商议之后，阿彩决定过来等候。今天天还未亮，老七叔就坐不住了。

"七叔，你打算去哪？"

十七　山乡巨变

"我……我……"

老七叔僵持半天,愣是答不上来。

躲在暗处的村主任见状跑了出来:"老七,你给我说实话,你是不是知道子星奶奶的下落?"

老七叔听到这话,慌了:"我怎么……可能……我、我不知道……"

"都一天了,你要是知道什么,还不赶紧告诉我们,要是耽搁久了,子星奶奶出了事,你的良心过得去吗?"村长急得大吼。

"唉,这事我也是没办法……卫红嫂子跪在我面前求我帮忙……"老七叔瘫倒在地上:"我……我这一整晚都睡不着啊!"

…………

天色擦亮,在村主任的带领下,由十几名大梨树村村民组成的队伍就上山了。在老七叔的带领下,队伍在一个鲜少有人去的山洞里找到了虚弱的子星奶奶。

"你们为什么要来啊……"李卫红看到村民,哽咽着哭了起来,随即就陷入了昏迷。

"山洞里温度太低,再耽搁下去会没命的。"阿彩上前检查了李卫红的情况,急忙喊道,"快,找车子,送医院！"

山上没有信号，打不了电话，老七叔用尽全力跑回村子，将消息告诉了村子里的人，他则因为奔跑瘫倒在地。

众人将李卫红抬下山，刚到山脚，李墨已经等着了。

"快上车！"李墨一把将车门拉开，大吼了一声。

众人合力将李卫红放到了车上，村主任急忙打电话给卫生院，让卫生院准备好急救设备，以便第一时间给李卫红做治疗。

老七叔短暂休息后，也匆匆来到病房门口，打听李卫红的情况。

"人救过来了，但还很虚弱，得住院观察。"

老七叔听到这话松了一口气，靠着墙缓缓坐在了地上："卫红嫂子是觉得自己拖累了家里，如果她没了，那么家里人就都可以去做活，不用把心思都放在她这个没用的人身上。我知道她的难处，她让我把她带到没人的地方去……我……我也不忍心啊……我对不起她。"

阿彩望着老七叔，心底有些酸涩。

卫红大娘和老七叔都是将近六十岁的人。子星爷爷早些年得病走了，一直都是卫红大娘帮衬着这个家，谁都想不到她会遭遇意外双腿落下残疾。他们家经济本就拮据，她一倒下，更是雪上加霜。

卫红大娘做出这样的抉择也是迫不得已，值得庆幸的是人找回来了。

"阿彩。"

阿彩抬眸，李墨递了纸巾给她。

"我买了些早餐过来，大家忙了一早上，都饿了。"李墨说着，将豆浆油条分发给病房里的人。

阿彩望着李墨，看到他手里的车钥匙，心底一暖。阿山告诉过她李墨买这辆车的初衷，李墨一直很后悔，当初阿彩父亲意外受伤的时候，没有第一时间知晓，也没有开车送人到医院。

李墨觉得，如果当初开车送李长顺去医院的是他，或许他和阿彩的结果就会不一样了。

天亮没多久，孟哲送子星一家来到了医院。

李卫红醒了，看到儿子、儿媳，还有懂事的孙子，哭了："对不起啊！给你们添乱了。"

"妈，是我对不起你啊！"子星爸爸跪在了病床前。

众人见到这一幕，都退了出去。

村长叹了口气："现在大梨树村眼看着越来越好，子星奶奶却认为自己是累赘，才走了极端。"

阿彩没有多言,她在想小子星家的事如何解决。

李卫红在医院住了三天,子星妈妈一直守在李卫红身边,婆媳二人互诉衷肠。李卫红得知自己失踪后,自家孙子哭了很久,更是跑遍了全村到处找她。她想明白了,她要坚强地活下去,她还要看着小子星考大学、长本事。

子星爸爸和家里人商量之后决定,为了照顾家庭,年后他不再出去打工了。妻子体弱,母亲行动不便,小子星要上学,这个家不能没有顶梁柱。

把承租出去的土地收回来,大梨树村变得越来越好了,他们也一定会越来越好的。

子星爸爸每天起早贪黑地干活,妻子不忍看他一个人受累,也跟着下地做一些简单的活。小子星才十一岁,烧火做饭却十分娴熟,李卫红也强撑着残疾的双腿坐到轮椅上,帮着小子星一起操持家务。

小子星一家的境况大家看在眼里。这天晚上阿彩刚回到家,就看到村主任在院里坐着和父亲聊天,见到她回来,村主任立即起身告诉她今天过来的原因。

村主任是在其他几户村民的要求下,来找阿彩的:"这里是三千块钱,都是村里大伙儿凑的。本来是两千七百八十块,我又添了点,凑了个整。阿彩,大家都听你的，你看，能不能想个办法，让子星奶奶把这笔钱收了，这是大家的一点心意。"

"赵叔，你为何不亲自送去？"

"我这不是……没办法嘛！"村主任叹了口气，"你卫红大娘性子刚烈，是不会收大家的钱的。"

"你送去卫红大娘都不收，我送去她又怎会收呢。"阿彩苦笑。

"他们家生活困难，子星爸一年到头在外打工赚的钱，只够给家里人买药，想改善下生活都不容易。这三千块，虽然只能帮助他们缓解缓解当下的境况，"李长顺听到阿彩的话，也站起身说了一句，"那也得想办法让他们收下，能改善一点是一点。"

阿彩望向父亲，反问："帮了这个月，那下个月呢？"

李长顺闻言，哑口了。

是啊！帮了这个月，那下个月，下下个月呢？总不能让大家伙儿一直帮下去啊！就算大家勒紧裤腰带，挤一点出来接济小子星家，可也要子星奶奶愿意接受才行。

村主任叹了口气，也没了法子。

"赵叔，钱分文不少地给大家还回去。"阿彩打破了沉默。

"为啥？这可是大家自愿拿出来的。"

"我们要想办法帮卫红大娘，"阿彩认真开口，"但不是以这种方式，先不说卫红大娘接不接受，这种方式不长久，我们要想一个真正有效的办法帮助子星家，从根源上改善他们家的境况。"

"这话说得对，可是……要咋个办呢？"

…………

村主任邀约了几个年长的村民，齐聚在李长顺家，找阿彩和孟哲一起商量，小子星家的情况特殊，看能不能根据他们家的情况在村子里找点事情安顿一下。

子星妈妈体弱，干不了重活，下地去也做了不多久，村主任想着是不是能给她安排一个村子里打扫卫生的活。建设美丽乡村嘛，大街小巷的卫生也很重要，也是个名正言顺的工作，而且事情不多，每天扫扫地，有垃圾就捡捡。

"我们基地也可以安排她过来打杂。"孟哲提议道。

一番研究下来，村主任最终拍板了这个事，让子星妈妈来做这些工作，正好可以解决家里的一些负担。

晚上，阿彩躺在床上，辗转反侧。这些天来，村子里新一轮的蔬菜已经栽种完毕。小鱼也联系了阿彩，约定好春耕结束之后,待到梨花盛开的时候,摄制组进村拍摄大梨树村的变化,做一期美丽乡村的节目,给村子做宣传。

她在思索着,手机突然收到一条信息。

孟哲问她睡了没有。

阿彩快速回了一句没有,很快孟哲的电话就打了过来。

孟哲请她去基地一趟,说有点事找她。

这么晚了还打电话找她,阿彩以为是种苗的事,立马起身披了件外套就跑到了基地。

一进基地,第一眼就看见孙涛站在门口。

孙涛见到阿彩,连忙招手喊她:"阿彩姐,你可算是来了,就等你了。"

阿彩进屋才发现,原来是他们刚从市区开车返回来,从单位带回了不少东西,还特地从市区打包了一些烧烤。

"孟哥说拿回来冷了不好吃,特地要的半成品,他这会儿在走廊上烧木炭呢。"

阿彩有些意外,这么晚了,他们还这么费力地搞这些。跟着孙涛走到后屋的走廊,就看到孟哲蹲在火炉旁正在给燃烧起来的木炭扇风。

"来了。"孟哲见到阿彩,笑了下。

阿彩见他们这般，忍不住咂舌："大晚上吃烧烤，还是头一遭呢。"

"图个热闹。"孟哲示意阿彩赶紧坐下来。

阿彩刚落座，孙涛就从屋内提了两箱水果出来："阿彩姐，这是蒋主任特地让我带过来给你的。这是蒋主任去省城参加活动带回来的，你带回去给长顺叔、长顺婶他们品尝一下，是外地的特产。"

"蒋主任太客气了，谢谢。"

孙涛刚落座，孟哲就将手上的工具交给他，然后站起身进屋了。很快，孟哲拿了一个精致的礼品盒出来递给阿彩。

"这是给你的，我家乡的特产。"

阿彩有些意外，孟哲还给她准备了东西。她伸手接过，快速打开盒子，里面是一盒包装精致的糕点。

孙涛瞥了一眼盒子，坏笑着说道："孟哥，咋不见你给我们带啊！你得告诉伯母，以后给你寄东西要寄两份，这样我们就不眼馋了。"

"一边去，你小子。"孟哲呵斥了一声，转而笑着和阿彩道，"别搭理他。"

十八　向云端

　　阿彩望着怀中的糕点,又看了一眼孟哲,双颊有些红,轻声道了一句谢谢。

　　阿彩在基地和孟哲他们待到深夜才返家,她放轻脚步,不想这么晚了还打扰到父母,可堂屋的灯却是开着的。阿彩凑近,看到母亲在灯下绣着什么。

　　"妈,做什么呢?"

　　马艳梅看到阿彩,笑了下:"在绣枕头呢。你姨妈特地打电话来说,她朋友家孩子结婚,想要一对刺绣的枕头,市场上卖的那些他们不喜欢，就想要手工刺绣的，等着急用，三天内得帮他们绣好呢。你姨妈说，对方说了，只要三天内绣好赶得上婚礼，钱只多不少。到时候呀，我让对方把钱转在你的手机里，妈不会手机支付。"

"嗯，好。"阿彩应了一声，盯着母亲刺绣的动作看了片刻。

母亲的绣工很好，不少大娘大婶在刺绣方面有问题都会来找母亲询问。在村子里母亲和卫红大娘的绣工是出了名的。

想到卫红大娘，阿彩突然一把抓住马艳梅的手："妈，我想到了！"

"啊？"马艳梅被阿彩的举动吓了一跳。

"妈，我要谢谢你。"阿彩激动地亲了一下马艳梅的额头，然后转身跑回了屋里。

李长顺听见声音从里屋披了件单衣就出来了："阿彩怎么了？"

"我……我也不知道啊！"马艳梅更是一脸茫然。

…………

翌日一大早，阿彩找到孟哲，两个人一起去了趟镇上，当天傍晚两人才赶回了村里。

十八　向云端

阿彩找到村主任,将自己接下来的打算告诉了他。

"成立合作社?"

"是。"阿彩接着道出了今天她跑镇上的结果,"我将这事写成了材料,交给了周书记,周书记很支持。"

大梨树村现在有足够的条件成立合作社,注册了属于自己的品牌,接下来就要发展产业。而做这些自然要建立自己的商业组织,统一购买生产资料,种植的果苗、蔬菜种子等需要整合,也需要有平台推销自己的产品。

如果合作社成立,那就不仅仅局限于蔬菜、水果,大家有其他副业,也可以通过合作社销售。加上政府支持,大家能更为有效地提高生产效率,扩大产品市场。

"另外……我想成立合作社还有一个原因,就是想通过合作社,组建一支'娘子军',"阿彩将想法告诉了众人,"而这个项目我希望由卫红大娘来带头。"

听到子星奶奶的名字,村主任又不解了。要说阿彩带头,大家信服,哪怕换别人来当这个带头人也好,李卫红双腿残疾,行动不便,做带头人?这……不是胡闹嘛!

"阿彩,你刚刚说的这个合作社,我多少了解一点,长宁镇那边就有好几个,政府的扶持力度挺大的,做得都挺好,我们村子只要路子走对,应该也能做起来。可是,你要组建这'娘子军',你来带头我自然没话说,由卫红婶带头?她的情况,咋个带头嘛!"

"是啊!你卫红大娘行动不便,她能做什么?"在场村民也发出疑问。

"刺绣!"

"刺绣?"众人听到这词的时候不以为意,"那玩意做了干什么?平日里我们自己都很少用,除非节日或者嫁娶才会用一下。"

"这你们就不了解了。"阿彩解释着,"传统工艺是最值得珍藏的。城里很多人都喜欢这些手工制品,比如刺绣的小荷包。当初苏珊他们来到我们村子的时候,就特别喜欢我妈妈绣的小荷包,还想花钱买呢。"

"是有这事儿。"

"那这刺绣要怎么搞?"

"我们彝族刺绣是国家级非物质文化遗产,得好好发扬起来。"

周书记对阿彩的想法很是看好,后续会协调相关部门帮助他们,还能请专业的老师进行指导。

只要合作社成立,他们就可以将刺绣发展成产业,做出特色绣品,推广到全国各地。

十八 向云端

大梨树村懂刺绣的妇女很多，有的十三四岁的孩子也懂得怎么绣花，只要得到专业人员的指导，必然可以将这事做起来。

村子里刺绣技术最高的是谁？马艳梅和李卫红自然是数一数二的，而马艳梅的技术当初就是李卫红教的。所以阿彩建议李卫红来做带头人。

阿彩一番解释后，众人打起了精神，如果真的成立合作社，组建"娘子军"，传承非遗文化，那么他们大梨树村就又往前迈进一步了。

"有没有想过要叫什么名字？"李长顺认真问道。

阿彩认真思索了片刻："云端合作社怎么样？"

大梨树村经常被云雾笼罩，仿佛置身云端，迈向小康，这个云端的小乡村做到了。

众人听到这个名字，纷纷表示赞同。

"这一次，可一定要把该办的手续，该注册的东西都弄好了，别又让人钻了空子。"李长顺清了清嗓子，说道。

…………

村主任将这个消息告诉李卫红的时候，李卫红呆愣地坐在床上半天才说："真的？我也可以做活了？"

"真的，村子成立了云端合作社，周书记很支持我们，还要亲自督导呢。"村主任声音激昂，"这事多亏了阿彩那丫头，她的主意最多，脑子最活。她收集了村子里妇女们刺绣的小饰品送去市区一家日用品加工厂，加工厂愿意试做一批产品来看看市场反响。第一批单子已经下来了，会刺绣的妇女都可以领任务，拿回家去绣，而你作为咱们村子刺绣功底最好的人，得负责给大伙儿把把关才行。"

李卫红听了村主任的话，低下头，双肩颤抖。

"卫红嫂子？"村主任有些担忧。

"唉，我答应，别说有分红，就算没钱，我也愿意做。"李卫红直接带着哭腔说道，"我能做事比什么都强！"

李卫红的加入，推动了"娘子军"的成立。

在村主任的带动下，村委会腾出一间屋子做云端合作社的工作室，周书记亲临大梨树村动员并宣传。

大家绣好了，就找李卫红指导。阿彩早先就和李卫红沟通好了产品细节和标准，李卫红一丝不苟，严格把控质量，稍有瑕疵即令返工。

老梨树下闲聊的人少了。白天，大家在地里忙碌，晚饭后，就点着灯刺绣，每天的时间都安排得满满的，辛苦但充实。

第一批绣品半个月就完成了，顺利交付给了日用品加工厂进行二次加工，分别做成了工艺挂件、背包、钱包。

一周后，工厂反馈了第一批商品的市场反响。

特色刺绣很受消费者青睐，工厂因此又给了一批订单，数量翻一倍，并表示，只要刺绣的质量能保证，后续还可以专门开一条产品线。

得到了加工厂的回复，阿彩立即将这个消息传达了下去，妇女们更加振奋，也更加积极。

"卫红大娘，你看我绣的这个鱼好看吗？这可是我们稻田鱼呢。"

"艳梅，我这针法是不是少了一针？我数了一晚上，总觉得少了一针，你快给我看看。"

…………

也不知道是谁拍摄了大梨树村绿意盎然、梨花飘落的视频传到了网络上，吸引了不少来欣赏风景的游客。

游客既可以去田里体验春耕插秧，又可以到地里采摘新鲜蔬菜，还可以拍照打卡，去老乡家品尝一顿特别的农家饭。

一传十，十传百，大梨树村的游客越来越多。

一开始村主任热情地招呼游客到家里品尝荷花婶的拿手菜，后来人越来越多，虽然离开的时候都留下了吃饭的钱，但村主任却发愁了。

"这样下去不是个办法，来的人越来越多，大家都在找吃的喝的，都来不及做啊！"

"我两三天就得去进一次货，忙得我都没时间绣花了，我可是领了二十个任务呢。"张婶也一脸为难地说。

阿彩见状，将之前周书记提议招商的事情告诉了众人。大梨树村被越来越多的人知道，村子的能力有限，招商引资成功的话，能够更快、更稳健地发展。

…………

电视台要来大梨树村做专访，全村人都激动不已。

"我这么大年纪了，没想到还能上一次电视。到时候拍到我，我一定要忍住不笑，不然一张嘴一颗牙没有，一定特别难看。"

"会不会采访到我？要是问到我了，我可不知道说什么啊！"

"我回去看看年轻时候穿的花裙子还在不在，我得好好打扮一下。"

阿彩想借着这次上电视的机会，好好宣传一下大梨树村，争取能够将大梨树村的名声彻底打响。

"现在外面都流行邀请网络红人来带货宣传，大家伙说我们用不用也去邀请一个网红来给我们大梨树村宣传宣传？"

商议之后，大家选出了几位在省内影响力高的网络主播，然后以村委会的名义去接洽，在幸福乡村活动的时候，特别邀请他们过来做推介官。

他们才发出邀请，一天后，就有一位女网红同意，并表示活动当天一定准时抵达。

"这回咱们村子一定要一鸣惊人，年底说不定能拿一个示范村的称号呢。"村主任摩拳擦掌。

阿山和阿林负责接洽网红，后续的工作由他们负责。为了配合宣传，他们还以"大梨树村梨花香"为昵称注册了一个账号。

注册后他们发了七八条视频，吸引了一些粉丝，关注的人大多都是来过大梨树村的。

准备活动的这段时间，阿彩总在市里与村子间跑。在周书记的帮助下，大梨树村获批了项目扶持资金，招商引资也有了眉目，大梨树村潜力巨大，许多开发商都有意向。

…………

幸福乡村活动这一天,大梨树村的村民早早地就起来了。各家各户把院子收拾整齐,就连门口的落叶都捡得干干净净的。

孩子们爬到树梢上,望着村口的方向。

进村的那条路又拓宽了些,现在遇到对向车,不用停下来让行就能顺利通行了。

"我妈妈说今天是我们村子最热闹的一天,会来很多很多人呢。"

"我妈说今天晚上有好多好吃的呢。"

"我妈还说……"

村委会里,大家忙着搭建展示台。在村主任带领下,村子里临时成立了一支舞蹈队,带队的是老三婶,别看她年纪大,跳舞可难不倒她,马缨花舞可是她的强项。

大家早早换上舞蹈服,拿着扇子在练习。等电视台的车一来,大家要跳上一段欢迎的舞蹈。

李墨搭好了直播用的设备,阿山和阿林已经去镇上接网红了,只要人一到,就可以开直播,向更多的人展示大梨树村的特色。

十八 向云端

"大家动作都快点,刚刚电视台来电话了,他们的车子已经到半路上了。"村主任站在高处,拿着小喇叭喊着,"老五,你别跟着瞎跳,赶紧去地里摘一些蔬菜过来,待会儿直播,需要我们的东西应景,一定要选最好的蔬菜,还有鱼,也去捞上几条,把我们村子的特产都展示出来。"

五叔调侃村主任:"你家还有两头大黄牛呢,要不要我去帮你牵出来一起展示展示?"

"你这家伙!这个时候还皮,赶紧地,别耽误了村里的大事。"

"你娶荷花的时候都没见你这么激动,老东西!"五叔哼了一声,拿上背篓,朝地里的方向去了。

阿彩和孟哲对接着今天的工作,小鱼和他们打过招呼,让他们两个准备一下,电视台会对他们进行一对一的采访。

孟哲作为农业研究基地的负责人,大梨树村能有如今的改变,少不了他的功劳,他是乡亲眼中的贵人。

阿彩面对所有人质疑,毅然留下创业,站住了脚,坚定了信念,带动了整个村子。一个女孩子,靠着一颗不服输的心,带领村子共同奔赴小康。

向云端

电视台的车子抵达了大梨树村。村主任一声令下，锣鼓声天，舞蹈队翩翩起舞。

"我还是头一次到一个地方，看到这么盛大的欢迎仪式。"摄影师下车，立即打开镜头，开始记录这独特的一幕。

小鱼数日前来过，看着转眼又是一番风景的大梨树村，不禁感叹，美好的地方，带给人的感觉总是新鲜的。

"这个地方，每一次来，感觉都不一样。"

"那就努力把大梨树村的美丽展现给观众们。"周书记在几名工作人员的陪同下，来到了现场。

村委会已经布置好，李墨正拿着喇叭指挥众人做最后的准备。

周书记看到这一幕，笑了起来，看到"云端合作社"那块牌子的时候，他驻足看了好一会儿："不错，弄得很有意思。"

村主任在一旁附和："那可不，这次我们全村都出动了。但凡会走路的都来了，三婶家的小孙孙刚会走路都来这里吃水果糖呢。"

李卫红听到村长这么说，当即反驳道："不会走路的都来了，更别说会走路的了。"

李卫红坐在轮椅上,也在现场帮忙布置着。为了今天的采访,她特意换上了自己亲手刺绣的彝族服饰。

"卫红大姐,是我的错,今儿个呀,咱们大梨树村的所有人,都到了。"

"这还差不多。"李卫红说着,哼了一声,然后忙叮嘱一旁的妇女,"扇子拿歪了,等会儿跳舞可不能这么不仔细"。

就在大家以为一切顺利的时候,李墨接到电话。

"什么?"李墨惊呼出声,在场的人视线都集中到了他身上。不知对方又说了什么,李墨回了一句"我知道了",便将电话挂了。

李墨望着在场的人,最后将视线落到了阿彩的身上。他大步上前,将阿彩拉到一旁,避开众人,用最轻的声音告诉阿彩:"答应过来互动直播的网红,临时变卦不愿意来了。如果要来,得在原本的价格上面加一倍。"

"怎么能这样!"

村主任看见阿彩的表情,凑上前询问。阿彩将事情告诉村长,村长气愤地说:"哪里有这样临时变卦的人!一点诚信不讲,以后谁还敢找她。"

村主任望向周书记,周书记也正好看着这边。现在万事俱备，就等人到了配合电视台一起搞直播宣传。

村民们明白是网红坐地起价，都抱怨了起来。

"这马上就要开始录制了，怎么能说不来就不来呢。"

"等下要配合电视台的记者宣传，如果她不来，我们可怎么办？整个村子为这事已经准备好几天了啊！"

小鱼接到工作人员指示，一切调配已经完成，马上可以开拍。见现场有些混乱，小鱼让工作人员等待开机通知。

她来到阿彩和村主任面前，了解了情况之后，皱起了眉："这个时候搞那么一出，就算村里答应加钱，对方也未必赶得过来了。"

孟哲看了下时间，走上前。

"小鱼说得没错，现在时间紧急，对方还在市里，就算村里答应给她加钱，赶过来也来不及了。"

可马上就要连线直播了，谁来代表大梨树村登上电视，当这位幸福乡村的推介官？

周书记走上前，压低了声音："如果有紧急情况，要不宣传拍摄的事情暂缓一下？等找到解决办法了，再进行拍摄？"

十八 向云端

周书记说完,村主任沉默了,一时半会儿他也想不出来办法。这次直播是这些天大家伙儿一起努力奋斗的中心,现在按下暂停键,他身为村主任,觉得有愧于乡亲。村子里男女老少全都来了,这么多人都期盼着这一刻,都想上电视,他作为村主任,如何开得了口说暂停。

"我……"村主任开口,声音都在发颤,僵了半天却说不出第二个字来。

"为什么要浪费时间去等那些无所谓的人,要宣传我们大梨树村,我觉得有更合适的人选。"人群中一道洪亮的声音响起,循着声音望去,李墨已经站在了台子上,他望着在场的众人,大声说道,"我们大梨树村能有今天,多亏了谁?"

众人闻言,都将视线转向了阿彩和孟哲的方向。

"今天是要在媒体面前宣传我们的村子,要向更多的人介绍我们的村子,把我们村子最美好的一面推荐给别人,而最熟悉我们村子,最了解我们村子的人,最应站在这个推荐官的位置上的人,除了阿彩,还有谁?"

此话一出,现场立刻沸腾起来。

"对!阿彩最适合,我们村子多亏了阿彩才有今天,推介官让阿彩来做是最合适不过的了。"

"我也支持阿彩，阿彩有学问，长得漂亮！"

"就是！我们阿彩比那什么网红漂亮多了，要代表我们村子，必须得阿彩来。"

"我也支持阿彩，阿彩自己都有一个账号，粉丝也有两万了，她也是网红，是我们村子的大网红，就让阿彩来！"

众人的呼声越来越高，就连李长顺也跟着喊了起来。

阿彩看到村民们全都望着她，眼眶一热，幸好舞台的灯光对着她，别人看不清楚她眼眶里的泪水。

"别耽误时间了，去换上漂亮的裙子。"李墨在一旁催促着，没有任何犹豫地给阿山和阿林打了一通电话，让阿山和阿林告诉那位临时变卦的网红，他们已经有更合适的人选了。

"阿彩，妈给你做了一身漂亮的新衣服，原本想着等你嫁人的时候再给你穿，我看这个时候穿更合适呢。"马艳梅上前拉住阿彩的手，带着阿彩往家里赶。

没多会儿，盛装打扮过的阿彩回到了村委会。

周书记看着阿彩，笑了起来："阿彩呀，你是大梨树村，不，应该说我们整个锡城镇，你是我们整个锡城镇的代言人。由你向所有人推荐锡城，推荐大梨树村，最合适不过。"

小鱼上前,告诉阿彩一切就绪,可以正式开始了。

阿彩应了一声,走到镜头前,面前摆放着大梨树村的各种绿色产品,她要将这一切介绍给镜头前的观众。

"别紧张,大梨树村有今天都是因为你,所以,你就当镜头是大梨树村的村民,和他们再讲一遍你的初衷就行。"小鱼看出来阿彩的紧张,出声安慰道。

阿彩面对着镜头,回想来时的路,紧张感渐渐消失了,取而代之的是自信和坚定。

"大家好!我是来自大梨树村的阿彩……"

孟哲远远望着灯光下的阿彩,忍不住嘴角上扬。阿彩是一道霞光,照亮了整个大梨树村,让他也忍不住靠近。

"孟哥,你快看,阿彩姐真漂亮啊!我刚刚拍了一段视频,我要传到网上。"

孟哲伸手揽过孙涛的肩膀,淡笑:"叫什么姐,以后你得改口叫嫂子……"

"啊!"孙涛瞪大了眼睛望着孟哲,片刻后又满是笑意。

阿彩似乎感到了孟哲的目光,趁着讲解的间隙回望,两人相视而笑。

番外

"巧妹,这是村里刚摘的梨。今年咱地里的梨可甜了,你带多点,到时候分给同学吃,告诉他们这是咱们自己家种的。"张婶帮巧妹收拾着行李,生怕又少了什么东西。

巧妹看着满满当当的两个行李箱,叹了口气:"妈,我们学校就在昆明,又不远,不用拿这么多东西。"

"妈知道,可是妈辛苦养大的闺女,离开家去远方,妈自然是舍不得的。"张婶说着,眼眶红了。

"妈，你可别哭，你一哭我就想哭了。我这是要去上大学，要高兴才是，待会儿阿彩姐和孟哲哥就来接我了，今天我入校报名，我要美美的。"巧妹说着，转身去拿自己的学习资料。那是阿彩熬了好几个通宵给她整理的复习资料，她要带在身边时刻提醒自己努力学习。

门外传来喇叭声。

"妈，快，麻利点，阿彩姐和姐夫来了。"

巧妹来到门口，就见到车前的两道身影。

云端合作社事务繁忙，但阿彩还是挤出时间送巧妹去学校，这是她与巧妹的约定。

"巧妹，给你的礼物。"阿彩将一个包装精美的盒子递给巧妹。

巧妹偷偷瞄了一眼，惊讶地喊出声："哇！阿彩姐，我没看错吧！这可是新款的平板电脑呀！"

"你姐夫特地给你买的，你选择云南农业大学，和你姐夫一样的专业，他已经帮你提前下载好了很多学习资料。"阿彩说着，指了指身边的孟哲。

"哇！姐夫你真好！"

"别贫嘴了，赶紧上车。"孟哲没多说，转身去打开车门。

车子缓缓驶离大梨树村。大梨树村成立云端合作社的第二年被评选为"幸福乡村",好多地方都拿大梨树村做榜样。

阿彩也成了远近闻名的带头人。村子换届选举的时候,赵永能卸下了村主任一职,阿彩当选为大梨树村新一任村主任,继续带领大梨树村向着更好的方向前进。

出村的道路更宽敞了。原本到市区要一个小时,道路拓宽修整之后,去市区只需要三十分钟不到的时间,去昆明开车也只需要三小时。

巧妹将脑袋靠在阿彩的肩上,阿彩看着前行之路,她无所畏惧。